UNE CITÉ SI TRANQUILLE

DU MÊME AUTEUR

Du terroir à la scène : la tradition de danse bretonne et le spectacle, War'l Leur, 1998

La Danse bretonne (avec Alain Pierre), Coop Breizh, 1999

Le Sonneur des halles, roman, Coop Breizh, 2004, Grand Prix du roman produit en Bretagne, 2005

La Musique en bandoulière, roman, Coop Breizh, 2005, Prix 2005 des Écrivains de l'Ouest

L'Or de la Séranne, roman, Éditions du Rouergue, 2007

« Un funeste manuscrit » in *Nouvelles de Bretagne*, Éditions Livre et Lecture en Bretagne, 2008

Le Brodeur de la nuit, roman, Coop Breizh, 2008

La Guerre des Trotte-menu, roman, Coop Breizh, 2009

La Miaulemort, roman, Presses de la Cité, 2010

Les Habits de lumière, roman, Coop Breizh, 2010

Le Bal des âmes perdues, roman, Presses de la Cité, 2011

La Parure du cygne, roman, Coop Breizh, 2011

Coup d'État chez les Trotte-menu, roman, Coop Breizh, 2011

La Maison des frères Conan, roman, Presses de la Cité, 2012

Les Moissonneurs de l'Opale, roman, Presses de la Cité, 2013

Au grenier, roman, Palémon, 2014, Grand Prix du roman produit en Bretagne, 2015

La Camarde, nouvelles, Locus Solus, 2014, Prix Littér'halles à Decize 2015 et coup de cœur des lycéens

Valse barbare, roman, Palémon, 2014

Le Dragon des Michelet, roman, Palémon, 2014

Les Coiffes rouges, roman, Presses de la Cité, 2014

L'Ombre de Claude, roman, Palémon, 2015

Petite Korrig, roman, Presses de la Cité, 2015, Prix des lecteurs de la médiathèque de Héric

Le Triomphe des korrigans, roman, Éditions des Montagnes Noires, 2015

Les Chemins creux de Saint-Fiacre, roman, Presses de la Cité, 2016, Prix du roman de la ville de Carhaix, 2016

Trois femmes en noir, roman, Presses de la Cité, 2017

Les Yeux de Caïn, roman, Groix Éditions & Diffusion, 2017

(*suite en fin d'ouvrage*)

Daniel Cario

UNE CITÉ SI TRANQUILLE

Roman

TERRES DE FRANCE

Les Presses de la Cité

Les événements relatés dans ce récit sont le fruit de l'imagination de l'auteur. Toute ressemblance avec des personnes ayant réellement existé ne serait que pure coïncidence.

92, avenue de France – 75013 Paris
ISBN 978-2-258-19608-7
Dépôt légal : mars 2022

1

Vendredi 18 février 1994

Ludovic Vincent jeta un coup d'œil sur sa montre. Le soleil l'empêchait de distinguer la position des aiguilles. Il baissa le bras afin de placer le cadran dans l'ombre de l'habitacle. Seize heures trente et il était encore loin du collège. Sûr qu'il serait en retard. Tant pis, Patricia attendrait.

Treize ans, Patricia était en 5e au collège Notre-Dame à Saint-Avé, un établissement privé, mais pour le public il aurait fallu s'inscrire à Vannes et les transports scolaires, elle ne voulait pas en entendre parler. Elle aurait pu être une bonne élève. Du moins en possédait-elle les capacités. La volonté aussi, à condition que ça l'intéresse, or depuis la séparation des parents, l'école, ce n'était pas son truc. Pas faute de la sermonner, mais les grands discours du père ou de la mère ne parvenaient qu'à la conforter dans son caractère rebelle. La laisser libre de ses choix n'avait mené à rien non plus, sinon à l'ancrer dans l'émancipation qu'elle revendiquait depuis que deux olives bosselaient son tee-shirt et que trois poils lui frisottaient au bas du ventre. Une ado dans toute sa splendeur, une future pimbêche, comme sa mère.

Ludovic s'engagea dans l'agglomération de Saint-Avé. La voiture devant traînassait. Une petite vieille qui sortait de chez le coiffeur, vu la chevelure blanche aux reflets bleutés. Il klaxonna. La conductrice sursauta. Son regard affolé se porta sur le rétroviseur. Ludovic lui fit signe d'avancer, il était pressé. La voiture effectua un soubresaut, le moteur avait calé. Ludovic pianotait sur le volant afin de calmer ses nerfs.

Nouveau coup d'œil sur sa montre, seize heures quarante-cinq. Patricia avait fini ses cours depuis un quart d'heure. Elle allait encore râler, interpréter le numéro de la pauvrette incomprise et délaissée par ses parents.

Vendredi, veille des vacances d'hiver. Il avait la garde de la petite peste la première semaine. Il l'aimait bien, Pat, malgré son fichu caractère, mais ça tombait mal. La voiture de la vieille repartit enfin dans un vrombissement et en lâchant un pet de fumée noirâtre. Heureusement, elle bifurqua dans la rue suivante.

Le collège Notre-Dame se trouvait après le croisement, rue Baudelaire, l'auteur des *Fleurs du mal*, une localisation difficile à assumer pour une boîte confessionnelle. Les élèves s'éparpillaient sur les trottoirs et gazouillaient comme des piafs libérés de leur cage. Se méfier, ralentir, ils étaient capables de traverser à tout instant, ou de débouler sur la chaussée, bousculés par le petit con de service qui passe son temps à emmerder les copains. Les grands devisaient devant l'entrée. Ludovic tenta de repérer sa gamine parmi eux. C'était assez son genre de fricoter avec les plus âgés. Aucune trace de la queue de cheval châtain clair quand il passa à leur hauteur. Les places de stationnement étaient occupées tout le long de la rue. Ludovic se gara à cheval sur le trottoir. Tant pis si le policier municipal chargé de surveiller la sortie venait lui chercher des noises.

« Je prends ma fille, et je m'en vais. J'en ai pour cinq minutes... » avec des grands gestes désolés. Puis en aparté : « Va te faire foutre. »

Ludovic Vincent n'était pas contestataire dans l'âme, mais quand même... Aujourd'hui, c'était une fliquette qui officiait. Plantureuse sous son uniforme dont le pantalon lui moulait une croupe de jument. Ce n'était pas la première fois qu'elle était là, l'air toujours un peu paumée. Sympa au demeurant, pas une chieuse en tout cas, comme son collègue qui, lui, jouait au vrai flic. Elle avait vu la manœuvre, feignit de l'ignorer.

Ludovic regarda dans son rétro. Patricia avait dû le voir, mais elle était du genre à le laisser poireauter, juste histoire de lui faire regretter leur dernière prise de bec. Du gras du pouce, il s'essuya la joue où perlaient quelques gouttes de sang, une estafilade en se rasant le matin, qui se remettait à sanguinoler à chaque fois qu'il la grattait machinalement. Trop pressé, trop nerveux, sans véritable raison, mais avec l'intuition qu'au-dessus de sa tête s'amoncelaient des tonnes d'emmerdes. Des prémonitions assez vachardes pour se réaliser, des idées noires insidieuses, aussi cramponnées que du lierre sur un mur de vieilles pierres. Pas à cause de la rencontre des derniers jours, en tout cas. Elle était plutôt sympa, Laetitia…

Des cris à hauteur de la portière arrière. Pat, pas trop tôt. Il pivota sur son siège afin de débloquer la portière, puisque mademoiselle détestait s'asseoir auprès de son père quand les copains patrouillaient dans le secteur. Fausse alerte, deux gamines s'éloignaient en se chamaillant et en se bousculant à coups de sac à dos.

Ludovic patienta encore deux ou trois minutes, puis il se résolut à aller aux nouvelles. Un surveillant montait le guet devant l'entrée, jean trop large et délavé, un blouson râpé, le nouveau style du jeunisme afin de ressembler aux élèves, la meilleure façon de se faire entuber par les roublards de service.

— Patricia Vincent ? Celle qui est en 5e ?

— Pourquoi, il y en a d'autres ?

— Pas que je sache. C'était juste pour vérifier si j'avais bien entendu. C'est pour quoi ?

— J'étais censé la récupérer à la fin des cours. Elle est peut-être rentrée dans le collège pour m'attendre.

— Pas que je sache, répéta le jeune homme. Une fois que les élèves sont sortis, on évite de les laisser retourner dans l'établissement, sauf s'ils ont oublié quelque chose. Et encore...

L'arrogance désinvolte du pion commençait à lui taper sur le système.

— Elle est peut-être partie avec des copines ?

— Pas que...

— Pas que je sache, oui, le coupa Ludovic. En fait, vous ne savez rien.

— Une fois que les élèves sont sortis, ils ne sont plus sous notre responsabilité.

— Qu'est-ce que vous fichez là, alors ?

Il cilla. Perplexe, son visage se figea le temps de trouver une réponse.

— C'est bien de marquer la présence d'un adulte. Ça leur évite de faire des bêtises dans le secteur avant de rentrer chez eux.

Ludovic préféra couper court avant de se montrer désobligeant. Il regagna son véhicule.

Décidément, Pat prenait un malin plaisir à le faire tourner en bourrique. Le mercredi précédent donc, après le dîner, voilà qu'elle entreprend d'aller se balader en ville avec une bande de copains alors qu'il était vingt-deux heures. Il les connaissait, les copains de sa fille, triés sur le volet, rien que du gratiné. Hors de question !

« Juste faire un tour, une demi-heure et je rentre, c'est promis, *papa*, avec le petit air charmeur qu'elle extirpait de sa panoplie après avoir épuisé toutes ses autres armes.

— Ni une demi-heure, ni même cinq minutes. Demain, tu commences de bonne heure. File te coucher. »

Le père avait appris à ses dépens qu'il valait mieux user d'emblée d'autorité pour ne pas se faire rouler dans la farine. Avant de monter dans sa chambre, elle avait marmonné une amabilité qu'il avait préféré ne pas entendre. Le lendemain matin, mutisme total pendant tout le petit déjeuner, le mur de Berlin avant d'être démoli. Lui, s'était bien gardé de s'abaisser à effectuer les premiers pas. Une gorgée de son bol de chocolat, le croissant fourré dans sa poche, elle avait pris son sac à dos dans le vestibule et avait filé.

« Tu ne veux pas que je te conduise ? » avait-il proposé au dernier moment.

Pas de réponse, sinon la porte claquée violemment. À pied, elle en avait pour une grosse demi-heure, à condition de marcher d'un bon pas. Un peu d'exercice et un bol d'air lui feraient du bien avant de reprendre les cours. Si elle arrivait en retard, elle avait l'excuse toute prête des enfants de divorcés. « J'étais chez mon père, il a picolé hier soir, ce matin il s'est pas réveillé. »

Ludovic Vincent commençait à s'impatienter pour de bon. La veille, le jeudi soir, il était tombé des nues que Patricia prenne l'initiative de l'appeler.

Il s'attendait à ce qu'elle déploie sa stratégie habituelle. Au plus fort du conflit, elle avait le chic pour retourner la situation à son avantage. Mutisme absolu, c'est lui qui s'abaissait à une tentative de réconciliation dont elle jubilait en son for intérieur. Pas question par la suite de faire amende honorable, sauf si elle avait besoin d'une rallonge d'argent de poche. Ce n'était pas le cas. Vu la vivacité de la dernière escarmouche, l'occasion était trop belle de jouer les mijaurées.

« C'était juste pour te prévenir que finalement, ce week-end, je préfère rester chez maman, t'es trop con quand tu t'y mets. »

Il avait ri, la branleuse dans sa grande dimension. Des propos à l'emporte-pièce, sans réfléchir, pour le simple plaisir de la provoc, dont elle usait et abusait. À force, personne ne faisait plus attention.

Ça suffit, nénette, s'était-il dit cette fois-ci. Ras-le-bol. Tu repasseras avec tes caprices de pisseuse à deux balles.

« Fais comme tu veux, t'es pas obligée… » s'était-il contenté de répondre froidement.

Puis silence, histoire de voir sa réaction, elle n'avait pas raccroché cependant.

« Quand ta mère en aura marre de toi, t'auras qu'à me prévenir, avait-il ironisé en supplément. On sait jamais, peut-être que mon incommensurable bonté ira jusqu'à t'accepter. »

Nouveau silence, de sa part à elle cette fois. Puis un soupir agacé, volontairement accentué afin de ne pas passer inaperçu.

« Incommensurable bonté, mon cul. Quand je te disais que t'étais vraiment trop con… »

Fin de l'altercation. Mais comme elle était capable d'avoir changé d'avis entre-temps, il était quand même venu la récupérer. Afin d'éviter aussi que sa mère ne fasse du foin si sa gamine restait à la rue. Ils s'étaient mariés trop jeunes aussi, lui n'avait que dix-neuf ans, la Solange, vingt ans, elle s'était retrouvée enceinte dès la première étreinte. Pas le choix, pas le temps de réfléchir.

Tout bien réfléchi, ça arrangeait bien Ludovic Vincent de ne pas avoir sa fille sur le dos ce week-end-là. Il avait rencontré une copine, la première liaison un peu sérieuse depuis son divorce. Laetitia Libert. Sympa, presque belle, enfin suffisamment pour l'imaginer entre ses bras et, pourquoi pas, faire un bout de chemin en sa compagnie. Vannes, boulevard de la Résistance. Elle était secrétaire dans l'agence de voyages en face du chauffagiste chez qui il travaillait en qualité de plombier. Elle était sortie fumer. Lui, en faisait de même sur le trottoir de son côté. Elle lui avait souri. Levant sa cigarette dans sa direction, « J'ai pas de feu », ou c'était un prétexte pour engager la conversation. Plutôt un prétexte, vu le regard enjôleur qu'elle lui avait glissé pendant qu'il allumait sa clope. Ludovic Vincent n'avait pas la dimension d'un séducteur, la rencontre en serait restée là si elle ne lui avait demandé où il travaillait. Un autre prétexte, elle l'avait vu sortir de la boîte, dans une tenue de travail suffisamment explicite.

« Là, derrière moi, avait-il répondu avec un geste du pouce par-dessus son épaule.

— Moi, c'est à l'agence, je suis arrivée hier matin. »

Des banalités d'usage. Elle lui tendait la perche, attendait un truc du genre : « Chic, nous pourrons nous revoir. » Il n'avait pas su, pas osé.

« Bon, moi, faut que j'y aille… »

C'est tout ce qu'il avait trouvé.

« Moi aussi », avait-elle laissé tomber froidement.

Quel con ! s'était-il dit en montant dans la camionnette de la boîte. Il s'était rattrapé le lendemain. L'avait invitée à prendre un café dans le bistrot à côté.

« Je ne suis pas sûre que mon patron verrait d'un très bon œil que je m'absente pendant le boulot, alors que je viens tout juste d'être embauchée. Mais à midi, je veux bien », avait-elle accepté aussitôt.

Ils avaient déjeuné dans la pizzeria voisine. S'étaient promis de dîner la semaine suivante, celle-ci justement. Ils s'étaient téléphoné, histoire de prendre des nouvelles, la procédure en vigueur des amoureux quel que soit leur âge.

Alors, oui, ça l'arrangeait bien, que sa fichue greluche prenne pension chez sa mère cette semaine-là précisément, où il se redécouvrait un cœur de jeune homme !

En attendant mieux, Ludovic louait depuis son divorce un petit pavillon dans une cité à la sortie du bourg de Saint-Avé, sur la route de Meucon. Saint-Avé, dont ses parents étaient originaires. Rentré au domicile, il appela sa copine, pas de réponse, elle ne devait pas être rentrée. Il s'apprêtait à recommencer une heure plus tard quand le téléphone sonna. Laetitia, elle prenait les devants. Une bouffée de bonheur lui fit battre le cœur au moment de décrocher.

2

Dimanche 20 février

Mathis Kifou actionna la commande du portail automatique. Il faisait nuit. Il serait resté plus longtemps fêter la victoire avec les copains du club de foot si Nadine avait été des leurs. À vingt-quatre ans, le Martiniquais était l'un des éléments phares de l'Hermine de la Rabine, l'un des deux clubs de Vannes, l'autre étant le Rapide vannetais. Ils opéraient tous deux dans la même division, le derby, c'était le week-end prochain. Ce jour-là, il avait encore marqué deux buts et adressé trois passes décisives, cinq à zéro, une victoire éloquente. À relativiser cependant, l'équipe adverse évoluait trois étages en dessous, les aléas de la Coupe de France. Des matchs plus compliqués qu'il n'y paraissait, l'adversaire se donnait à fond, de vrais baroudeurs pendant une heure et demie, des morts de faim, dont la technique approximative constituait un danger permanent. Lui-même avait failli en faire les frais ce jour-là, un tacle assassin au bout de cinq minutes, sur son premier débordement. Par chance il avait vu le coup venir, sinon, c'était une cheville dans le sac, et privé de derby. L'arbitre n'avait pas hésité : carton rouge immédiat. Les coéquipiers du coupable n'avaient pas protesté, lui avaient tiré la gueule. Déjà que c'eût été un miracle de gagner contre l'Hermine, à dix dès le début du match ça devenait mission impossible. Faute professionnelle, en quelque sorte, le traître avait quitté le terrain sous les huées, la tête basse, direct au vestiaire. Mathis l'avait cherché à la mi-temps, pas pour lui casser la gueule – il détestait la violence –, mais pour le rassurer, ce n'était qu'une maladresse sans conséquence. Introuvable, le misérable s'était éclipsé sans demander son reste.

Le couple habitait dans un quartier résidentiel au nord de Vannes, route de Tréhuinec, une villa luxueuse. Kifou guida sa moto par l'ouverture du portail, en évitant de faire rugir le moteur. Nadine n'était pas en forme quand il l'avait quittée en fin de matinée, pas la peine de la réveiller si elle se reposait. Migraine, fiévreuse, sans doute un début de grippe. D'ailleurs, depuis quelque temps, elle n'était pas dans son état normal, toujours fatiguée, taciturne, elle d'habitude si expansive. Mathis avait essayé de savoir ce qui n'allait pas : « Rien, tout va bien, tu te fais des idées. » Peut-être des ennuis dans son boulot, mais ce n'était pas dans son tempérament de se plaindre pour des broutilles. Il n'avait pas insisté.

Nadine Rouillé avait conservé son nom de jeune fille. Sur le plan professionnel, elle portait une double casquette. Sa fonction officielle était commissaire-priseur à la salle des ventes de Vannes, mais elle avait ouvert également un petit magasin d'antiquités au cœur de la cité médiévale. Vingt-sept ans, mais tous ses confrères s'accordaient à lui reconnaître une solide expérience. Douée d'un sens esthétique hors du commun, elle adorait chiner, fréquentait les trocs et puces de la région afin d'y dénicher la pièce rare. Une jolie femme de surcroît, cheveux auburn, un mètre soixante-quinze, un corps de proportions idéales, en harmonie parfaite avec celui de son époux qui l'avait séduite avec son look exotique, un mètre quatre-vingt-cinq, lui, une morphologie d'athlète, un beau mec café au lait. Un couple bien assorti.

Au moment de redémarrer, Mathis aperçut des phares au bout de la bifurcation qui menait vers sa propriété. Il attendit quelques secondes, le véhicule s'arrêta, sans doute un chauffeur du dimanche soir qui s'était trompé de route et qui allait faire marche arrière. Il referma le portail et gara son engin sous l'auvent. Il empoigna son sac de sport tenu par un tendeur sur le porte-bagages. Puis il revint à pas lents, avec cette allure féline qui le caractérisait. Il était pressé à présent de s'enquérir de la santé de Nadine.

Tout était éteint au rez-de-chaussée. Le pavillon était silencieux. Mathis craignit qu'elle n'ait bouclé ses valises. Sans être jaloux, il en arrivait à se demander si sa chère épouse ne menait pas une double vie, ce qui expliquerait ses rendez-vous impromptus ces derniers temps, des dîners d'affaires, des rencontres avec des collègues antiquaires. Il s'étonnait de ses efforts de toilette. Un jour, il lui en avait fait la remarque. Elle avait ri.

« Tu ne voudrais quand même pas que je sorte attifée comme une souillon. Qu'est-ce que mes collègues penseraient d'un mari qui ne se soucie pas de la tenue de son épouse ?

— Tu ne portes pas mon nom. Ils ne sauraient pas que je suis ton mari. »

Mathis tendit l'oreille dans l'escalier en colimaçon, moderne comme le reste de la demeure. De larges marches en bois exotique fixées sur un axe central. Là-haut régnait également le silence complet. Malgré lui, il sentit croître son angoisse. Le mieux, c'était de monter voir. Arrivé sur le palier, il discerna un rai de lumière sous la porte de leur chambre. Allons, il s'était fait du mouron pour rien. Il frappa doucement. Un grommellement. Il ouvrit.

Nadine était couchée, en robe de chambre pardessus sa nuisette. Elle n'avait pas l'air d'aller mieux. Mathis avisa alors le plateau posé sur la crédence contre le mur.

— Tu as réussi à manger quelque chose ?

— J'ai grignoté. Je n'avais pas faim.

Il sourit en levant la lardoire dont elle s'était servie.

— Tu n'as pas trouvé plus petit ?

— J'ai pris le premier couteau qui m'est tombé sous la main. Laisse-moi maintenant. Je vais essayer de dormir un peu.

— Je vais m'installer dans la chambre d'amis. Comme ça, tu seras tranquille.

— Comme tu veux. J'ai mis une pizza à décongeler. Tu n'as qu'à la passer au four.

Rassuré, Mathis descendit, avec la ferme intention de s'offrir un verre de l'excellent rhum qu'il faisait venir d'un petit producteur de Basse-Pointe. Voilà deux ans qu'il avait quitté son île natale pour la métropole. Il ne parvenait à se départir de la nostalgie du pays. Il n'avait pas regretté d'avoir suivi Nadine après ses vacances dans son île, mais la Martinique lui manquait et les soirs de vague à l'âme, il rêvait d'y retourner. C'était l'équipe de foot où il avait fait un essai qui lui avait dégoté un boulot dans une compagnie d'assurances. Un sacré avant-centre. Avec un peu plus de gnaque, il aurait pu jouer à un niveau bien plus élevé, peut-être même envisager un parcours professionnel. Son charme naturel, le bagout avec son accent chantant, la jovialité bon enfant qui émanait de sa personne, son patron n'avait pas à se plaindre de lui.

Mathis ne jugea pas utile d'allumer la lumière, il faisait attention à ne pas se casser la figure dans cet escalier qui n'en finissait pas de tourner. Soudain il s'arrêta, il avait cru entendre une respiration dans la pièce en dessous de lui.

— Il y a quelqu'un ? demanda-t-il à voix basse.

Lui répondit un miaulement. Décidément, il avait les nerfs à vif !

— C'est toi, Bigoudi ? Sacrée canaille, tu m'as fait peur. Tu es encore allé courir la gueuse et maintenant tu as faim. Attends, j'arrive.

Au moment de poser le pied sur la dernière marche, il distingua une silhouette dans la pénombre en face de lui.

3

Lundi 21 février

Au bas de la cité médiévale de Vannes, prolongeant la rue Saint-Vincent, la majestueuse porte du même nom perce les remparts et débouche sur la place Gambetta, une esplanade occupée par les terrasses des cafés-restaurants. Venant de l'étang au Duc, côtoyant les jardins au pied du château de l'Hermine et l'ancien lavoir, la Marle disparaît sous la chaussée avant de resurgir un peu plus bas et de devenir un chenal interminable qui se prolonge jusque dans le golfe du Morbihan. Les quais pavés proposent de chaque côté de vastes espaces. Sur la partie gauche se situe le port. En prolongement de celui de droite se déroule à perte de vue la promenade de la Rabine, large et plantée d'arbres qui en font un mail des plus agréables. En se risquant à la toute extrémité, on aboutit aux embarcadères permettant de s'évader pour les îles du golfe. Une enclave paradisiaque.

Fin d'après-midi, heure de l'apéro, Philippe Derval et Héloïse Daubert étaient attablés à la terrasse du Gambetta. Deux flics, deux corps différents pourtant, dont certaines mauvaises langues alléguaient qu'ils entretenaient une rivalité sournoise, pour ne pas dire qu'ils se tiraient dans les pattes. La lieutenante de police avait quarante-deux ans. Une femme de caractère, dont le regard se perdait parfois dans de profondes mélancolies – elle avait dû traverser de terribles épreuves. Sportive, comme le nécessitait sa profession, revendiquant à l'occasion que le métier de flic n'était pas réservé aux seuls mecs. Question musculature, elle n'avait d'ailleurs pas grand-chose à leur envier, sans être pour autant une armoire à glace. Une équipière dont ses collègues prisaient la compagnie. Diablement efficace en cas de coup dur, avec une faculté d'analyse hors du commun. Côté charme, elle ne présentait rien d'exceptionnel, ni aguicheuse ni dissuasive.

Derval était gendarme, adjudant officier de police judiciaire. Quarante et un ans. Ils se connaissaient depuis peu, lui étant fraîchement débarqué à la caserne. Ils s'entendaient bien, sans en être encore aux confidences sur l'oreiller, tant s'en faut. Une rencontre plutôt cocasse, lors d'une manifestation de fonctionnaires, à laquelle elle participait alors que lui l'encadrait afin de veiller aux débordements. Ils s'étaient trouvés face à face sur la place de l'Hôtel-de-Ville. Elle n'était pas de ces émeutières qui scandaient des slogans à tue-tête. Il lui barrait le passage, avec une moue désolée. Quand elle lui avait dit qu'elle était flic elle aussi, il avait ri. Ils s'étaient revus, par hasard cette fois. Il faut croire que leur bref échange les avait marqués, puisqu'ils s'étaient reconnus tout de suite.

« Je vous offre un verre, chère collègue ?

— Pourquoi pas... »

La mutation de Derval était due à ce qu'on désigne par euphémisme un accident de carrière[1]. Triple assassinat dans le cadre enchanteur de la ria d'Étel. Chargé de l'enquête, il avait pour le moins manqué de lucidité. Il est dangereux de mêler les sentiments et le boulot quand on est flic. Mais il était en froid dans son ménage. D'ailleurs, à la suite du tragique dénouement, son épouse Irène avait exigé le divorce. Déjà qu'elle ne supportait pas le climat breton... S'estimant fautif à part entière, Philippe n'avait rien fait pour la retenir. Le problème, c'étaient les deux gamins, un garçon et une fille, au courant bien entendu de la galère dans laquelle les avait entraînés leur père. Irène avait émigré dans le Sud, les chaleurs méridionales dont elle se languissait à longueur d'année sous les crachins bretons, leur premier point de désaccord, avant l'aventure de l'adjudant. Séparés par une telle distance, la garde alternée n'était pas envisageable. Ils viendront me voir pendant les vacances, avait proposé le père. Pas de réponse, ni de la mère, ni

1. Voir, du même auteur, *Les Brumes de décembre*, Presses de la Cité, 2019.

des principaux intéressés. Depuis deux ans, Derval n'avait pas revu ses enfants.

Autant dire que son arrivée dans la brigade de Vannes n'était pas une promotion et qu'il débarquait précédé d'une fâcheuse réputation. Le capitaine Bourgnon ne lui avait pas caché ses réticences.

« Je n'aurai pas l'hypocrisie de vous souhaiter la bienvenue. Autant que les choses soient claires. Pour ne rien vous cacher, je pense que vous auriez dû être tout simplement radié des cadres de la gendarmerie. »

Il ne répondait pas.

« Ce qui vous a évité une telle sanction, c'est au bout du compte d'avoir élucidé l'affaire, même si les moyens utilisés n'étaient pas très orthodoxes.

— Mon capitaine, qu'auriez-vous fait à ma place ? s'était permis l'adjudant.

— Mais en aucun cas un gendarme ne doit se mettre à votre place, Derval. Je ne vous apprends rien en vous disant qu'un flic doit savoir où il met les pieds. Rien de pire que de sympathiser avec une éventuelle suspecte, qui en l'occurrence était la coupable. C'est l'un des principes fondamentaux que l'on enseigne dans toutes les écoles de police. »

Derval avait baissé la tête. Malgré l'issue malheureuse, il n'était pas sûr de regretter le rôle qu'il avait joué. Il était même à parier qu'il l'interpréterait à l'identique si se présentait la même conjoncture, s'il était possible de remonter le temps. Sauf qu'il s'arrangerait alors pour aboutir à un dénouement moins dramatique.

La première prise de contact en était restée là. L'ensemble de la brigade le battait froid. Officier de police judiciaire, il n'en conservait que le titre, puisque depuis sa mutation ne lui avait été confiée aucune mission digne de ses compétences. Un bureau en sous-sol dans l'aile droite où il avait eu le sentiment d'être mis au rencart. Pour adjoint, un brave gendarme qui attendait la retraite. Baptiste Le Guern, la cinquantaine. Le genre de flic à qui on avait recours en cas de dépannage, afin de suppléer un collègue sur le flanc. Il était de ceux qu'on envoyait également aux manifs se faire casser la gueule pour donner la main aux CRS. Un type sympa au demeurant. Fana de foot, supporter inconditionnel du Rapide vannetais. Philippe Derval l'écoutait d'une oreille distraite, lui, le foot, c'était pas son truc. Avec le derby qui approchait, il commençait cependant à en avoir ras le képi.

— Tu es au courant ? demanda Héloïse Daubert en avalant la gorgée de bière.

Un demi en guise d'apéro.

— Au courant de quoi ?

— Le double assassinat.

— Non… Qui ?

— Un couple, un Martiniquais et son épouse. Ça va faire du bruit, elle, c'était le commissaire-priseur.

Nadine Rouillé, je ne sais pas si tu as entendu parler d'elle.

— Pas vraiment non. Je ne fréquente pas les salles des ventes.

— Elle tenait aussi une petite boutique d'antiquités dans la vieille ville.

— Ça ne me dit rien non plus. Dans quelles circonstances ils ont été tués ?

— On ne sait pas trop bien encore. Ils ont été poignardés tous les deux.

— Merde. Un règlement de comptes ?

— On n'est pas encore fixé, je te dis. Pour l'instant on pense plutôt à un cambriolage qui aurait mal tourné.

— Des indices ?

— Un tableau a disparu. On essaie de savoir s'il avait une réelle valeur. Celui qui a opéré a dû être surpris par les proprios. À ce que l'on sait, la femme dînait à l'étage, on a trouvé un plateau-repas dans sa chambre. Son mari était footballeur, il rentre dans la soirée après le match, il tombe sur le type dans le salon, lui demande ce qu'il fout là. Il essaie sans doute de le mettre dehors. Le maraudeur se défend. La femme entend du bruit au rez-de-chaussée, elle descend, il leur règle leur compte. Il fiche le camp sans demander son reste.

— Des empreintes ?

— La brigade scientifique n'a pas fini ses investigations. Pour l'instant, elles n'ont rien révélé. Ce qui paraît surprenant, c'est que le voleur n'ait rien emporté d'autre. La petite mère Rouillé, elle détenait une véritable galerie d'art à domicile. Des bibelots, des émaux et des camées dans une vitrine qu'il n'aurait même pas eu besoin de fracturer.

— D'avoir expédié *ad patres* deux citoyens, on peut comprendre que le salaud ait paniqué et ne soit pas resté traîner.

— Ouais... À première vue, ils auraient été assassinés hier soir. Les corps ont été découverts ce matin. Le mari travaillait dans une compagnie d'assurances. Il avait donné rendez-vous chez lui à un client, un voisin qui n'avait pas envie d'aller courir en ville. Celui-ci s'est présenté à l'heure convenue. Il a sonné. Personne. Il a fait le tour de la maison. C'est alors qu'il a vu une paire de pieds qui dépassait derrière le canapé. Il a aussitôt donné l'alerte. Les autopsies auront lieu demain à la première heure.

— C'est toi qui t'y colles ?

— Le juge d'instruction m'a confié l'affaire, je n'ai pas le choix.

— Un cambriolage un dimanche soir ? Tu ne trouves pas ça un peu bizarre ? Généralement ce genre de malfrat préfère bosser dans la semaine, quand les gens sont au boulot. Ils habitent où, la commissaire-priseuse et son bonhomme ?

— Au nord de Vannes. Un pavillon coquet, un peu à l'écart des autres habitations, au lieu-dit Tréhuinec, je sais pas si tu vois où c'est. Le mari s'appelle Mathis Kifou.

— Attends, c'est un nom que j'ai déjà entendu.

— C'est pourtant pas très breton.

Derval essayait de se souvenir. Le Guern. Le derby avec lequel celui-ci lui rebattait les oreilles du matin au soir. Kifou le guépard. Ça lui revenait maintenant.

— Et toi, sur quoi tu travailles ? demanda Daubert.

— Moi ? La routine. Je n'évolue plus dans le même registre que toi. Les chiens écrasés, les querelles de voisinage. Là au moins, je ne risque plus de faire de conneries. On m'a collé un truc plutôt cocasse la semaine dernière. Que je te raconte... Deux vieilles filles accusaient leur voisin de se balader à poil chez lui. Le pauvre vieux est tombé des nues quand nous lui avons demandé ce qu'il en était.

— Et au bout du compte ?

— Il lui arrivait d'être dans le plus simple appareil dans sa salle de bains comme tout un chacun, mais il fallait vraiment être à l'affût pour l'apercevoir et au prix d'acrobaties incroyables. Des emmerdeuses de première, comme l'ont confirmé les voisins.

Héloïse riait de bon cœur.

Le lendemain, Philippe Derval allait être amené à s'occuper d'une affaire un peu plus valorisante.

4

Mardi 22 février

Une histoire de cimetière à Saint-Avé. Une tombe dont la pierre de marbre aurait été déplacée. Aucune trace de profanation manifeste toutefois. C'étaient les propriétaires qui s'étaient indignés à la première heure. On peut les comprendre, leur fille, une ado de treize ans, avait été inhumée depuis peu dans le caveau familial, la mère lui rendait visite chaque jour. Elle se recueillait pendant des heures sur sa sépulture, y mouillait ses mouchoirs. Son obsession était que tout soit en place, que pas un brin d'herbe ne pousse dans les joints entre les plaques de marbre. Que sa petiote repose en paix.

Un accident, Véronique Foret s'était fait faucher sur le bord d'une route de campagne où elle effectuait son jogging dominical malgré son jeune âge, une chouette gamine, sportive, brillante sur le plan scolaire. Grâce à un témoin qui avait relevé le numéro de la plaque minéralogique, le chauffard avait été cueilli à son domicile : deux grammes cinq d'alcool dans le sang. Comme il se doit, il avait affirmé avoir consommé après être rentré chez lui. Quant au délit de fuite, il avait paniqué. Condamnation avec sursis, alors qu'il s'agissait d'un crime ni plus ni moins.

Ce matin-là, l'attention de la mère fut aussitôt attirée par un détail infime : un liseré légèrement plus foncé sur le bord droit de la pierre du dessus. En tremblant, elle s'agenouilla et vérifia de plus près : non elle ne se trompait pas, ça n'était pas comme ça la veille. La plaque de marbre avait été bougée et remise, mais pas tout à fait à sa place ! Elle alerta sur-le-champ les services funéraires de la mairie. Le fossoyeur fut mandaté afin de se rendre compte. À peine quelques millimètres, il tenta de minimiser l'affaire : la plaque pouvait avoir été mal positionnée lors de l'inhumation de la fille, ou heurtée lors des travaux d'entretien effectués régulièrement, avec les pluies de ces derniers jours les joints de ciment avaient tendance à se dégrader. La mère n'en démordait pas, elle exigeait que soit vérifié l'intérieur de la tombe, qu'elle puisse se rendre compte que personne n'avait fait de mal à sa petiote, elle avait assez souffert comme cela. Le problème, c'est que pour ouvrir une sépulture, il fallait une autorisation officielle. La mairie accepta et contacta la gendarmerie dans la soirée. Le capitaine jugea utile de déléguer deux de ses hommes le lendemain, une précaution facultative, mais judicieuse au cas où des tordus de nécrophiles se seraient permis une fantaisie. Le genre d'affaire pour laquelle Derval était tout désigné. Flanqué de son fidèle compagnon, il se présenta à dix heures au cimetière.

Deux employés municipaux étaient déjà à pied d'œuvre afin de donner la main au maître des lieux, un certain Georges Millet. Vu la mine que tiraient ces deux-là, la tâche ne les enchantait guère. Le fossoyeur était maussade lui aussi, à croire que c'était un crève-cœur pour lui de déranger ses pensionnaires. Les parents étaient là également, une présence obligatoire en revanche. À l'aide d'un pied-de-biche, l'équipe entreprit de déplacer la lourde plaque sans en abîmer la surface. Il faisait gris, le spectacle prenait des allures macabres. Peu à peu, la pierre glissait dans un crissement lugubre. Aussitôt une odeur douceâtre filtra du caveau. La mère poussa un petit cri en pressant son mouchoir contre ses lèvres, tandis que le père lui posait un bras sur les épaules. Derval et Le Guern étaient eux-mêmes impressionnés.

Intrigués par la scène, des gamins s'approchèrent afin de voir ce qu'il y avait dans le « trou ». L'adjudant leur fit signe de s'éloigner. Ils obéirent en ronchonnant, mais restèrent campés à proximité afin de ne pas perdre une miette du spectacle.

La plaque de marbre pivotait. Les deux employés paraissaient inquiets. Le fossoyeur se tenait à l'écart. La mère avait blotti son visage contre l'épaule de son époux.

— Continuez, je vous en prie, ordonna Derval, qui avait lui-même les nerfs à vif.

Ils s'arc-boutèrent, le marbre finit de glisser, libérant la moitié de l'ouverture. L'un des deux employés poussa un juron.

— C'est pas vrai ! Regardez, mon adjudant.

Derval s'approcha. La cavité n'était pas très grande, deux cercueils étaient rangés, un de chaque côté, celui de la grand-mère, tavelé par le temps, et celui de sa petite-fille, dont le bois luisait encore. Dans l'intervalle gisait un corps, celui d'une fille en jean et en tee-shirt. À première vue, elle n'était pas très âgée.

— On ne touche plus à rien, intima Derval. Baptiste, tu préviens le patron qu'il appelle tout de suite l'équipe scientifique.

Bouleversés, les parents étaient blêmes.

— Véronique… Qu'est-ce qu'on lui a fait ?

— À elle, rien du tout, rassurez-vous. Ce n'est pas son corps que vous voyez là, mais celui d'une autre personne.

— Il ne faut pas la laisser là, celle-là ! On ne sait même pas qui c'est, elle va faire du mal à Véro !

— Je crois bien que malheureusement, la pauvre ne fera plus de mal à personne.

— Elle est… ? demanda le père.

— Ça m'en a tout l'air. Mais ne vous inquiétez pas, nos techniciens sont habitués. Ils ne dérangeront rien, ils vont juste relever les indices susceptibles de nous faire comprendre ce qui s'est passé. Comment cette pauvre fille est arrivée là.

— Elle a été assassinée, c'est ça, n'est-ce pas ?

— Il y a de fortes chances, oui. Venez, ne restez pas là.

— Non, résista la mère. Il est de notre droit de surveiller ce qui va se passer. C'est la tombe de notre enfant.

Derval soupira. Elle avait raison, il ne pouvait s'opposer à la présence des parents, même si elle risquait de constituer un frein pour les investigations à mener.

Le Guern était parti récupérer dans l'estafette le matériel afin de dresser le périmètre de sécurité et de protéger d'éventuelles empreintes. Les TIC – les techniciens de l'identification criminelle – ne tardèrent pas à arriver. Leur véhicule se gara devant l'entrée du cimetière. Ils enfilèrent leur tenue de cosmonautes. Derval et son adjoint éloignèrent les badauds.

Le fossoyeur en titre n'avait rien remarqué de particulier. Il bougonna que la nuit il lui arrivait de dormir, il n'était quand même pas tenu de surveiller son cimetière vingt-quatre heures sur vingt-quatre !

5

Mardi 22 février, dans la soirée

Héloïse Daubert et Philippe Derval se retrouvèrent au Gambetta un peu avant dix-neuf heures. Après quelques jours de douceur, il s'était remis à faire frisquet, avec un petit vent sec qui piquait le nez et les joues. Pas question de rester en terrasse. Même si l'adjudant n'était jamais venu en uniforme, ce n'était un secret pour personne qu'il s'agissait de deux flics. Ils s'installèrent à une table où ils pourraient discuter à l'abri des oreilles indiscrètes.

— Deux pressions comme d'habitude ? demanda le serveur, toujours très classe, sans obséquiosité.

— Non, pour moi ce sera un café. Je me suis caillée tout l'après-midi.

— Et pour monsieur ?

— Un whisky. Pas le plus cher toutefois, un flic, ça ne gagne pas des mille et des cents.

— Le moral a l'air meilleur, dis donc, reprit Daubert quand le garçon se fut éloigné.

— Le patron m'a enfin donné de quoi travailler vraiment.

Il raconta la découverte du corps dans le caveau du cimetière.

— On sait de qui il s'agit ?

— Pas encore. Une ado. Aucune disparition n'a été signalée ces derniers jours.

— Elle était là depuis longtemps ?

— À première vue, non. Quelques heures, un jour tout au plus. Une autopsie est programmée pour demain matin.

— Tu vas y assister ?

— Oui. Pas de gaieté de cœur, tu dois bien t'en douter, mais, malgré mes antécédents, le capitaine a décidé de me confier l'enquête, il serait malvenu de jouer les effarouchés.

— Le juge, tu l'as rencontré ? C'est Allibert ?

— Oui, c'est ça. Nous avons eu un long entretien. Je crois que lui aussi avait envie de vérifier ce que j'avais dans le ventre. Il m'a fait bonne impression.

— C'est drôle, c'est lui qui instruit aussi le double homicide sur lequel j'enquête. C'est un magistrat intègre, qui n'a pas pour habitude de se laisser influencer, ni de céder aux pressions. C'est bien qu'il t'accorde sa confiance.

— J'en suis conscient, si ça foire encore, je suis bon pour assurer la circulation aux ronds-points et aux carrefours. Ou la sécurité dans les manifs comme le jour où on s'est rencontrés.

Ils discutèrent de leurs enquêtes respectives. La fille du cimetière avait douze, treize ans, expliqua

Derval. Elle avait sans doute été étranglée. Pas d'autre blessure apparente. Restait à déterminer si elle avait été violée et pour quelle raison son corps avait été déposé dans un endroit aussi insolite. Quant au couple, Héloïse fit état du résultat des autopsies. Le mari avait été assommé – peut-être la chute sur le carrelage – avant d'être poignardé. Des coups assénés au hasard, une vraie boucherie, qui laissait supposer l'œuvre d'un amateur. L'antiquaire avait été victime de la même sauvagerie. L'arme des deux crimes serait un couteau de cuisine pris sur place, ce qui excluait la préméditation. Pour l'instant, aucun témoin pour corroborer ces hypothèses.

Héloïse finit son café. Leurs yeux se croisèrent, leurs regards restèrent mêlés quelques secondes. Les habitués du Gambetta ne pouvaient s'empêcher de les épier. Que pouvaient bien se raconter deux flics, avec des airs de conspirateurs ? Derval gardait un œil sur eux. Le limier toujours en alerte, à l'affût d'une intuition. Parmi les clients se trouvait peut-être le meurtrier du couple, ou le salaud qui avait réglé son compte à l'adolescente. Daubert semblait lire dans ses pensées.

— Pour ta gamine. Il va falloir fouiner du côté des collèges. Ils ont des photos dans les dossiers scolaires.

— Merci du conseil. Tu dois bien te douter que nous y avons pensé. Le problème c'est qu'ils sont en vacances pour quinze jours. Le Guern a commencé à faire le tour, mais il n'y a pas toujours une permanence. Pour l'instant, il n'a rien trouvé.

Derval fit signe au garçon de venir se faire régler. Le temps que celui-ci sorte la monnaie de la petite sacoche accrochée à sa ceinture sur le côté, Daubert enfilait sa parka, avec un col dont la fourrure se mêlait à ses cheveux coupés au carré. Sans être d'une coquetterie extrême, elle veillait à son look.

— On se passe un coup de fil si on a du nouveau ? proposa-t-il.

— Même si on n'a rien de nouveau. Bon courage pour demain matin.

6

Mercredi 23 février, le matin

Bien sûr, ce n'était pas la première autopsie à laquelle l'adjudant Derval était amené à assister. Bien que partie intégrante du boulot, cela restait un spectacle répugnant, et encore, ce n'avait jamais été pour une adolescente. Il lui avait fallu se déplacer jusqu'à l'institut médico-légal à Lorient. Quand il se présenta à l'hôpital, la médecin légiste était déjà à son poste. Une femme donc. Celle-ci jeta un coup d'œil sur sa montre. Le gendarme comprit l'allusion.

— On avait bien dit neuf heures, si mes souvenirs sont bons.

— Sans doute, marmonna-t-elle. Mais j'ai un programme très chargé aujourd'hui. Si je peux gagner un peu de temps.

— En ce cas, ne traînons pas.

Le corps était déjà installé sur le plan de travail, recouvert cependant par un drap, comme si les préparateurs avaient voulu ménager la pudeur de la pauvre gosse.

Mireille Le Dévéhat affichait la cinquantaine. Le blond très clair de ses cheveux ne permettait pas d'affirmer si c'était sa couleur naturelle ou s'ils étaient en train de se délaver au fil de l'âge. Plutôt mince, pour ne pas dire sèche, un visage émacié sur lequel le moindre sourire paraissait forcé. Une conscience professionnelle au-dessus de tout soupçon. Un métier aussi particulier lui avait sans doute aigri le caractère, la médecine dévoyée à d'autres fins que la guérison. Elle ôta le drap sans geste brusque. Derval eut le réflexe immédiat de détourner le regard, ce qui ne lui échappa pas.

— Elle était bien jeune pour mourir… se contenta-t-elle de murmurer.

D'être contraint d'observer la nudité de l'adolescente, Derval avait le sentiment de n'être qu'un sale petit voyeur. Sa poitrine à peine formée, la pilosité encore disparate de son pubis, une impression de fragilité émanait de son anatomie tout entière. De virginité. Une enfant au printemps de la vie et qui ne demandait qu'à en profiter. Le médecin la retourna afin d'observer si le corps présentait des blessures. Peu à peu, la rigueur de la fonction prenait le pas sur l'émotion.

— Aucune trace de violence, à part bien entendu la marque de la strangulation.

Ce disant, elle dégagea les cheveux afin que l'adjudant puisse regarder. Un sillon rouge et net faisait le tour du cou.

— Apparemment, elle ne s'est pas débattue.

— Elle n'a pas eu le temps de souffrir ?

— Du moins, elle n'en a pas eu conscience.

— C'est-à-dire ?

— Je pense qu'elle a été endormie avant d'être étranglée. On pourrait dire qu'elle est morte *en douceur*. Elle n'a pas essayé de desserrer le garrot qui l'étouffait, sinon il y aurait des griffures, des ecchymoses sur la peau du cou.

Le médecin inspecta les membres. Rien ne laissait supposer qu'elle se soit débattue, qu'elle ait tenté à un moment ou à un autre de s'enfuir, qu'elle ait pu faire une chute notamment. Bien que n'étant pas d'une propreté exemplaire, les ongles de la main ne présentaient rien de particulier non plus.

— Une cicatrice au creux de la paume de la main droite, observa Le Dévéhat d'une voix monocorde, comme si elle s'adressait un compte rendu personnel.

— Ancienne ?

— Impossible de le déterminer. Sans doute que oui, mais cela n'a rien à voir avec ce qui lui est arrivé, de toute évidence.

L'examen continuait. Vint le moment le plus répugnant de l'autopsie, celui de la dissection. Le bistouri incisa la poitrine et l'abdomen sur toute leur longueur. Puis, la lame dépiauta les chairs, sectionna le sternum afin d'ouvrir la cage thoracique au moyen de fortes pinces. Une odeur insupportable envahit la pièce. Derval serrait les poings et les dents pour ne pas craquer. La doctoresse effectuait les prélèvements nécessaires, dans l'appareil digestif, dans les poumons et les voies respiratoires.

— Vu les relents d'odeur, tout laisse à penser qu'elle a été chloroformée. Les analyses devraient le confirmer.

Elle s'occupait à présent des organes génitaux.

— Elle a été violée ? demanda Derval.

— Non, elle a encore son hymen. Autrement dit, elle était vierge. Par voie anale, ce ne semble pas être le cas non plus, elle ne présente aucune fissure qui indiquerait qu'elle ait été forcée.

L'adjudant secoua la tête.

— Aucune trace de violence, ni physique ni sexuelle. On se demande pourquoi elle a été assassinée.

Le Dévéhat lui jeta un regard dont il fut incapable de deviner la signification.

— Si je ne me trompe, c'est votre rôle de le déterminer. Vous avez découvert son identité ?

— Pas encore, on s'y emploie.

— Ce n'est pas dans mes attributions, mais elle a pu être kidnappée afin d'obtenir une rançon que les parents se sont refusés à payer. Il arrive que ces salauds de ravisseurs ne cèdent pas et passent à l'acte plutôt que de libérer leur proie.

— C'est en effet une hypothèse que nous avons envisagée, mais aucune disparition ne nous a été signalée.

— Quand la presse va dévoiler le décès d'une adolescente, la famille va certainement se manifester.

À ce moment, le téléphone portable de Derval grésilla dans la poche de sa veste.

— Excusez-moi.

— Je vous conseille de sortir, le réseau a du mal à passer entre les murs. Moi, je vais remettre la victime en état afin que les services funéraires puissent la ramener à la morgue de Vannes et faire le boulot avant de la rendre à ses parents quand on saura qui c'est.

Derval remonta. C'était le chef de la brigade.

— Comment s'est passée l'autopsie ?

— Sans problème particulier. Le toubib pense que l'ado a été tuée lundi soir, elle aurait été endormie avant d'être étranglée. Sans doute par un cordon, ou une ceinture très fine. Elle n'aurait pas souffert, ce qui est une bien piètre consolation…

— Ce n'est pas pour cette raison-là que je vous appelle. On a sans doute découvert l'identité de la malheureuse. Grâce à une carte de cantine qui a glissé de sa poche dans une allée voisine. Patricia Vincent, douze ans, scolarisée au collège Notre-Dame de Saint-Avé. On attend l'indentification des parents. Le Guern essaie de les joindre. Si vous n'avez plus rien à faire à Lorient, j'aimerais autant que vous rentriez afin de les informer avec ménagement.

— J'arrive.

— Au fait, vous ne divulguez à personne l'identité de la victime. Pas même au médecin légiste.

Pas de gaffe tant qu'on n'est pas sûr. Je n'ai pas envie qu'on passe pour des guignols.

Derval comprit que l'allusion concernait ses anciennes affaires[1].

1. Voir *Les Brumes de décembre*.

7

Mercredi 23 février, fin de matinée

Solange Vincent habitait à Locqueltas, mais elle travaillait au Carrefour de Vannes. Hôtesse d'accueil, caissière en termes plus triviaux. Trente-trois ans, elle se trouvait jolie, n'était qu'ordinaire et développait en compensation une coquetterie outrancière, notamment côté maquillage. Bien roulée, elle captait l'attention des hommes, s'habillait en conséquence, afin de mettre ses appas en évidence. Loin d'être sotte, elle n'était pas non plus un sommet d'intelligence. Versatile, elle se fâchait pour des broutilles, surtout lorsqu'elle perdait pied dans des causes indéfendables. Ludovic Vincent en avait eu ras le bol de supporter ses éclats, suivis de bouderies inexplicables pendant plusieurs jours. La fille avait hérité du caractère de la mère. Pleurnicharde des nuits entières pendant sa prime enfance, capricieuse par la suite, elle était devenue insupportable dès les prémices de l'adolescence. Des caractères féminins aussi malcommodes ne pouvaient a priori se concilier. Bien sûr leur relation connaissait des coups de grisou, mais elles s'alliaient contre le paternel dès que l'une avait des griefs à son encontre, justifiés ou non.

« Solange Vincent est priée de se présenter à l'accueil. »

Intriguée, elle attendit d'être relayée à la caisse et se hâta en ronchonnant.

— On te demande.

— Qui ?

— La gendarmerie, si j'ai bien compris. Autrement on ne t'aurait pas dérangée.

L'agacement laissa place à une inquiétude immédiate. Personne n'aime être contacté par les flics, surtout en présence de ses collègues. Quand Baptiste Le Guern lui annonça qu'elle devait passer à la caserne au plus vite, son cœur s'emballa et elle demanda la raison en bafouillant. Le Guern avait pour consigne de ne pas affoler la pauvre femme au cas où il ne s'agirait pas de sa fille, il avait préparé la réponse : juste besoin de vérifier une information qui leur avait été transmise. Il ne pouvait en dire davantage au téléphone. Mais ce serait bien de venir tout de suite.

— Si cela peut vous rassurer, nous n'avons rien à vous reprocher.

Le Guern avait raccroché. C'était ce qu'il pouvait dire de mieux pour la convaincre.

Le planton demanda à Solange Vincent de patienter.

— C'est l'adjudant Derval qui va vous recevoir. Je vais le prévenir de votre arrivée.

Elle sentait croître son angoisse. De plus en plus se développait en elle l'intuition que c'était plus grave que ne l'avait laissé entendre le flic au téléphone.

Entre-temps, Le Guern avait dû quitter le service. A échéances régulières, des coliques néphrétiques le frappaient sans crier gare, une douleur atroce qui le pliait en deux en quelques secondes. La seule thérapie était l'injection d'un produit qui dilatait les conduites intérieures et facilitait l'évacuation de l'uretère obstrué. Cela pouvait durer plusieurs jours, le temps que le calcul rénal, semblable à une petite « rose des sables », aux pétales aussi coupants que des rasoirs, ne se fraye le passage.

— Asseyez-vous, madame Vincent, je vous en prie.

L'adjudant s'efforçait de ne pas afficher une mine trop dramatique. Il entra tout de suite dans le vif du sujet :

— Savez-vous où se trouve votre fille ?

— Chez son père. Je peux savoir ce qui se passe ?

— Sa carte de self a été retrouvée dans le cimetière de Saint-Avé. Hier matin, nous avons fait une macabre découverte dans le même cimetière. Une fille à peu près du même âge que la vôtre. Si votre fille se trouvait là-bas, elle a peut-être vu quelque chose.

— Y a qu'elle à pouvoir vous répondre. Je vous ai dit, elle est chez son père.

— Il doit nous rejoindre. Nous allons vérifier.

Ludovic Vincent parut contrarié de découvrir son ex dans le bureau de l'adjudant. Derval lui posa la même question.

— Ben… Chez sa mère.

Celle-ci se redressa comme si une guêpe l'avait piquée.

— Mais non, voyons ! Tu sais bien que c'était à ton tour de la garder !

Vincent expliqua que Patricia et lui s'étaient disputés la dernière fois et que c'était son choix à elle de rester avec sa mère ce week-end-là. Derval savait à présent qui était l'adolescente sur la table d'autopsie. Il refit état de la carte de self découverte dans le cimetière, du corps dans la tombe.

Pétrifié, le père marmonna quelque chose du genre : « Putain de merde, c'est pas possible. »

— Vous pensez que ce pourrait être Patricia ? demanda-t-il.

— Malheureusement, ce n'est pas impossible, répondit l'adjudant.

Alors la mère eut une réaction inattendue, proche de l'hystérie :

— Tu peux me dire ce que tu as fait à ma fille, espèce de salaud ?

Tiens, tiens… se dit Derval.

— Le mieux, c'est que vous nous accompagniez à la morgue de l'hôpital afin de vérifier si c'est bien votre fille avant de poursuivre nos recherches.

8

Mercredi 23 février, un peu plus tard

Philippe Derval observait le couple, quelque chose clochait dans leur attitude, un détail qu'il ne parvenait à définir. Bouche entrouverte, la mère était paralysée à l'idée du visage sur le point d'être dévoilé. Si elle était croyante, elle devait prier de toutes ses forces pour que n'apparaisse pas celui de sa fille. Un espoir ténu, insensé, elle ne se faisait plus guère d'illusions. Ce n'était pas cette pauvre femme qui accaparait l'attention de l'adjudant, mais le père. Un peu en retrait, Ludovic Vincent semblait se désintéresser de la scène, il gardait la tête baissée, le regard fixé sur le sol, comme si lui était déjà certain de ce qu'il allait découvrir.

— Vous êtes prêts ? demanda Derval.

Le mari ne réagit pas. Son épouse voulut acquiescer, mais son oui se termina en une sorte de gloussement noyé de sanglots. L'adjudant fit coulisser la fermeture éclair de la housse et en entrouvrit les pans. Le visage apparut, si exsangue qu'on aurait cru celui d'une statuette de porcelaine, paisible pourtant. La mère poussa un cri sauvage, tituba, chercha à tâtons un appui qu'elle ne trouva pas, mais elle eut la force de caractère de ne pas s'affaisser. Lui, n'avait toujours pas levé les yeux.

— Il s'agit bien de votre fille ?

— Ma pauvre Patricia, ma pauvre petite... gémit la mère. Qu'est-ce qui t'est arrivé ?

— Monsieur Vincent, fit l'adjudant. Vous pouvez nous confirmer qu'il s'agit bien de votre fille ?

Cette fois, le père tressaillit, comme si la voix du gendarme le sortait d'une profonde léthargie. Il observa les traits figés de l'adolescente.

— Oui, c'est bien...

Alors que jusque-là il était resté impassible, il ne put en dire davantage, il enfouit son visage entre ses mains en sanglotant.

De longues minutes s'écoulèrent autour de la misérable dépouille, jusqu'à ce que l'adjudant prenne la décision de refermer la housse. Mais le silence resta palpable encore un bon moment.

— De quoi elle est morte ? demanda Solange dans un souffle.

Derval prit une longue aspiration.

— Elle a été étranglée.

Un mot atroce, qui fit à nouveau vaciller la mère.

— C'est affreux... marmonna-t-elle.

— Celui qui l'a assassinée l'a endormie avec du chloroforme avant de passer à l'acte. D'après le médecin légiste, elle n'a pas souffert.

— Ça s'est passé quand ? fit Ludovic Vincent qui émergeait enfin de son mutisme.

— Vraisemblablement lundi soir.

— Vous savez qui a fait le coup ?

— L'enquête ne fait que commencer. Pour l'instant, nous n'avons aucune piste véritable, mais nous allons encore fouiller le cimetière. Celui qui l'a apportée là a peut-être laissé des traces, perdu quelque chose, comme il avait perdu la carte de self de votre fille. Nous aurons d'ailleurs besoin de vous interroger. Il faut que vous nous indiquiez précisément comment était votre fille les dernières fois que vous l'avez vue. Si vous avez remarqué quelque chose, même un détail le plus anodin.

Ludovic Vincent s'agitait de plus en plus.

— Quand vous aurez retrouvé l'assassin, vous me prévenez tout de suite, hein ? J'aurai deux trois choses à lui dire.

— Il est bien temps de t'occuper de ta fille ! T'as pas compris qu'elle est morte ?

Vincent tituba vers la sortie.

— C'est ça, fous le camp ! hurla Solange. Tu n'as plus rien à faire ici !

— Ne partez pas, monsieur Vincent, intervint l'adjudant. Vous allez devoir rester à notre disposition au moins pour cette journée.

Afin de leur laisser le temps de s'organiser, il leur fixa rendez-vous pour le début de l'après-midi. D'abord la femme, à quatorze heures, puis le père, une heure après.

— Je ne sais pas si j'aurai la force, balbutia Solange. Je préférerais rester avec ma petiote.

— Je mesure votre douleur et croyez bien que nous y prenons part, mais plus vite nous recueillerons vos témoignages, plus vite nous pourrons commencer l'enquête.

Solange se présenta à la gendarmerie un peu avant l'heure convenue, elle semblait avoir vieilli de dix ans. Les paupières rougies, les orbites creuses, les cheveux décoiffés, elle avait le visage ravagé. Sa crise de colique néphrétique calmée plus tôt que prévu, Le Guern était revenu. Conscient d'aggraver la douleur de la pauvre mère, Derval ne savait par où commencer.

— J'ai pris mes informations à l'hôpital, votre fille vous sera rendue dès demain matin, afin de passer un peu de temps avec elle et d'organiser ses obsèques. Il serait bien aussi que vous puissiez discuter avec son père.

Solange soupira. Ne répondit pas.

— J'ai cru comprendre que vos rapports étaient plutôt tendus.

La respiration de la mère s'accéléra comme si elle prenait sur elle afin de se contrôler.

— Sans vouloir m'immiscer dans l'histoire de votre couple, je peux savoir ce que vous avez à lui reprocher ?

— Parce que vous n'avez pas compris que c'est un drôle de type ?

— Drôle de type, à quel point de vue ?

— Mais avec Patricia.

— Vous pouvez préciser ?

— Vous ne trouvez pas bizarre son insistance à obtenir la garde alternée de sa fille, alors que celle-ci ne le supportait pas ?

— C'était son père, c'est normal qu'il éprouve de l'affection pour elle. C'était une adolescente, elle avait mal vécu votre séparation. À cet âge-là, il n'est pas illogique qu'elle en veuille à ses parents.

— Pas à ses parents, à son père. Avec moi, ça allait. D'accord, elle avait son caractère, il nous arrivait de nous chamailler, mais elle ne m'en tenait jamais rigueur.

Derval sentait que la femme face à lui était sur le point de lui livrer une confidence pour le moins embarrassante. Par moments dans son regard s'allumaient des éclairs hallucinés. Il avait besoin de savoir, même si d'emblée, il était conscient de la méfiance qu'il devrait accorder à ses propos.

— Vous savez pour quelles raisons elle vouait une telle animosité à son père ?

Solange Vincent hocha la tête avec véhémence d'un air entendu.

— Depuis qu'elle était adolescente, il la regardait d'une drôle de façon.

Terrain dangereux... C'était bien ce que redoutait l'adjudant.

— C'est-à-dire ? demanda-t-il cependant.

— Vous faites exprès ou quoi ? Il la regardait comme si elle n'était pas sa fille, avec des yeux d'homme si vous préférez… Voilà.

Elle paraissait de plus en plus perturbée.

— Il aurait eu des gestes déplacés envers elle ? Elle n'avait que douze ans…

— Bientôt treize, et elle était déjà formée, si vous voyez ce que je veux dire. Patricia et moi, nous n'étions pas assez intimes pour qu'elle m'en fasse état. Mais ce n'est pas impossible.

— Ce sont là de graves accusations, madame Vincent. Vous avez des preuves de ce que vous avancez ?

Solange se tortillait sur sa chaise. Soudain, elle se pencha en avant par-dessus le bureau.

— Je sais ce que je dis et je dis ce que je sais. C'est pourtant pas dur de comprendre ce qui s'est passé.

— De ce qui s'est passé quand ?

— Ben, vendredi soir. Je savais que Pat ne voulait plus aller chez son père. J'étais là jeudi quand elle le lui avait dit au téléphone. Et il est quand même venu la chercher le lendemain au collège.

— Vous ne vous êtes pas étonnée de ne pas la voir alors qu'elle vous avait dit qu'elle devait venir chez vous ?

Solange mit du temps à répondre.

— Si, un peu, mais j'ai pensé qu'elle avait changé d'avis.

— Votre fille ne veut plus voir son père, il vient quand même la chercher et elle monte avec lui.

— Il l'a forcée, il l'a menacée, je sais pas, moi... Toujours est-il que c'est ce qui a dû se passer.

— Et la suite ?

— Ils ont dû encore se disputer, il était toujours en train de la chercher. C'était plus fort que lui, il pouvait pas s'empêcher.

Elle s'enlisait. Elle contemplait ses doigts qui n'arrêtaient pas de fourmiller sur ses genoux.

— Ouais, c'est ça, reprit-elle d'une voix rauque. Ils se sont disputés, allez donc savoir ce qu'il voulait lui faire. Elle a tenté de s'enfuir, alors il l'a chloroformée pour qu'elle ne souffre pas pendant qu'il l'étranglait.

Elle marqua une pause. Ses épaules se soulevèrent et elle poussa un profond soupir.

— Vous comprenez, c'était quand même son père, elle était quand même sa fille, il ne voulait pas lui faire trop mal.

Derval la fixait, elle évitait farouchement son regard.

— Puisque vous semblez au courant de tout, vous pouvez peut-être nous expliquer pourquoi il aurait déposé votre fille dans le cimetière de Saint-Avé ?

Elle se figea. En tournant, sa langue bosselait les parois de ses joues.

— Ça n'a rien d'étonnant.

— Ah bon ! Et pourquoi donc ?

— Sa mère est enterrée là-bas et sa petite sœur. Elle était morte d'une leucémie à l'âge de dix ans. Il connaît le lieu comme sa poche, il savait que le meilleur moyen pour qu'on ne retrouve pas le corps de sa fille, c'était de la fourrer dans une tombe. Vous voyez, tout se tient.

Tout se tenait en effet. Un peu trop bien même. Il lui proposa de signer la déclaration que Le Guern avait tapée au cours de l'interrogatoire. Le stylo entre les doigts, elle hésita.

— Je ne vais pas avoir d'ennuis au moins ?

— Si vous avez dit la vérité, non...

— Parce que vous savez, je suis un peu perdue....

Malgré toute la compassion qu'il aurait dû lui porter, Philippe Derval n'éprouva pas le besoin de la rassurer.

— Il y a une question fondamentale qu'il me revient de vous poser. Le ravisseur de votre fille ne vous a pas contactée afin de vous demander une rançon ?

Solange resta bouche entrouverte quelques secondes.

— Pensez bien que si ça avait été le cas, je vous aurais appelé tout de suite.

— Vous savez, le premier souci de ce genre de criminels, c'est de mettre en garde les parents : surtout ne pas prévenir la police.

— C'est un chantage auquel je n'aurais pas cédé.

— Vous en êtes bien certaine ?

— Puisque je vous le dis. De toute façon, celui qui a enlevé Patricia devait savoir que c'était son père qui la gardait cette semaine. C'est à lui qu'il faudra poser la question.

9

Mercredi 23 février, dans la soirée

Bientôt vingt heures. Derval commençait à craindre qu'Héloïse Daubert ne lui fasse faux bond. Soudain, il aperçut sa silhouette emmitouflée qui se hâtait sur le quai à gauche. Il se sentit soulagé. Ce rendez-vous quotidien lui tenait à cœur. Une sorte de briefing en tête-à-tête, lors duquel chacun était amené à vérifier la validité de ses propres hypothèses. Elle pénétra dans la salle du Gambetta, il se dressa sur sa chaise et lui adressa un petit signe de la main. Elle sourit, soulagée elle aussi qu'il n'en ait pas eu assez de poireauter. Elle s'installa, défit l'écharpe nouée autour de son cou. Il faisait froid et sec. Elle se frotta vigoureusement le bout du nez.

— Excuse-moi du retard. J'ai dû me garer sur le parking des Ursulines.

Ils commandèrent deux Grim.

— Ton enquête ? demanda Philippe. Tu as l'air tout excitée.

Elle prit le temps de reprendre son souffle.

— Il y a du nouveau.

Elle baissa le ton. Les voisins n'avaient pas besoin d'entendre, surtout les deux minettes installées sur la table la plus proche et qui s'étaient tues afin d'écouter.

Les gamins s'amusaient dans le terrain vague qui jouxtait le cimetière de Saint-Avé. Au foot, six contre six, dix-douze ans. Bien entendu, ils s'apprêtaient à disputer par anticipation le derby du dimanche suivant : d'un côté le Rapide, de l'autre l'Hermine. Ce n'avait pas été une mince affaire de se répartir en deux équipes, chacun entendant porter les couleurs de celle qu'il supportait.

La partie démarra enfin, acharnée comme il se doit. Le ballon était tout neuf, le cadeau d'anniversaire de l'un des joueurs. Aussi celui-ci se mit-il à hurler quand le précieux objet disparut dans les buissons derrière le terrain. L'auteur du shoot malencontreux fut sommé d'aller le récupérer sur-le-champ. Grégory était le plus âgé de la compagnie. Il s'aventura dans le roncier en veillant à ne pas faire d'accroc à son jean, sinon, il allait se faire chauffer les oreilles en rentrant à la maison. Il avait beau scruter les profondeurs des taillis, aucune trace de ce fichu ballon. En revanche, un cadre de bois appuyé contre le tronc d'un arbuste attira son attention. Il le retourna.

— Merde, un tableau ! s'exclama-t-il.

Il hésita à en parler aux copains, comptant bien le revendre si l'occasion s'en présentait et garder le pognon pour sa pomme. Il le remit à sa place, il viendrait le chercher quand il serait seul.

— Grégory ? Qu'est-ce tu fous ?

Alors, il aperçut la tache bleue et blanche du ballon.

— Vos gueules, les mecs ! J'arrive...

— Heureusement, le gamin s'est fait choper par son père quand il est revenu chez lui avec sa trouvaille. Le paternel devait être à peu près honnête, puisqu'il nous a passé un coup de fil aussitôt.

— Tu es certaine qu'il s'agit du tableau dérobé chez les deux victimes ?

— Ça m'en a tout l'air. On va vérifier, bien sûr, mais en tout cas, la taille correspond à l'empreinte laissée sur le mur du salon. On a envoyé aussitôt les techniciens dans le terrain de jeux, afin de chercher d'éventuels indices.

— Ils ont trouvé quelque chose ?

— Oui, et pas qu'un peu. L'arme avec laquelle le Martiniquais et son épouse ont été poignardés. Un couteau de cuisine classique, avec une longue lame.

Derval secoua la tête en essuyant la mousse sur ses lèvres.

— Tout indique que le cambrioleur devait être un débutant. Il a filé avec son butin, mais c'était un objet trop encombrant. Il a préféré l'abandonner avant de se faire repérer et par la même occasion il s'est débarrassé de son arme.

— Il faisait nuit, quand même, fit remarquer Héloïse. En s'y prenant bien, il avait de fortes chances de passer inaperçu.

— Oui, bien sûr. Mais tu ne m'empêcheras pas de penser qu'il a paniqué d'avoir tué deux personnes et qu'il a tout laissé en plan.

— Ce n'est pas impossible. Il y a cependant un détail qui indique qu'il n'avait pas perdu complètement la tête.

— Pas d'empreintes sur le couteau, n'est-ce pas ?

— Bravo, monsieur le détective. Le manche semble en effet avoir été soigneusement essuyé.

Ils sirotèrent leur bière en silence.

— Et toi, tu en es où avec ton ado ?

Derval lui raconta l'entretien avec la mère de la malheureuse.

— Elle s'acharne à faire porter le chapeau à son bonhomme.

— Tu y crois ?

— Pas vraiment, non. Elle en faisait trop. C'est le genre de bonne femme sujette à fantasmer. Je pense même qu'elle racontait n'importe quoi sous le coup de l'émotion. Pour preuve, elle s'est effondrée dans le couloir en quittant nos locaux. On a été obligés de la garder jusqu'à ce qu'elle recouvre ses esprits.

— Il ne faut quand même pas prendre ses allégations à la légère, se permit Daubert. Il y a peut-être une part de vrai dans ce qu'elle t'a raconté. Tu as rencontré le père ?

— Je l'avais convoqué pour quinze heures. Il n'est pas venu.

— Tu vois. Il a certainement quelque chose à se reprocher.

— Je lui ai demandé de se pointer demain matin à la caserne. S'il nous pose encore un lapin, j'envoie une équipe le chercher.

10

Jeudi 24 février, le matin

Ludovic Vincent ne commit pas une seconde fois la même imprudence. Il argua sa défection de la veille d'avoir été trop bouleversé une fois qu'il avait quitté la morgue de l'hôpital. Besoin d'être seul, de faire le point.

— Quelles sont vos relations avec votre fille ? attaqua Derval.

— Je ne comprends pas… répondit Vincent.

— Votre ex-épouse m'a laissé entendre que c'était souvent tendu entre vous et Patricia.

— Ce n'est pas faux. Patricia a hérité de sa mère un caractère plutôt difficile. Depuis quelques mois, elle me faisait sa crise d'adolescence. Une forme d'opposition systématique, mais ce n'était qu'un jeu de provocation. Elle tenait de semblables propos au sujet de sa mère derrière son dos, si vous voulez le savoir.

Derval l'observait. Il paraissait sincère, il s'exprimait de façon plutôt recherchée pour un plombier. Pas le genre d'homme qu'on imagine entretenir des relations incestueuses, mais l'adjudant avait décidé de ne plus faire confiance à ses intuitions.

— Je peux vous demander ce que vous avez fait lundi soir ?

Vincent se raidit sur sa chaise. Il mit quelques secondes à appréhender le véritable sens de la question.

— Vous ne pensez quand même pas… ?

— Nécessité de l'enquête. Réfléchissez, vous deviez récupérer votre fille à la sortie du collège, vous affirmez ne pas l'y avoir trouvée et avoir pensé qu'elle était retournée chez sa mère. Celle-ci ne l'a pas vue, et on découvre son corps dans le caveau d'un cimetière. D'autre part, vous vous étiez disputé avec elle au téléphone la veille de sa disparition. Nous sommes en droit de nous poser quelques questions.

Il marqua une courte pause.

— De *vous* les poser.

Ludovic Vincent encaissait chaque pique sans broncher. Il se passa une main sur le visage.

— Lundi soir, attendez… Je n'ai rien fait de particulier. J'ai dû manger vite fait devant la télé en regardant un film.

— Lequel ?

Pris au dépourvu, Vincent connut un moment de flottement.

— Je ne sais pas, je ne sais plus, un film ou une série sur Canal. J'étais fatigué, j'ai dû m'endormir dans le canapé. Oui, c'est ça, ça me revient maintenant, je me suis réveillé vers minuit et je suis allé me coucher. Je bossais le lendemain.

— Vous avez quelqu'un qui peut confirmer que vous étiez chez vous dans la soirée ?

— J'étais seul. Ah si ! Une amie m'a téléphoné. Il devait être aux environs de vingt heures. Je m'en souviens parce que je finissais de boire une bière.

— Vous pouvez nous indiquer de qui il s'agissait ?

— Sans problème. Elle s'appelle Laetitia Libert.

— Vous pouvez nous indiquer ses coordonnées ?

— Bien sûr.

— Il y a autre chose. Dans l'hypothèse où votre fille a été enlevée...

— C'est ce qui s'est produit, je crois... le coupa le père.

— Sans doute, oui. Dans cette hypothèse donc, il est bizarre que le ravisseur n'ait pas essayé de vous joindre afin de vous demander une rançon.

Vincent soupira en secouant la tête.

— Demander une rançon à un pauvre type comme moi...

Il fixa l'adjudant droit dans les yeux.

— Je suis un ouvrier au cas où vous l'auriez oublié. Le salaud qui a kidnappé ma fille savait très bien que je n'avais pas le fric pour payer une rançon.

Derval était parvenu à la même conclusion.

Laetitia Libert fut convoquée à la gendarmerie dans l'après-midi. Quand elle sut que c'était au sujet de Ludovic Vincent, elle parut tomber des nues. Apparemment, elle n'était pas au courant du drame qui le touchait. Derval l'interrogea à propos de leur relation. Elle rougit, parut gênée. L'adjudant pensa que le plombier lui avait menti.

— C'est un gentil garçon, mais nous nous connaissons encore à peine. Nous avions convenu de nous voir pendant le week-end.

— C'est ce que vous avez fait ?

— Non… Il devait m'appeler le vendredi soir.

— Et alors ?

— J'ai attendu en vain. J'étais surprise, ça ne paraissait pas son genre de me poser un lapin. J'ai essayé de le joindre, mais il ne répondait pas. Je lui ai laissé un mot sur la messagerie de son portable.

— Il vous a rappelée ?

Elle paraissait de plus en plus gênée.

— Non, je pensais même que c'était fini entre nous. J'ai patienté jusqu'à lundi soir. Pour en avoir le cœur net, je lui ai encore téléphoné. Cette fois, il m'a répondu.

— Il était quelle heure ?

— Un peu après vingt heures, si mes souvenirs sont bons.

— Vous avez discuté longtemps avec lui ?

— Je ne sais pas. Un quart d'heure, peut-être.

— Vous pensez qu'il était seul ?

Laetitia sursauta.

— Oui… En tout cas, je n'ai entendu personne d'autre que lui. Pourquoi vous me demandez ça ?

— Il devait garder sa fille la première semaine des vacances.

Elle parut soulagée.

— C'est vrai, ça me revient. Il m'en avait parlé, mais il m'avait dit qu'il s'arrangerait pour qu'on se voie quand même.

— Ce soir-là, il ne vous a pas invitée à le rejoindre ?

— Non… Il paraissait fatigué. Il avait travaillé toute la journée sur un chantier, qu'il m'a dit. Le midi, il n'avait même pas pris le temps de déjeuner. J'ai compris qu'il n'avait pas envie de parler. Comme je vous l'ai dit, il n'y a encore rien de sérieux entre nous. Je me suis bien gardée d'insister.

Elle était charmante, la demoiselle Libert, avec une touche d'ingénuité qui frisait la timidité. Rien à voir avec l'ex-épouse. Laetitia avait tout pour que Ludovic Vincent gagne au change et pourtant à entendre celle-ci, il l'avait négligée.

— Je voudrais juste savoir si vous êtes assez intimes pour me cacher quelque chose à son sujet. Pour le couvrir, en quelque sorte.

— Pourquoi aurais-je besoin de le couvrir ? Il a fait quelque chose de mal ?

Elle paraissait sincère.

— Il ne vous a pas mise au courant ?

— Au courant de quoi ? Je ne l'ai pas vu depuis la semaine dernière, et je n'ai pas l'intention de passer mon temps à lui courir après.

— Vous auriez pu le rencontrer lundi, puisque vous travaillez dans la même rue que lui.

— Cela ne s'est pas produit. Mardi j'étais en déplacement, un séminaire de formation, je suis nouvelle dans l'agence, j'ai encore beaucoup de choses à apprendre. Hier, j'ai pris une journée de congé. J'avais plein de trucs à faire. Ce matin, Ludovic n'est pas venu au travail. J'ai essayé de l'appeler, mais il ne répond pas. La batterie de son téléphone doit être déchargée.

— Il a une bonne raison de ne pas vous répondre.

— Il a fait une bêtise ?

— Non, sa fille a été assassinée.

11

Jeudi 24 février, dans la soirée

Bien que chacun ait l'esprit occupé par son enquête, Philippe Derval et Héloïse Daubert sacrifièrent à leur rituel vespéral.

La lieutenante avait enquêté à propos du tableau retrouvé par les gamins qui jouaient au foot. Un expert en art lui avait fourni des renseignements au sujet de l'artiste.

— C'est un Mignaret.

— Tu sais, je ne connais pas grand-chose en peinture, répondit le gendarme.

— Moi non plus, mais c'est un peintre du début du xxe. Paraît qu'il est bien coté, assez en tout cas pour attirer un cambrioleur.

— Encore fallait-il savoir que Nadine Rouillé le détenait à son domicile.

— Dans le monde où elle évoluait, ce ne devait être un secret pour personne.

— Ce qui relancerait l'hypothèse d'un cambriolage.

— Je n'y crois pas trop, mais ce n'est pas à écarter.

— Si je comprends bien, vous n'avez pas d'éléments nouveaux.

— Pas vraiment non. Le plus curieux, c'est que la maison du crime était un véritable musée, et qu'elle n'était pas équipée de système d'alarme.

— Il y a des gens qui se croient à l'abri, jusqu'au jour où ça leur tombe dessus. Dans quelle direction tu comptes pousser l'enquête ?

— On avance à tâtons. On a interrogé le personnel de la salle des ventes, afin de savoir s'ils avaient remarqué quelque chose d'anormal lors des dernières mises aux enchères. On fouine aussi dans le monde des antiquaires, mais pour l'instant, on n'a rien découvert de tangible. Et toi, ton adolescente ? Tu as rencontré le père ?

— Oui. Il ne m'a pas fait faux bond une deuxième fois.

— Alors, comment il est ?

— Je ne sais pas. Bizarre, je dirais. J'ai l'impression qu'il me cache quelque chose.

— Tu le soupçonnes ?

Derval hésita.

— Apparemment, d'après ce que disent les deux parents, la gamine était une chieuse de première.

— Comme beaucoup d'ados. De là à ce que son père lui torde le cou…

— Bien sûr, mais ces séparations ne sont jamais sans conséquences. Comme je te l'ai déjà dit, la mère a essayé de charger son bonhomme. Ce pourrait être un accident, une dispute qui a mal tourné.

La gamine veut foutre le camp, il tente de l'en empêcher.

— Et pour la punir, il la chloroforme avant de l'étrangler de sang-froid ?

Derval soupira.

— Non, mais peut-être qu'il cache bien son jeu. Il pourrait vouloir se venger de son ex en s'en prenant à sa fille.

— Jusqu'au meurtre ? Tu me fais froid dans le dos...

— Tu as raison. Changeons de sujet.

Ils restèrent quelques instants silencieux, de temps à autre, leurs regards se croisaient. S'évitaient, revenaient. Des ados en train de flirter.

— Je t'offre l'apéritif, proposa soudain Philippe.

— En quel honneur ? s'étonna Héloïse, tirée de sa rêverie. Tu as quelque chose de particulier à fêter ? C'est ton anniversaire ?

— Même pas. Comme ça. J'ai pensé aussi qu'on pourrait dîner ensemble. Alors, un petit apéro avant...

Le regard de la policière s'alluma. Depuis qu'elle l'avait rencontré, elle avait conscience du désarroi de Derval, de son manque évident de confiance avec les femmes. De l'effort qu'il devait fournir pour vaincre ses fantômes. Elle se garda bien toutefois de manifester un enthousiasme immédiat de crainte d'être puérile. Elle lui sourit. Dodelina du chef comme si elle hésitait.

— Ma foi, ce sera avec plaisir. À condition de ne pas trop parler de boulot.

— Je crois qu'on a déjà tout dit.

— Tu as réservé une table ?

— Tu vas me trouver prétentieux, mais j'avais le ferme espoir que tu accepterais, quitte à décommander si tu avais refusé. J'ai téléphoné à un restaurant cet après-midi. C'est en face du parc des expos. Mon adjoint ne tarit pas d'éloges au sujet de la cuisine.

— Tu ne me parles pas beaucoup de lui. Baptiste Le Guern, c'est ça ? C'est un bon collègue ?

— C'est un footeux dans la grande dimension. Alors le derby…

— Le match ne va pas être reporté ?

— Les coéquipiers de Kifou s'y sont opposés. Une façon de rendre hommage à leur copain, d'après ce que j'ai entendu.

Derval fit signe au garçon de venir prendre la commande.

— Un porto et un whisky. Mais un peu meilleur que celui de l'autre jour, si ça ne vous dérange pas ?

— Je vais voir ce que je peux faire.

Il hésita, se ravisa.

— Au fait, commissaire, je vous entendais parler du match de samedi. Vous savez qui a réglé son compte à Mathis Kifou ?

Daubert sourit.

— Si je le savais, je ne serais pas habilitée à vous le dire.

— Je comprends. Si je vous demande ça, c'est que ça cause en ville.

— À propos du match.

— Eh oui ! Le fameux derby. Je parie qu'avec ce qui s'est passé, il y aura encore plus de monde.

— Vous supportez quelle équipe ? demanda l'adjudant.

— Moi non plus, je ne devrais pas vous le dire. Ce n'est pas bon dans le commerce d'être étiqueté, surtout dans le monde du foot vannetais.

— Pourquoi ?

— Ça m'arrive d'aller au stade. Croyez-moi, il y a quelques fêlés parmi les supporters. Ils seraient capables de venir m'enquiquiner jusqu'ici.

Il se pencha vers ses deux clients.

— Moi, je serais plutôt pour l'Hermine. C'est normal, j'ai un cousin qui fait partie de l'équipe. Alors, c'est vachement dommage que Kifou ne puisse pas jouer.

12

Jeudi 24 février, plus tard dans la soirée

Le parc du golfe proposait une ouverture vers l'évasion, vers ces îles qui morcelaient l'espace maritime, comme les pierres précieuses d'un magnifique collier porté par une reine céleste et dont la monture se serait démantelée au gré du vent. Un hôtel majestueux dominait l'espace. C'était le rendez-vous des hommes d'affaires, le lieu des séminaires. Autant dire que l'établissement était luxueux, encadré par une direction exemplaire, secondée par un personnel trié sur le volet, formé à la discrétion conviviale. Dans une salle contiguë était ouverte depuis peu une boîte de nuit, le Valentina. Pour y accéder, une tenue correcte était exigée, et il convenait d'adopter une attitude convenable. Une façon diplomatique de sélectionner la clientèle, d'éviter les fêtards qui débarquaient en fin de nuit pour s'en jeter un petit dernier derrière la cravate avant d'aller cuver. Le restaurant de l'hôtel était tenu par le fils du grand patron. Une cuisine éclectique, échelonnant ses menus et sa carte des formules rapides à des plats plus raffinés.

Doutant des souvenirs que son collègue aurait pu y laisser, Philippe Derval n'eut pas la légèreté de se recommander de lui. La réception s'était-elle renseignée sur le pedigree du client qui avait réservé par téléphone ? Toujours est-il que le maître de salle lui annonça qu'il les avait installés à une table un peu à l'écart.

— Comme cela, vous pourrez discuter à l'abri des oreilles indiscrètes.

Sous-entendu s'ils souhaitaient échanger à propos de leurs enquêtes respectives.

Alors qu'elle se croyait caparaçonnée du côté sentiments, Héloïse Daubert était amusée par la situation. Un peu mal à l'aise aussi, consciente d'avoir amené insensiblement l'adjudant à lui faire du gringue. En l'occurrence, elle ne regrettait rien. Sur le plan appétence sexuelle, elle n'était pas des plus gourmandes. Sa dernière expérience remontait à deux ans, un collègue qui lui prodiguait une cour assidue, sa maladresse touchante l'avait émue. Un soir où elle avait le cafard, elle avait cédé. Le lendemain, elle s'était réveillée avec la gueule de bois, allongée à côté d'un mec bedonnant et velu comme un ours, et qui ronflait comme un vieux coucou sur le point de rendre l'âme.

— Un apéritif ? demanda le maître d'hôtel.

Ils échangèrent un regard amusé.

— Pourquoi pas ? fit Derval.

— Nous avons un petit vin blanc de pays très sympa.

Ils consultèrent la carte. Philippe se souvenait de son séjour à Port-Louis, de la répulsion que son ex-épouse éprouvait pour tout ce qui sortait de la mer, les huîtres en particulier. Il demanda à son invitée si cela ne la dérangeait pas qu'il en déguste une demi-douzaine en entrée.

— Au contraire, je t'accompagne bien volontiers. J'adore les coquillages.

Finalement ils optèrent pour un plateau de fruits de mer.

Philippe et Héloïse tinrent promesse de passer sous silence leurs tracasseries policières. Mais il est difficile d'improviser au pied levé pour deux quadragénaires qui ne se connaissaient qu'à travers leur boulot. Ils savaient que leur relation n'était pas qu'amicale, un sentiment plus trouble les poussait l'un vers l'autre. Héloïse connaissait par bribes l'aventure qui avait mené son vis-à-vis au divorce. Tout le monde dans le monde de la police vannetaise était plus ou moins au courant de l'affaire qui lui avait valu sa mutation. En revanche, lui ne savait rien du passé de la lieutenante. Sans être un canon, elle avait du charme, et ce on ne sait quoi de rassurant qui plaît aux hommes. Tout en décortiquant son quartier de tourteau, il cherchait les mots susceptibles d'amorcer la confidence.

Le vin blanc était sans doute savoureux, mais plutôt corsé également. Les yeux d'Héloïse se voilaient par moments. Généralement, l'alcool la plongeait dans le mutisme – elle le savait, évitait de trop forcer lors des soirées où elle était invitée. Ce soir-là, ce n'était pas du tout l'effet que produisait le quincy dont ils avaient déjà descendu la moitié de la bouteille. Vague à l'âme, besoin de parler, de s'épancher, de se mettre à portée. C'étaient toutes ces nuances de la complicité qui se déployaient dans son esprit. Philippe remarqua son trouble.

— Ça va ?

Elle se reprit, s'ébroua de sa rêverie.

— Oui, et même très bien.

— Tu paraissais triste.

— Non… Ce serait même plutôt le contraire. Voilà.

L'aveu lui alla droit au cœur. Il se contenta de sourire en la fixant dans les yeux. Elle ne détourna pas le regard.

— Tu te poses des questions à mon sujet, n'est-ce pas ?

— Pas vraiment. De t'avoir en face de moi suffit à mon plaisir. Mais tu as raison, quand je pense à toi, j'essaie d'imaginer quel a pu être ton passé, quelle vie a été la tienne.

Elle soupira, finit de mastiquer un bulot.

— Mais tu n'es pas obligée d'en parler si tu n'en as pas envie… mentit Derval.

Elle hocha la tête.

— Il y a des choses que je m'étais promis de ne dévoiler à personne, surtout à un homme si j'en dénichais un qui me plaisait.

— Diable... Pourquoi ?

— De crainte de le faire fuir, tout simplement.

Philippe lui proposa encore un peu de vin blanc. Son premier geste fut de refuser.

— Après tout, ça m'aidera peut-être à te déballer ce que je veux te dire depuis que je t'ai rencontré.

Elle prit une profonde aspiration, comme le nageur sur le point de s'élancer du plongeoir.

— J'ai été mariée. Jusque-là, rien d'original, ni de répréhensible.

Il hocha la tête.

— Tu vas voir que nos histoires existentielles se ressemblent, les amateurs de destins tout tracés diraient que nous étions sans doute faits pour nous rencontrer.

Elle éclusa le fond de quincy qu'il venait de lui servir.

— J'avais trente-six ans, je venais d'arriver à Vannes. Tu vois, c'est pas si vieux. Le juge d'instruction m'a confié une première affaire, somme toute assez banale. Un jeune homme, vingt-quatre ans, presque un gamin pour moi, une gueule d'ange, on lui aurait donné le bon Dieu sans confession.

— Et c'était un voyou ?

— Tout juste, une petite frappe, le mec sûr de son physique qui passe son temps à rouler les mécaniques. Les filles étaient toutes à lui tourner autour quand elles ne savaient pas le genre de type que c'était.

— Qu'est-ce qu'il faisait donc ?

— Le macho parfait. Domination, brutalités, violences physiques et mentales. Le problème, c'est que ses victimes rechignaient à se confier. C'est pour cette raison que le procureur de l'époque avait vu d'un bon œil que l'affaire soit confiée à une femme. Maintenant, c'est *une* procureure, je ne suis pas sûre qu'elle aurait opéré le même choix. J'ai réussi à faire parler l'une des malheureuses qu'il avait expédiées à l'hosto. Tu ne peux pas savoir le plaisir que j'ai éprouvé à le coffrer.

— Quel rapport avec le fait que tu aies été mariée ?

— J'y viens. C'est là que ça devient intéressant. La fille était dans un sale état. Le salaud qui lui avait abîmé le portrait en a pris pour deux ans.

— C'est le moins que la justice pouvait faire.

— Tu es d'accord avec moi, c'était un salaud, n'est-ce pas ?

— Je ne vois pas d'autre qualificatif pour le désigner.

— Et pourtant, c'est avec lui que je me suis mariée…

Philippe Derval avala de travers l'huître qu'il venait de gober.

— Tu racontes n'importe quoi, dit-il en riant.

— Ce serait faire preuve de beaucoup d'imagination. Non… C'est la vérité. J'étais fière de l'avoir flanqué au trou, et j'éprouvais cependant une forme de compassion à son égard.

— Vous vous êtes revus, si je comprends bien ?

— C'est moi qui ai pris l'initiative de le rencontrer quand il est sorti de prison au bout de seize mois. Libération anticipée pour bon comportement. J'étais flic, mais des fois je me dis que j'aurais pu être aussi bien missionnaire, ou assistante sociale. La prétention charitable de pouvoir l'aider à se remettre une fois pour toutes dans le droit chemin.

— Tu risquais gros. Il aurait pu te garder un chien de sa chienne et s'en prendre à toi.

— J'en étais consciente, et c'est peut-être cette part de risque qui me poussait vers lui. Jusque-là, j'avais eu quelques aventures, tu dois bien t'en douter, mais qui n'avaient jamais duré bien longtemps. Je n'avais pas envie de m'enquiquiner avec un bonhomme.

— Comment ça s'est passé avec ton vaurien repenti ?

— Je lui ai téléphoné pour lui fixer un rendez-vous. Dans un lieu public quand même. Je lui avais dit que j'étais journaliste, que j'effectuais un reportage sur les gens qui avaient fait de la tôle. Quand il m'a reconnue attablée dans le bistrot, il est tombé des nues.

— Ça peut se comprendre…

— Au début, il a cru que je revenais lui chercher des poux. Je l'ai rassuré, j'avais seulement l'intention de l'aider, de discuter avec lui.

— De là à convoler en justes noces...

— Ça ne s'est pas fait aussi simplement, tu penses bien. Nous nous sommes revus à plusieurs reprises. Il m'assurait que ça lui faisait du bien de me parler, qu'il mesurait combien il avait été con. J'étais seule, pas très bien dans ma peau, et puis, je te l'ai dit, c'était un sacrément beau garçon. La suite, tu peux l'imaginer, je t'épargne les détails...

Philippe évitait à présent de croiser son regard.

— Si tu m'en parles maintenant, je suppose que vous vous êtes séparés.

Héloïse restait pensive, faisant rouler entre le pouce et l'index un bigorneau vide. Puis soudain, elle leva les yeux et le fixa droit dans les siens.

— J'étais conne, hein ?

— Je ne sais pas... En tout cas, je suis mal placé pour te juger.

— Mon beau conte de fées s'est terminé en cauchemar. Je me suis même demandé s'il n'était pas entré dans mon jeu uniquement pour avoir l'occasion de se venger.

— Il s'en est pris à toi ?

— Ouais. Il a recommencé à être violent.

— Il te frappait.

— C'était verbal au début. Des vacheries sur mon boulot, les flics tous des cons, je m'habillais comme un cageot, tu connais la litanie. Il aurait voulu que je devienne sa chose.

— Tu ne t'es pas laissé faire, au moins ?

Elle éclata de rire.

— Ne sois pas déjà jaloux, tu veux. Les galipettes perverses, ça n'a jamais été mon truc. Le jour où il a levé la main sur moi, je lui ai flanqué un bon coup de genou dans les burnes et j'ai fiché le camp.

— Tu as demandé le divorce, j'espère ?

— Bien entendu. Daubert, c'est mon nom de jeune fille, tu sais.

— Tu ne l'as jamais revu ?

— Je pense qu'il m'en veut à mort, d'abord de l'avoir fait coffrer, ensuite de l'avoir laissé tomber. Je sais qu'il me surveille, qu'il me suit.

— Tu n'as pas peur qu'il s'en prenne à toi ?

— Je suis toujours armée. S'il m'attaquait je n'hésiterais pas à me servir de mon arme.

— Pourquoi tu n'essaies pas de l'intercepter avant qu'il fasse une connerie ?

— Tant qu'il reste à distance, je n'ai aucun motif pour l'interpeller. Il aura beau jeu de dire que je me fais des idées. Le mieux, c'est de me tenir sur mes gardes et de le laisser venir.

— Il s'appelle comment ton gigolo ?

Elle hésita, fronça les sourcils.

— Mon gigolo… Mon Dieu… Et moi, je suis peut-être une cougar pendant que tu y es…

— Ne le prends pas mal.

— Ce sont des termes qui me dérangent. Tu dois bien te douter que je ne l'ai jamais entretenu.

— Donne-moi son nom quand même. On ne sait jamais.

— Jérémy Vandry. Mais il se faisait appeler Jimmy. Tout le monde l'appelait Jimmy d'ailleurs, sauf moi, je trouvais que ça faisait trop voyou. Comme je pense ne l'avoir jamais aimé, c'était uniquement physique, si tu…

— Je t'en prie… la coupa Philippe.

Elle piqua du nez.

— Tu as raison, je suis idiote…

Ils avaient cessé de manger. Le serveur s'approcha de la table.

— Un dessert ?

Ils échangèrent un sourire. Il ne voyait plus la même femme. En réalité, il la voyait comme une vraie femme maintenant, et elle, paraissait soulagée d'avoir vidé sa conscience.

— Volontiers, fit Derval. Qu'est-ce que tu veux ?

— Si vous avez une glace…

— Bien sûr, je peux vous proposer une coupe colonel. La vodka glacée, ça aide à digérer.

13

Jeudi 24 février, dans la nuit

La tête dans les étoiles, ivres de vin et d'amour naissant, désormais liés par leurs secrets respectifs, Philippe et Héloïse se rendirent sur les quais de l'embarcadère. La nuit était calme. Les eaux se ridaient à l'endroit où le chenal s'immisçait dans la masse puissante de la petite mer, *mor bihan* en breton, qui avait donné son nom au département. Ils ne s'étaient pas dit un mot depuis leur sortie du restau, plus besoin de parler pour l'instant, le silence suffisait pour partager leur bien-être. Sans se concerter, ils se posèrent sur l'un des bancs, en amoureux. Un fond d'air un peu frisquet, tout naturellement elle se nicha contre le flanc de l'homme, un contact dont elle avait oublié la douce chaleur, combien c'était rassurant. Naturellement il lui passa un bras sur les épaules et la serra contre lui.

Un moment qui dura une seconde ou une éternité, tant le temps n'avait plus d'importance, avait perdu toute signification. Venu de la ville, le vent porta jusqu'à eux le tintement de l'un des clochers.

Ils en comptèrent les coups. À douze, ils éclatèrent de rire.

— Minuit, l'heure du crime, murmura la lieutenante à l'oreille de l'adjudant.

— Normal pour deux flics ennemis, ajouta Derval. Reste à savoir qui va trucider l'autre.

— J'aimerais que tu...

Elle suspendit sa phrase.

— Je t'écoute.

— Non. Tu vas croire que je suis en train de te draguer...

— Que je t'embrasse, n'est-ce pas ?

Avant qu'elle n'ait le temps de répondre, ses lèvres emprisonnèrent celles de la femme. Le baiser durait, sans la fougue de jeunes gens, tout en délicatesse. En entrouvrant les paupières, il crut apercevoir une silhouette disparaître entre les voitures sur le parking. Il se souvint des confidences de la lieutenante à propos de ce malfrat dont elle s'était entichée. Il se garda de l'alarmer toutefois, il était là pour la protéger à présent. Il brûlait d'étreindre son corps, mais l'endroit était mal choisi. Trop nombreux étaient les noctambules à déambuler à l'extrémité de la Rabine. Sans compter les clients de la boîte de nuit, qui arrivaient, s'en allaient, qui sortaient prendre l'air. La police et la gendarmerie à fricoter ensemble, la nouvelle ferait les gorges chaudes de la gazette locale.

— Ça te dirait d'aller guincher ? proposa-t-il.

— Pourquoi pas ? Mais tu crois qu'on a la tenue appropriée ?

— Si le portier nous fait des histoires, on lui montrera notre carte.

Pour accéder au Valentina, il était nécessaire de contourner l'hôtel dont le parking arrière était ceint d'un haut grillage. C'était la boîte de nuit chic. Un cadre intime agencé avec goût, des lumières originales avec des colonnes dans lesquelles remontaient des bulles, créant un décor subaquatique. La piste de danse était entourée d'alvéoles avec table basse, canapé et fauteuils. Une sono parfaitement réglée distillait une partition musicale en accord avec l'ambiance et la clientèle, un savant mélange des tubes modernes en vigueur et des succès plus anciens, sur lesquels reprenaient plaisir à danser et à flirter les personnes d'âge mûr.

Le comité d'accueil dévisagea le couple quelques secondes. Le portier ne put dissimuler un tressaillement de surprise. Lequel des deux avait-il reconnu, la policière ou le gendarme ? Aucun commentaire toutefois, mais de toute évidence il n'était pas enchanté de l'intrusion de la maréchaussée.

Derval et Daubert déposèrent leurs manteaux au vestiaire. Ils n'avaient pas pénétré dans la salle que s'avançait vers eux le patriarche qui régentait l'hôtel, la brasserie et le Valentina, une affaire avant tout familiale dont il n'entendait pas que soit ternie la réputation. Sans doute avait-il été prévenu de l'arrivée des flics par l'un de ses vigiles. Il s'adressa à Héloïse à voix basse.

— C'est beaucoup d'honneur, madame la commissaire.

— Je ne suis que lieutenante, répondit-elle en souriant.

— Ce n'est déjà pas si mal.

— Permettez-moi de vous présenter l'officier de police judiciaire Derval, que vous connaissez peut-être déjà.

— Diable, une descente en force. J'ai su pour les affaires qui agitent notre brave ville vannetaise. Je suppose que si vous vous présentez chez moi, c'est que vous êtes sur une piste.

— Ne soyez pas inquiet, nous ne sommes pas en service. Nous sortons du restaurant.

— Bon choix. J'espère que vous avez été satisfaits.

— Pleinement… Mes félicitations au chef.

— Tant qu'à être là, une petite coupe de champagne ?

— Nous avons déjà un peu bu, fit Héloïse.

— Allons, vous n'êtes quand même pas à vous contrôler entre collègues ?

— La loi est la même pour tout le monde, intervint Derval. Mais pour une fois…

La discussion entre les deux flics et le patron n'était pas passée inaperçue. Tout le monde était au courant du double meurtre et de l'assassinat odieux d'une adolescente retrouvée dans un cimetière. À part quelques amoureux enlacés sur la piste, les clients leur jetaient des regards en coin. Philippe et Héloïse s'efforçaient de ne pas donner l'impression d'être en service. L'un des serveurs leur apporta le champagne offert par la maison, avec quelques mignardises. Ils trinquèrent, les yeux dans les yeux.

— Je te remercie pour la délicieuse soirée que tu m'as offerte, dit Héloïse.

— Tu veux danser ? proposa Philippe, profitant d'un slow des années 80.

La danse, ça n'avait jamais été son point fort, mais elle avait deviné la véritable raison de l'invitation, elle aussi désirait se retrouver entre ses bras. Elle se leva et accepta la main tendue.

Philippe avait du mal à définir ce qu'il éprouvait. Cette femme, la désirait-il vraiment, ou n'était-elle que l'âme sœur dont il avait besoin depuis sa mutation ?

Soudain, la musique s'interrompit et la lumière s'éteignit, levant des cris et des murmures amusés. Était-ce volontaire de la part du DJ ?

« Vous feriez bien de fouiner du côté des adeptes des parties mondaines. »

Héloïse se crispa.

— C'est toi qui viens de me parler ?

— Moi ? Non, je n'ai rien dit.

La lumière revint moins d'une minute plus tard. La policière s'était écartée de son compagnon. Visiblement très inquiète, elle observait les couples autour d'eux, dont certains avaient déjà repris leur enlacement chaloupé.

— Qu'est-ce qui t'arrive ? demanda Philippe.

— Quelqu'un m'a parlé à l'oreille pendant la coupure de courant. Je pensais que c'était toi.

— Qu'est-ce qu'il t'a dit ?

— Je ne suis pas sûre d'avoir bien entendu, mais c'était un homme et il m'a dit d'aller fouiner du côté des parties mondaines.

— À propos de quoi ?

— Je ne sais pas, il ne m'a rien dit d'autre. Sans doute au sujet de l'enquête pour le double assassinat.

— Les parties mondaines, qu'est-ce qu'il voulait dire ?

— Nous savons qu'il existe à Vannes des clubs échangistes dans des milieux très huppés, des parties de jambes en l'air entre personnes de bonne compagnie, si tu préfères.

— Oui… J'avais compris. À la gendarmerie, nous gardons aussi un œil sur ces cocos-là. Mais quel rapport avec le meurtre du Martiniquais et de l'antiquaire ?

— Aucune idée… Mais ça vaut peut-être le coup de s'y intéresser.

Le charme était rompu. Mine de rien, la policière continuait d'observer les hommes présents dans la boîte, se demandant si l'inconnu qui s'était adressé à elle se trouvait encore là. Si la brève panne n'était pas à son initiative afin de lui transmettre le message incognito.

— Tu veux sans doute rentrer ? proposa Philippe au bout de quelques instants de silence.

— Excuse-moi… On s'était promis de ne pas parler boulot, et j'ai tout gâché.

— Ce n'est pas de ton fait, tu n'as pas à t'excuser.

— Je crains que ce ne soit une plaisanterie de mauvais goût.

— Non. À mon avis, c'est quelqu'un qui sait quelque chose et qui ne veut pas être mêlé à l'enquête. Demain, tu verras plus clair.

14

Vendredi 25 février

— Le dirlo du collège de Patricia a téléphoné, annonça Le Guern à Derval dès que celui-ci pénétra dans leur bureau. Il est revenu, il a trouvé mon message, il veut bien nous recevoir.

— C'est pas trop tôt, marmonna l'adjudant. Et toi, ça va mieux ?

— Ouais. Ça n'a pas été trop violent pour une fois. N'empêche que c'est une sacrée saloperie ces cailloux dans les reins, je ne te souhaite pas…

Ce matin-là, l'adjudant avait le moral dans les chaussettes. Couché trop tard, mal dormi. Son excellente soirée avait tourné court. Il avait raccompagné chez elle une Héloïse silencieuse, déboussolée par le mystérieux message murmuré à son oreille, et à présent distante. Ils avaient convenu de se retrouver en fin de semaine et de faire montre de plus de discrétion dans leur relation, on pouvait jaser en ville, ils n'avaient pas besoin de ça.

— Pourquoi tu n'as pas demandé au principal de passer ici ? s'énerva Derval.

— Tu penses bien que j'ai essayé, mais il a décliné l'invitation. Des affaires urgentes à régler dans son établissement. Je ne sais plus trop ce qu'il m'a déblatéré. Des infiltrations dans le plafond de la salle de sciences. Il attend les ouvriers dans la matinée.

— Le mieux, c'est d'y aller tout de suite.

Gérald Le Clanche les reçut dans le hall d'accueil. Costume anthracite, chemise blanche et cravate noire, l'adjudant eut l'impression de se trouver face à un employé des pompes funèbres, d'autant plus qu'il affichait le visage de l'emploi. Le ton était à l'avenant, monocorde, inexpressif, il garda les mains le long du corps, comme s'il rechignait à serrer celle d'un flic.

— Si vous voulez bien me suivre dans mon bureau.

Derval et Le Guern échangèrent un regard éloquent en lui emboîtant le pas. Il les convia à s'asseoir, des chaises presque ordinaires, alors que lui s'installait dans un fauteuil confortable en simili cuir.

— J'ai trouvé votre message en rentrant hier soir, commença-t-il, le regard fuyant. Vous avez essayé de me joindre.

— En effet, depuis mercredi. Nous étions surpris que vous ne répondiez pas.

— J'ai pour habitude à chaque période de vacances de couper les ponts pendant quelques jours. Besoin de décompresser, si vous préférez. Pas de téléphone, pas d'ordinateur, pas de télé, pas de journaux.

— Vous n'avez pas de personnel administratif ?

— Si, bien sûr. Mais ma secrétaire n'a pas que ça à faire, elle n'en finirait pas de répondre aux appels, c'est fou comme les parents s'inquiètent de leurs gamins quand ils sont en vacances. En quoi puis-je vous être utile, messieurs ?

— C'est au sujet de l'une de vos élèves. Patricia Vincent, elle était en cinquième.

— Pourquoi *elle était* ?

— Je crains fort qu'elle soit absente le jour de la rentrée. Elle a été assassinée.

Cette fois, la carapace se fissura. Il resta bouche entrouverte quelques instants, les mains à plat sur son bureau.

— Assassinée ?

— Oui. De toute évidence, elle a été enlevée à la sortie de *votre* collège vendredi soir et étranglée dans la nuit de lundi. Son corps a été retrouvé dans une tombe du cimetière mardi matin.

— Tudieu, vous me récitez un mauvais roman noir, mon adjudant.

— Excusez-moi, je n'en ai pas d'autre à vous proposer.

— Je ne connais pas individuellement tous mes élèves. Le conseiller d'éducation serait plus à même de vous éclairer.

— Dommage que nous n'ayons pas pu le contacter. Il devait avoir besoin de couper les ponts lui aussi.

— Monsieur Garin est un homme d'une conscience professionnelle exemplaire et j'ai la chance de pouvoir compter sur un adjoint aussi précieux. Mais il se trouve que sa mère est malade, très malade. Alzheimer, vous voyez ? Elle est hospitalisée dans le sud de la France. Il profite de ses congés pour passer un peu de temps en sa compagnie. Il n'a pas envie d'être importuné, j'estime que cela peut se comprendre.

— En effet. Vous n'êtes pas tenu de rester à la disposition de la police pendant vos vacances. Je m'étonne cependant qu'en qualité de chef d'établissement il soit impossible de vous joindre. Quand vous avez des infiltrations dans l'une de vos salles, par exemple. Heureusement que vous êtes rentré hier soir, sinon ç'aurait été une véritable inondation.

Le principal encaissa sans broncher.

— Vous avez le dossier scolaire de la petite Vincent ?

Derval s'attendait à ce que lui soit répondu que c'était strictement confidentiel. Mouché une première fois, le principal acquiesça.

— Suivez-moi.

Le dossier ne présentait rien d'exceptionnel, rien en tout cas de nature à confirmer le caractère fantasque que les parents avaient voulu coller à leur fille. Ce ne devait pourtant pas être un ange : deux retenues et on n'était encore qu'aux deux tiers de l'année scolaire. Un certain nombre d'absences également, dont plusieurs injustifiées.

— Vous avez convoqué les parents au sujet de ces absences, je suppose.

— Mes adjoints s'en sont certainement chargés.

— Finalement, vous ne savez rien de vos élèves... lâcha Derval d'un ton fielleux.

— Plus que vous ne le pensez, répondit Le Clanche sans se rebiffer. D'après ce que je vois dans son dossier, hormis quelques turbulences habituelles pour son âge, mademoiselle Vincent était une élève relativement ordinaire. Croyez-moi, nous avons des cas autrement difficiles à gérer.

— A-t-on le nom d'une camarade avec qui Patricia entretenait des liens privilégiés ?

— Les professeurs principaux ont pour consigne d'associer leurs élèves en doublettes, ne serait-ce que pour se passer les cours et les devoirs en cas d'absence. Généralement, ils s'arrangent pour les regrouper par affinités, après les avoir observés les deux premières semaines. Ce doit être indiqué dans le registre de la classe.

Il sortit un autre grand classeur.

— La 5e D. Attendez... Patricia Vincent faisait équipe avec Sarah Liboux. Je suppose que vous voulez ses coordonnées ?

Derval acquiesça. Le principal griffonna l'adresse sur une fiche de bristol : elle habitait à Locqueltas, pas très loin de chez la mère de Patricia Vincent.

— La date des obsèques a été fixée ?

— Oui. Elles auront lieu lundi.

— Je tâcherai d'y assister.

Encore heureux, pensa l'adjudant.

— Au fait, votre fuite d'eau ? se permit Le Guern avant de prendre congé.

— Une fausse alerte, ce devait être un peu d'humidité.

15

Vendredi 25 février, l'après-midi

— Sarah ? Elle est dans sa chambre.

Madame Liboux ne paraissait pas surprise de se trouver face à deux uniformes.

— Je pensais que vous seriez venus bien avant.

— Nous n'avons appris que ce matin qu'elle était amie avec Patricia. Nous pourrions la voir ?

— Je ne crois pas qu'elle soit encore en état de parler de tout cela. Elle est bouleversée.

— C'est important, vous savez. Le moindre détail peut nous être utile. Vous seriez aimable de l'appeler.

La gamine qui descendit l'escalier faisait beaucoup plus petite fille que l'adolescente assassinée. Un portrait davantage en accord avec son âge. Elle portait un sweat et un jean. Son regard halluciné se posa sur les gendarmes, elle avait les yeux rougis à force de pleurer. Elle s'immobilisa, perplexe.

— Ne t'inquiète pas, nous ne te voulons pas de mal, se crut obligé de la rassurer Le Guern.

— Viens, ma chérie, fit la mère en lui prenant la main, visiblement aussi émue que sa fille.

Ils s'installèrent dans la cuisine. La mère se plaça d'autorité derrière la chaise de Sarah, avec la ferme intention de la protéger.

— Serait-il possible, madame Liboux, de parler seuls avec votre fille ?

— Ça ira, ma chérie ?

— Mais oui, maman.

— De toute façon, vous restez à côté. Si cela se passait mal, nous vous appelons tout de suite.

Après avoir hésité, la mère quitta la pièce.

— Tu ne nous réponds que si tu le souhaites. Toutes les questions que nous allons te poser n'ont pour but que de retrouver celui ou celle qui a fait du mal à ton amie. C'est ce que tu veux toi aussi, n'est-ce pas ?

La gamine hocha la tête.

— Est-ce que tu étais avec Patricia quand vous avez quitté le collège vendredi soir ?

— Nous sommes sorties ensemble. Elle était pressée, son père devait venir la chercher à ce qu'elle m'avait dit.

— Tu es restée l'attendre avec elle ?

— Oui. Mais comme il n'arrivait pas, elle a décidé de partir à pied. Moi, j'avais le bus pour Locqueltas.

— Elle allait chez son père ou chez sa mère ?

— Chez son père, je vous ai dit, puisqu'elle allait à pied. Même si elle n'avait pas envie.

— Pourquoi ?

— Elle s'était disputée avec lui la dernière fois.

— Elle se plaignait de son père ?

— Ça lui arrivait, oui. Mais de sa mère aussi. Elle me disait souvent que ses parents ne l'aimaient pas.

— Ils étaient méchants avec elle ?

— Des fois, oui, je crois.

— Son père était violent ? Il la frappait, si tu préfères ?

— Oh non ! De toute façon, Pat ne se serait pas laissé faire. S'il l'avait battue, je pense qu'elle serait allée vous voir.

Derval regarda son adjoint. Sous ses petits airs fragiles, Sarah avait un tempérament plutôt affirmé, elle aussi.

— Tu as donc pris le bus ?

— Oui, Patricia est restée avec moi jusqu'à ce qu'il arrive. Au moment où je grimpais dedans, une voiture est arrivée et s'est garée à la hauteur de la portière. Quelqu'un l'a appelée alors qu'elle était sur le trottoir.

— C'était son père ?

— Je ne sais pas. Le couloir dans le bus était bloqué. Quand j'ai pu enfin m'asseoir, la voiture était déjà partie.

— Tu pourrais nous la décrire ?

— Je n'ai pas eu le temps de la voir, je vous dis.

— Elle était du genre camionnette ?

Sarah poussa un soupir excédé.

— Essaie de te souvenir, fit Derval. C'est drôlement important, tu sais. Son papa travaille dans un magasin de plomberie. Est-ce que le véhicule qui est venu chercher Patricia ressemblait à une camionnette d'entreprise ?

— Je ne crois pas, non. C'était plutôt une grosse voiture.

— Elle était de quelle couleur ?

— Foncée.

— Tu as pu distinguer le conducteur ?

— Non. Je ne sais pas si c'était un homme ou une femme.

— Ce devait être quelqu'un qu'elle connaissait, puisqu'elle est montée dans son véhicule.

— Sans doute, oui. Mais Pat n'avait pas froid aux yeux. C'est peut-être seulement quelqu'un qui lui a proposé de la ramener chez elle.

— Tu as quel âge ? demanda Derval.

— Bientôt douze ans. Pourquoi ?

— Tu parles bien. Tu dis des choses intéressantes.

Un pâle sourire éclaira sa tristesse.

— J'essaie de répondre au mieux à vos questions.

— Tu peux nous parler un peu de Patricia ?

— Elle est morte, ça ne servira plus à rien.

— Si. À nous aider à retrouver celui qui l'a tuée. Elle était gentille avec ses autres camarades ?

— Elle n'avait pas beaucoup d'amies.

— À part toi, quand même.

— Moi, c'était pas pareil. On était comme deux sœurs.

— Elle travaillait bien à l'école ?

— Ça dépendait des profs. Elle n'aimait pas les gens qui trichent, et il y a des profs qui trichent avec nous.

— Tu peux nous expliquer ?

— Ils racontent n'importe quoi, des fois. On a l'impression qu'on ne les intéresse pas, alors, ils ne nous intéressent pas non plus.

— Elle était sérieuse, autrement ?

Sarah haussa les épaules.

— Ça dépend.

Elle hésita.

— Quand elle s'était disputée avec ses parents, il lui arrivait de fumer en cachette.

— Toi aussi ?

Elle jeta un coup d'œil inquiet vers la porte.

— Une fois ou deux, mais je n'aime pas ça.

— Elle fréquentait les garçons ?

— Vous voulez savoir si elle avait un petit copain ?

— En quelque sorte.

— Non, elle trouvait qu'ils étaient trop cloches au collège.

À ce moment, la mère frappa doucement. Ouvrit avant qu'on ne l'y ait invitée.

— Vous avez bientôt fini ?

— Nous avons fini. Vous savez, madame Liboux, vous avez une sacrée jeune fille.

Elle sourit, flattée du compliment.

— Sarah est encore jeune, mais ça ne l'empêche pas de savoir ce qu'elle veut. Elle a été en mesure de répondre à vos questions ?

— Parfaitement. En tout cas, elle nous a aidés à voir plus clair dans ce qui est arrivé à sa camarade.

— J'espère que vous arrêterez au plus vite ce salaud. Maintenant qu'il a commencé, il est capable de s'en prendre à Sarah, puisque c'était la meilleure amie de Patricia.

— Ne soyez pas inquiète. Nous pensons qu'il ne recommencera pas.

16

Vendredi 25 février

Héloïse Daubert n'était guère plus brillante que son compagnon quand elle débarqua au commissariat. Elle aussi regrettait que leur escapade nocturne se soit terminée de façon aussi décevante.

Daubert s'était vu adjoindre un policier dont c'était le premier poste. « Tu sauras le materner, lui avait confié le commissaire Leduc. Je crois qu'il en a encore besoin. Évite qu'il fasse trop de conneries, c'est un jeune loup aux dents un peu trop longues. »

Lionel Rampillon débarquait bardé des certitudes de ses études, autant dire qu'il avait tout à apprendre. Voilà six mois qu'il était à Vannes. De l'avis de la lieutenante, il deviendrait un flic tout à fait acceptable quand il aurait cessé de frimer. Hormis dans les films, policier était loin d'être un métier glorieux. Un boulot de merde, un combat dans l'ombre contre des minables et des tordus, les deux allant souvent de pair.

Bien entendu, un aussi fin limier avait déjà échafaudé moult hypothèses à propos du double crime, dont certaines n'étaient pas trop farfelues. Il s'appuyait sur les résultats de l'enquête, à laquelle il participait avec fougue, mais n'hésitait pas non plus à les remodeler à sa convenance. Pour lui, l'assassin était tantôt un vagabond qui avait aperçu la toile accrochée au mur dans le salon éclairé, mais il avait été surpris au moment de commettre son larcin. Tantôt il penchait pour un crime à connotation raciste, puisque l'une des victimes était martiniquaise. Ou alors c'était celle-ci qui avait sacrifié à des rites type vaudou lors d'une réunion occulte qui avait mal tourné. Ou encore Kifou avait saigné sa femme parce qu'elle menait une double vie, puis il s'était lui-même poignardé.

Ce matin du 25 février, cette dernière direction trouvait un écho favorable chez Héloïse Daubert. Fouiner dans le monde des parties mondaines, lui avait suggéré un inconnu dans la boîte de nuit. Elle connaissait un lieutenant aux abords de la retraite qui travaillait aux renseignements généraux, le service qui surveillait les milieux interlopes. Une amitié et une estime réciproques. Elle lui expliqua la raison de sa visite.

— Attention où tu mets les pieds, la mit aussitôt en garde Léonard Rollin. Avant de passer à l'attaque dans le monde des galipettes, sois sûre de ton coup. Les adeptes des parties mondaines sont des gens… susceptibles.

Héloïse fixa le vieux policier dans les yeux. « Les adeptes des parties mondaines », Léonard venait d'employer exactement les termes entendus dans la boîte de nuit. Ce ne devait pas être par hasard, puisqu'il soutint son regard avec une lueur d'ironie au fond des prunelles.

— Tu connais le Valentina ? demanda-t-elle.

Nullement embarrassé par la question, il esquissa une moue éloquente.

— C'est un endroit très agréable. Il m'arrive d'y prendre un dernier verre.

Elle n'avait pas besoin de lui demander si c'était le cas la veille, s'il les avait vus se bécoter sur les quais de l'embarcadère et les avait suivis dans la boîte de nuit. Elle était persuadée aussi qu'il détenait au sujet du Martiniquais et de son épouse une information qu'il ne pouvait lui dévoiler. Il savait pertinemment que, tôt ou tard, elle irait fouiner dans ce milieu-là. Alors il avait pris les devants en l'aiguillant sur la piste.

— Pourquoi je devrais faire attention ?

— Tu risques de rencontrer des citoyens plutôt... inattendus.

— Ils ne me font pas peur.

— Ne joue pas les fiérotes. La baise n'est pas un sport interdit, et ils sont plus nombreux que tu penses à s'envoyer en l'air en tout bien tout honneur. Pourquoi tu t'intéresses à ces cocos-là ?

— Peut-être que le couple assassiné a des accointances dans ce milieu. Il était plutôt bel homme, elle n'était pas mal non plus.

— C'est une hypothèse tout à fait plausible. Mais permets-moi d'insister : ne t'aventure pas sur ce terrain sans munitions sérieuses. Sinon, ils te régleront ton sort en moins de deux.

— Ils n'ont quand même pas tous les droits. Régler son sort à un flic, comme tu dis, ça peut leur attirer certains ennuis.

— Oh ! Ils ne s'en prendront pas à toi directement. Ce sont des gugusses qui ont le bras long. Que veux-tu, ils se tiennent tous, et ils sont prêts à s'entraider de crainte que leurs frasques ne soient étalées sur la place publique. Ils te débineront auprès de ta hiérarchie, ils chercheront la faille dans ta vie privée.

— De ce côté-là, je suis tranquille. Ils ne trouveront rien à me reprocher.

— Ils inventeront, ils te feront tomber dans un piège. Je t'assure, tu ne les connais pas, des fouines, des hyènes prêtes à tout pour défendre leur vice, le cul dans sa grande dimension. Méfie-toi, je te dis…

Héloïse appréciait Léonard Rollin pour son franc-parler. Un vieux flic de l'ancienne école, les pieds sur terre et la tête froide. Elle avait cependant du mal à comprendre qu'après lui avoir proposé une ouverture, il paraissait la dissuader de s'y engager. Il avait certainement autre chose à lui confier. Elle ne se trompait pas.

— Côté vie privée, fais gaffe, si je peux me permettre.

— Comment ça ?

— Il circule certaines rumeurs à ton sujet.

Elle baissa les yeux et le rouge lui vint aux joues. La rumeur courait qu'elle fréquentait un « képi », poursuivit-il, c'était son droit mais on pouvait y trouver noise, d'autant que son gendarme était arrivé à Vannes lesté d'une fâcheuse réputation. Qu'elle fasse gaffe, sacrément gaffe.

Dans la soirée, Philippe téléphona comme promis à Héloïse.

— Je suis contente de t'entendre, dit-elle aussitôt.

— Tu m'as manqué. J'ai vraiment envie de te revoir.

— Moi aussi et pourtant ça ne va pas être possible dans l'immédiat.

Elle expliqua à un Derval déconfit que leurs faits et gestes avaient été épiés, qu'au commissariat certains étaient déjà au courant, qu'une extrême prudence s'imposait car son enquête pouvait indisposer des gens puissants qui sauteraient sur l'occasion de lui nuire. Il fallait mettre leur relation en pause.

Un seau d'eau glacée lui aurait produit le même effet.

— Ces connards d'échangistes ? C'est ça, n'est-ce pas ?

— Je me suis renseignée dans le service. Ils sont plus nombreux qu'on pense, et ils détestent que la police vienne fouiner sur leurs plates-bandes.

Elle se retint de lui dire qu'on lui jetterait à la figure le passé de l'homme qu'elle fréquentait, mais c'était le blesser à coup sûr.

Il se taisait.

— Je tiens vraiment à toi, Philippe. Je t'assure, je n'ai pas envie de te perdre. Appelle-moi, ou sinon, c'est moi qui t'appellerai.

17

Samedi 26 février

Au réveil, à l'orée d'un week-end de congé réglementaire, Philippe Derval se sentit déprimé. Il tournait dans sa tête l'éloignement que lui imposait Héloïse, y voyait la fin d'une histoire à peine commencée. Il soupira. Le temps allait lui paraître long… Désœuvré, il tournait en rond. Il resta traîner dans son appartement, tenta de se concentrer sur son enquête. Patricia Vincent. Il ne possédait d'elle que l'image d'un cadavre sur la table d'autopsie. Il s'efforçait de l'imaginer vivante. D'imaginer le visage de l'assassin de cette enfant. Le seul élément permettant d'esquisser un vague portrait était qu'il avait fait usage de chloroforme. Quelqu'un du milieu médical ?

Philippe finit de déjeuner alors que son café était déjà froid. Il alluma la radio, tomba sur une station locale, Radio bro Gwened, l'émetteur du pays vannetais. Le journal, le présentateur parlait du derby du soir. Il croyait entendre pérorer Baptiste, le match du siècle, même si la donne était faussée avec l'assassinat de Mathis Kifou.

« Si on gagne, disait Le Guern, l'Hermine aura beau jeu de dire que c'est une victoire usurpée. »

Philippe Derval sortit de la douche en se frottant les cheveux dans une épaisse serviette-éponge. Il alluma une cigarette et mit le nez à la fenêtre. Le ciel était bas. Aurait-il été bleu qu'il lui aurait paru d'une tristesse absolue.

L'adjudant occupait un logement de fonction installé au dernier étage dans l'ancien bâtiment qui donnait sur la place de la Libération, naguère le champ de foire. L'édifice datait du XIXe siècle, paraît-il. Fort probable, il en avait l'allure et ne manquait pas de cachet. La caserne présentait l'avantage de se trouver à proximité du tribunal et de la mairie, pas très loin non plus du commissariat ni du centre-ville. Le groupement de Vannes était une affectation très demandée, même par les responsables de haut niveau.

Comment Derval meublait-il ses loisirs avant d'avoir rencontré Héloïse ? Rien, sinon ressasser ses tourments antérieurs, se demander comment redevenir un bon flic et gagner la confiance de ses supérieurs, sans fayoter pour autant. Il descendait à pied et se baladait sur la promenade de la Rabine, le long de cette rivière urbaine au parcours si mystérieux, imprévisible, tantôt souterraine, pour réapparaître un peu plus loin comme si de rien n'était et dérouler son chenal interminable jusqu'aux eaux du golfe. À l'image de sa propre existence.

Pourquoi pas ? Il s'habilla chaudement, se chaussa comme pour une longue randonnée. Peu à peu lui revint un semblant de sérénité. Ses idées noires s'estompèrent. Il s'enfonça dans la cité médiévale, dans les étroites rues pavées, où le temps n'avait plus la même consistance. Les boutiques luxueuses paraissaient anachroniques dans ce décor d'une autre époque, et l'on s'attendait à découvrir quelque mendiant vêtu de guenilles sur les marches de l'église, ou sous le porche des demeures bourgeoises. Çà et là devisaient de petits groupes, à voix basse comme s'ils échangeaient de terribles secrets. Ou conspiraient de mystérieuses manigances. Eux aussi parlaient du derby, qui allait se disputer dans des circonstances si particulières.

Soudain, une main se posa sur l'épaule de l'adjudant. Perdu dans les rêveries du flâneur, il sursauta, mit un instant à réagir, puis fit brusquement volte-face. Personne, hormis une petite vieille emmitouflée jusqu'aux oreilles qui promenait son chien, un minuscule chihuahua lui-même engoncé dans une sorte de manteau écossais. Il pensa à une farce comme en font les gamins entre eux.

— Alors, mon adjudant, on se promène ?

De la ruelle voisine émergea cette bonne vieille baderne de Baptiste Le Guern, tout content de sa plaisanterie.

— Bougre d'idiot, tu m'as fait peur…

— N'ont peur que les gens qui n'ont pas la conscience tranquille… Je t'offre un verre ?

Derval hésita. Après tout, pourquoi pas ?

Le Guern paraissait flatté que son invitation ait trouvé un écho favorable. Il salua deux ou trois chalands, que de toute évidence il ne connaissait pas, qui se retournaient sur son passage afin de voir de qui il s'agissait. Sur la place devant les quais régnait une effervescence inhabituelle. Il n'était encore que dix heures trente et les terrasses étaient déjà copieusement occupées. Philippe aurait préféré éviter le Gambetta, mais sans lui demander son avis, son collègue y pénétra résolument et s'installa à la première table libre.

Le Guern fit signe au garçon. Il commanda un vin blanc, Derval un café. S'installa un long silence après qu'ils furent servis.

— C'est pas pour t'embêter, mais pour la gamine, t'as une idée de qui a fait le coup ? demanda Le Guern, incapable de se taire.

Derval soupira.

— Tu suis comme moi l'enquête au jour le jour.

— Ouais, bien sûr, mais en dehors de ce qu'on sait, ça ne nous empêche pas d'avoir des intuitions. Moi, tu vois, je pense à un tordu du genre psychopathe introverti.

— Qu'est-ce qui te fait dire ça ?

— Le protocole criminel qu'il a mis en œuvre. Il enlève la fille, il la séquestre, il l'anesthésie, il l'étrangle. Ce qui me fait penser que c'est un drôle de mec, c'est qu'il ne l'a pas violée.

— Ah bon ! s'étonna Philippe. Parce que pour toi, il aurait été normal qu'il abuse d'elle avant de la tuer ?

— D'une certaine façon, oui. Je t'explique pourquoi : a priori quand on kidnappe quelqu'un, c'est pour obtenir du fric. Or du pognon, les parents Vincent n'en ont ni l'un ni l'autre. Et d'après ce que ceux-ci nous ont dit, le ravisseur ne les a pas contactés. Donc, c'est pas pour ça qu'elle a été kidnappée. Si c'est pas pour du fric, on pourrait penser qu'il s'agit d'un détraqué du genre pédophile. C'est là qu'il y a un truc qui ne colle pas, puisqu'elle n'a pas subi de violences sexuelles et qu'elle était même encore vierge.

— Bonne analyse, mais encore ?

Le Guern siffla le fond de son vin blanc.

— Je me dis qu'il y a autre chose.

— Sans vouloir t'offenser, je suis parvenu à la même conclusion. Tant qu'on n'aura rien de nouveau, on est dans l'impasse.

Le Guern contemplait son verre vide avec un regard éloquent. Derval comprit la supplique silencieuse. Il appela le serveur et commanda deux blancs cette fois.

— Au fait, fit Baptiste. Qu'est-ce que tu fais ce soir ?

Derval sourit en fronçant les sourcils.

— Rien de spécial, pourquoi ?

— Ça te dirait de venir au match avec moi ? J'ai un copain abonné qui a dû s'absenter, sa belle-mère a passé l'arme à gauche. Il m'a filé sa carte.

— Tu sais, moi, le foot…

— Le derby, c'est pas pareil, surtout avec ce qui s'est passé pour le Martiniquais.

Derval prit le temps de réfléchir avant d'accepter. Le footballeur et l'antiquaire, ce n'était pas son enquête, mais ce double crime l'intéressait, l'intriguait même, et s'il pouvait aider la lieutenante de police… Un tel match était un moment à ne pas négliger, l'occasion de recueillir certaines informations, d'observer des comportements susceptibles d'ouvrir des pistes nouvelles. Son expérience lui avait appris à ne pas prêter l'oreille à la rumeur, en tout cas à ne pas lui accorder une confiance absolue. Mais il savait aussi que, à condition de trier, elle pouvait se révéler riche d'enseignements.

18

Samedi 26 février

C'était la première fois que Philippe Derval assistait à un match de foot. En qualité de gendarme, il lui avait été donné de veiller à la sécurité de rencontres classées à haut risque, en encadrant notamment la horde des supporters de l'équipe visiteuse. Il en avait conservé le souvenir de fous furieux braillant comme des forcenés, lestés de packs de bière, cherchant à en découdre avec le clan ennemi ou à défaut avec les flics. Des sportifs…

Quand il se présenta avec son mentor aux abords du stade de la Rabine, il fut surpris de ne pas trouver la même ambiance. Une chape de plomb pesait sur les supporters des deux clubs. Pas un sourire, hormis sur les lèvres des enfants, des visages sévères, des regards fuyants. En rangs disciplinés, les spectateurs pénétraient dans l'enceinte et se répartissaient dans les différentes travées comme dans une église lors d'un enterrement. L'adjudant se tourna vers son collègue et lui adressa un regard interrogatif.

— C'est à cause du crime, expliqua Baptiste à voix basse. Viens, suis-moi, nos places sont par ici.

Le stade était comble. À guichets fermés et pourtant il y régnait toujours un silence glacial.

— D'habitude, je te dis pas l'ambiance… lui glissa encore Le Guern à l'oreille.

Il restait dix bonnes minutes avant le coup d'envoi.

Philippe se demandait ce qu'il fichait là. Les deux équipes pénétrèrent sur le terrain, précédées par le trio arbitral. Les joueurs tiraient grise mine eux aussi. Tous portaient un brassard noir. Ils s'alignèrent face à la tribune d'honneur. D'où il était placé, Philippe pouvait distinguer leur visage, sur les joues de plusieurs ruisselaient des larmes. Soudain, des banderoles, immenses, se déployèrent tout autour du terrain. Y était représenté le portrait de Mathis Kifou. La sono grésilla. Le speaker invita l'assemblée à se lever. Très ému lui aussi, il dut se reprendre pour réclamer une minute de silence. La tension montait, devenait palpable, des raclements de gorge, des toussotements, vite réprimés ; ils se taisaient tous, aussi bien les supporters de l'Hermine que ceux du Rapide. Bien que rivaux, les joueurs étaient des copains pour la plupart. Le speaker remercia le public. Un hurlement jaillit alors des tribunes :

— On ne t'oublie pas, Mathis !

— Non, on ne t'oublie pas ! clama une autre voix.

Repris en chœur, le cri courut parmi les spectateurs en une ola sonore. Des applaudissements nourris crépitèrent dans l'enceinte, assourdissants.

— Tu vois, Philippe, contrairement à ce que prétendent certaines mauvaises langues, le foot, c'est une grande famille, déclara Baptiste.

L'adjudant acquiesça, gagné lui aussi par l'émotion qui transpirait de cette foule meurtrie. Le vacarme se calma peu à peu, les bourrasques d'un orage qui s'éloigne. Les équipes prirent place sur le terrain.

Le match s'engagea. Le cœur n'y était pas. Les foulées hésitaient, les frappes manquaient de conviction. On avait l'impression que la victoire serait une issue indécente.

La première mi-temps s'acheva sur un faux rythme digne d'un match de vétérans.

— Je t'offre un verre, proposa Baptiste qui ne ratait jamais une occasion de se rincer la dalle.

L'atmosphère devenait si pesante que Philippe ne refusa pas. Les spectateurs se pressaient devant le comptoir de la buvette. Les gobelets de plastique emplis de bière passaient par-dessus les têtes des plus proches. Mais là encore, on était loin de la liesse générale. Ne résonnaient pas les clameurs enfiévrées des vrais derbys vannetais, lorsque les supporters rivaux s'apostrophaient, rien de ces empoignades chauvines ce soir-là, on ne causait que de ce pauvre Kifou, et son fantôme rôdait dans les yeux embrumés.

La mi-temps tirait à sa fin. Ils regagnèrent leurs places, en se faufilant entre les spectateurs déjà assis, qui rangeaient leurs pieds sous les sièges. Les joueurs revinrent sur la pelouse. Les deux gendarmes remarquèrent tout de suite le changement d'attitude. Ils paraissaient plus déterminés, esquissaient des gestes d'échauffement, des étirements, de brèves courses en zigzag. Le coup de sifflet de l'arbitre fut lui-même plus strident, le sport reprenait ses droits, les acteurs recouvraient leurs réflexes, les affrontements se montrèrent tout de suite plus virils.

Le remplaçant de Kifou sur le front de l'attaque était une jeune pousse de dix-huit ans. L'un des espoirs du club. Florian Viallat savait qu'il aurait fort à faire pour suppléer le défunt titulaire. Il n'était pas maladroit, très vite il s'attira les faveurs des supporters de l'Hermine.

Les deux équipes se tenaient. Les actions s'enchaînaient, le public se déridait. Les coéquipiers de l'absent avaient à cœur de lui rendre hommage en lui offrant la victoire. Une demi-heure, quarante minutes, l'on s'acheminait vers un résultat nul quand le jeune avant-centre hérita d'un ballon mal dégagé. Il prit à peine le temps de contrôler et des vingt-cinq mètres expédia un missile en pleine lucarne, un geste de toute beauté que n'aurait pas renié Mathis Kifou. Un vivat immense salua l'exploit. Ses coéquipiers l'étreignaient au point de l'étouffer.

Quand l'arbitre porta le sifflet à sa bouche, un immense murmure de soulagement parcourut les travées du stade de la Rabine, comme si tout le monde trouvait son compte dans ce dénouement. Les joueurs ne se décidaient pas à rentrer aux vestiaires. L'équipe de l'Hermine effectua un tour d'honneur, non pour célébrer la victoire, mais en un ultime hommage à leur copain disparu, tandis que les joueurs du Rapide les applaudissaient.

19

Dimanche 27 février

Philippe Derval fut réveillé par les vibrations de son téléphone portable. Il avait un peu mal aux cheveux. La veille, Le Guern avait réussi à le convaincre de venir s'en jeter un petit dernier avant de rentrer au bercail. Persuasif, le bougre, quand il avait la pépie. Ce qui décida l'adjudant à accompagner son collègue, ce fut la crainte de se retrouver seul dans son appartement.

Les deux flics avaient délaissé le Gambetta au profit du bar la Source, sur la rue qui montait vers l'hôtel de ville. Un choix loin d'être gratuit, c'était le rendez-vous des supporters pour la troisième mi-temps, souvent jusqu'à l'heure de la fermeture.

Il était bientôt vingt-trois heures, les gosiers avaient eu le temps de s'abreuver et les esprits de s'échauffer, les échanges étaient moins amènes qu'au stade. Mathis Kifou restait cependant présent dans tous les esprits.

— Avec lui, plastronnait l'un des supporters de l'Hermine, c'est pas un but que vous auriez pris, mais de quoi faire un chapelet pour le rosaire.

L'image fit sourire Derval.

— Paix à son âme, répondit le voisin. Kifou, c'était un sacré joueur, c'est vrai, mais il en rajoutait dès qu'on le touchait. Un peu trop chochotte, si tu veux mon avis.

Philippe avait éclusé sa pression. Il estimait qu'un gendarme n'avait pas sa place dans cette pétaudière où le ton montait au point de ne plus pouvoir s'entendre. Il paya les deux consommations.

— Je ne sais pas ce que tu fais, Baptiste, mais moi, je vais me coucher.

— T'as le temps, Philou. T'as pas une poulette à t'attendre dans ton lit.

— Qu'est-ce que t'en sais ?

— Ah ! Alors là, monseigneur, je ne vous retiens plus.

Il vida son verre.

— À moins que ce soit ta fliquette.

Derval se contenta de hausser les épaules. Héloïse avait raison de se méfier, tout le monde semblait être au courant de leur idylle…

Aussi fut-il agréablement surpris quand il constata le dimanche matin que c'était elle qui l'appelait.

— Je ne te dérange pas ?

Il bafouilla qu'en aucun cas, elle ne pourrait le déranger. Elle lui demanda ce qu'il avait fait de son samedi.

— Tu ne vas pas me croire. Le Guern a réussi à m'entraîner au match de foot.

— Alors ?

— C'était très particulier, tu penses bien. Émouvant même. Je ne connaissais pas le garçon sur la mort duquel tu enquêtes, mais il était vachement apprécié des supporters vannetais.

— J'ai failli y aller, mais je n'aime pas trop la foule, et de toute façon, je crois que c'était à guichets fermés. Tu n'as rien remarqué de particulier ?

Philippe prit le temps de réfléchir.

— Non... Tu penses que l'assassin assistait au match ?

— Pourquoi pas ? Voilà une semaine aujourd'hui qu'il a commis son crime. Il a eu le temps de se remettre de ses émotions, si tant est que ce genre de type puisse avoir des états d'âme. Si tant est qu'il aime le foot aussi, ce qui n'est pas prouvé.

— Et toi, qu'est-ce que tu as fait de ta journée ?

— Je me suis ennuyée comme un rat mort, ou une souris si tu préfères. J'ai été sur le point de t'appeler à plusieurs reprises.

— Tu aurais dû. J'ai repensé à ce que tu m'as dit. Tu ne trouves pas qu'on est un peu cons de se cacher comme des gamins ?

— C'est aussi pour ça que je t'appelle. J'en suis arrivée à la même conclusion. Je n'ai pas envie que l'on continue à s'éviter par peur du qu'en-dira-t-on.

— Alors, on se voit ?

Une heure après, Philippe et Héloïse se retrouvaient sur l'embarcadère. Le bateau pour l'Île-aux-Moines. Bien qu'ils aient décidé de ne plus se cacher, ils avaient l'impression qu'une île les préserverait du regard des autres. Douce illusion, une flopée de pèlerins avaient eu la même idée et attendaient que les passeurs les invitent à emprunter la passerelle afin de monter à bord.

De se retrouver en amoureux, ils ne savaient encore comment se tenir, où mettre leurs mains, à quelle distance se placer l'un de l'autre. Accepter de donner l'image d'un couple ou préserver l'ambiguïté de laisser croire qu'ils n'étaient que des amis. Des collègues de boulot. Toutefois, quand ils furent installés dans la vedette qui effectuait la traversée, leurs cuisses mitoyennes s'épousèrent sur toute la longueur.

L'embarcation s'écarta du ponton avant de prendre le large. C'était la première fois que Philippe s'aventurait dans le golfe. Héloïse avait déjà effectué la balade à plusieurs reprises, ce qui ne l'empêchait pas d'être toujours aussi émerveillée. Elle jouait les guides, lui expliquant à l'oreille ce que le timonier distillait dans un micro enroué à l'intention des touristes qui se collaient aux vitres latérales afin de profiter à pleines mirettes du paysage. La vedette louvoyait entre les îles, une véritable constellation, un archipel éclaté et dispersé par la force des courants et les caprices des marées.

La traversée durait une petite heure. Ils n'avaient pas vu le temps passer. Naturellement, leurs mains ne tardèrent pas à se trouver.

Ils déjeunèrent dans le grand restaurant qui donnait sur la jetée. Puis ils s'isolèrent dans une crique où ils échangèrent un baiser long à en perdre le souffle. Une étreinte pendant laquelle chacun put prendre conscience du désir de l'autre. Ils ne parlèrent pas boulot, même si les hantaient les enquêtes en cours. Une éclaircie de quelques heures. Revenus sur le continent, chacun reprit son véhicule et rentra sagement chez lui.

20

Lundi 28 février

En tenue de cérémonie, Derval et Le Guern se tenaient sur le parking de la chambre funéraire où reposait le corps de Patricia Vincent, rapatrié après l'autopsie. Il faisait grand soleil, un avant-goût de printemps, aurait-on dit, mais qui frisait l'indécence dans une ambiance aussi morose. Le corbillard s'était rangé en marche arrière devant l'entrée.

La forme oblongue du cercueil luisait entre les pans de la porte vitrée, portée par quatre employés des pompes funèbres, dont deux femmes. Les parents sortirent à leur tour, la mère d'abord, puis le père, séparés dans le deuil comme ils l'étaient dans la vie. Leur pâleur était accentuée par la clarté du soleil. Solange semblait cependant la plus effondrée. Elle était engoncée dans un tailleur gris foncé, de toute évidence emprunté pour la circonstance. Ludovic Vincent affichait un masque impassible, mais de temps à autre ses mâchoires se crispaient, faisant saillir les muscles de ses joues. Venait ensuite la famille proche. Ainsi ces deux couples plus âgés devaient être les grands-parents de la victime, avec les aïeules qui se tamponnaient les yeux à l'aide de petits mouchoirs. La boîte de bois verni s'engouffra dans l'habitacle du corbillard, dont le hayon fut refermé.

— Tu as l'intention d'assister à toute la dramaturgie ? demanda Le Guern à voix basse en se dirigeant vers le véhicule de gendarmerie.

— Oui. Je ne sais pas pourquoi, mais le comportement du père me paraît étrange, répondit l'adjudant.

— Ça peut se comprendre, il est en train de conduire sa fille au cimetière.

— Bien sûr. Suis-les à distance, ce n'est pas la peine d'ameuter les braves gens de Saint-Avé.

— Tout le monde sait qu'elle a été assassinée. Tu vas voir le monde qu'il y aura à l'église.

— Des voyeurs.

— Des charognards, tu veux dire.

Le Guern avait raison. Sur le parvis de l'église Notre-Dame, une foule d'anonymes guettait l'arrivée du cortège. La pauvre gosse n'aurait jamais imaginé avoir tant d'amis. À la vue du corbillard, l'assemblée arrêta de pérorer.

Ce ne fut pas une mince affaire de se garer, tant l'événement avait déplacé de curieux. À cheval sur un trottoir, un peu de travers. Derval n'aimait pas enfreindre les règles, mais il se garda bien d'en faire la remarque à son subordonné. Ils hâtèrent le pas. Quand ils arrivèrent devant l'édifice, le cercueil était déjà sur le chariot et les croque-morts y disposaient tant bien que mal les couronnes et les gerbes de fleurs.

Le principal avait tenu parole. Il avait réussi à joindre quelques copines de la classe de Patricia. Elles s'étaient réparties de chaque côté du parvis, arborant chacune un petit bouquet. Des adolescentes, qui ne savaient quelle attitude adopter. En couinant sur les dalles, le chariot s'engouffra à la suite du prêtre dans l'obscurité de l'église, déjà bondée, comme si personne n'entendait perdre une miette d'une cérémonie aussi émouvante.

Les deux gendarmes attendirent avant d'en franchir le seuil, la vue des uniformes provoqua un moment de stupeur, rappelant si besoin que la dépouille allongée dans la boîte vernie était celle d'une enfant assassinée. Ils se glissèrent sur le côté, se positionnèrent derrière l'un des piliers, pas trop loin de l'autel, de façon à avoir les parents Vincent en ligne de mire.

La messe se déroula sans incident notoire, hormis un gémissement de la part de la mère quand le curé prononça l'éloge funèbre de la disparue, bien laconique au demeurant. Il parla du misérable qui avait perpétré un acte aussi abominable, l'invitant à se repentir s'il voulait se préserver une chance infime d'obtenir le pardon. Ce fut le seul instant où le père, à l'autre bout du banc – loin en fait du cercueil de sa fille –, donna l'impression de réagir. Le mouvement d'humeur n'échappa pas à l'adjudant Derval. Un haussement d'épaules, un léger vacillement avant de prendre appui de la main sur le banc devant lui, et ce fut tout. Le moment le plus émouvant fut sans conteste celui où Sarah Liboux prononça quelques mots. Comme lors de son interrogatoire, le calme de la voix émanant d'une silhouette en apparence si fragile, la clarté de ses inflexions aussi bien que le propos, surprirent l'auditoire. Elle dressa le portrait d'une camarade qui avait souvent le sentiment que les adultes ne la comprenaient pas – elle ne précisa pas quels adultes, mais la mère lâcha un petit cri en jetant un regard en direction de son ex-mari. Malgré ses airs d'écorchée vive – ce furent les mots qu'elle employa –, Patou était une fille très gentille pour qui prenait le temps de l'écouter et faisait l'effort de la connaître. Puis Sarah leva les yeux vers l'assemblée qui retenait son souffle.

— Que celui qui lui a fait du mal soit retrouvé au plus vite et qu'il soit puni à la hauteur du crime qu'il a commis.

Puis elle retourna s'asseoir avec une dignité exemplaire.

La messe arrivait à son terme. L'officiant invita ses ouailles à bénir le cercueil sous son drap blanc, ce qui risquait de prendre un certain temps vu la foule dont la promiscuité et l'abondance avaient peu à peu réchauffé l'espace.

— Viens, dit Derval à Le Guern, en le gratifiant d'un léger coup de coude. On va attendre dehors.

Il leur fallut patienter un bon quart d'heure pour que la nef se vide du flot des fidèles. Certains restaient, espérant sans doute un événement imprévu, puisqu'il s'agissait d'un meurtre et que les flics s'étaient déplacés. Ou attendant pour conduire la gamine au cimetière.

Le principal repéra les deux uniformes. Il s'avança vers eux. Cette fois, il paraissait moins coincé.

— Vous avez avancé dans votre enquête, je suppose ?

Le « je suppose » n'était pas indispensable. Derval se contenta d'en sourire.

— Mon adjoint et moi, nous étudions toutes les pistes. Lundi prochain, avec votre permission bien entendu, j'aimerais rencontrer les autres élèves de la classe de Patricia Vincent.

— Un par un ?

— Peut-être pas, je prévois de poser un certain nombre de questions à la classe entière, quitte à ce qu'ils viennent me trouver individuellement au besoin. Ce sera l'occasion aussi de vérifier s'il faut prévoir une cellule psychologique.

Le catafalque refit son apparition. La cérémonie religieuse était terminée. Il ne restait plus qu'à accompagner la malheureuse dans sa dernière demeure. Fleurs et cercueil furent remis dans le corbillard. Le convoi s'ébranla.

Un tas de terre rougeâtre au bord d'une excavation. La tombe, la destination finale. La prise de conscience incontournable pour ceux qui auraient encore douté de la mort de Patricia Vincent. Sans que personne ne sache comment il s'était déplacé, le curé arriva, flanqué d'un enfant de chœur portant un vase d'eau bénite duquel émergeait le goupillon.

Les parents s'étaient positionnés de chaque côté du cercueil posé sur des tréteaux, séparés par la dépouille de la gamine qui n'était jamais parvenue à les réunir pour de bon. Dont ils s'étaient imputé réciproquement la faillite d'une éducation pour le moins bâclée.

Le prêtre marmonna encore une vague prière que le vent emporta par bribes par-dessus les murs du cimetière. Puis il referma son missel et s'en alla, toujours suivi de son fidèle assistant, paré du surplis blanc par-dessus la soutanelle rouge coquelicot.

Le moment de la séparation définitive était arrivé. Derval, parmi les tombes un peu plus loin, gardait un œil sur les parents. La mère s'avança au bord extrême de la fosse. Le père s'agitait depuis quelques minutes. Soudain, tout le monde l'entendit jurer, puis il serra les poings et disparut dans les allées à longues enjambées.

L'adjudant entendait encore les paroles de son épouse lors de leur première confrontation :

« C'est ça, fous le camp ! Tu n'as plus rien à faire ici ! »

21

Lundi 28 février, dans la soirée

Philippe Derval et Héloïse Daubert retrouvèrent avec plaisir leur bar habituel. Leur serveur attitré parut surpris de les revoir ensemble.

— Je craignais que vous ne soyez fâchés. Ou que madame la commissaire ne soit malade.

L'adjudant était encore sous le coup des obsèques, conforté aussi dans l'intuition que le père Vincent taisait un terrible secret. Il ne possédait cependant aucun grief permettant de le placer en garde à vue. Son amie policière l'écoutait d'une oreille distraite.

— Toi, tu as du nouveau.

Elle acquiesça.

— Les techniciens poursuivent leurs investigations, comme tu peux t'en douter. À la salle des ventes, ils n'ont rien découvert. Par contre, dans le magasin d'antiquités de Nadine Rouillé...

— Du lourd ?

— Tu ne crois pas si bien dire. Du très lourd même. Le pire, c'est qu'on serait passé à côté si l'un des gars de la brigade scientifique n'était pas amateur de meubles anciens. Un secrétaire du XVIIIe siècle.

— Qu'est-ce qu'il présentait de particulier ?

— À première vue, rien. Sauf que les ébénistes de l'époque prenaient un malin plaisir à agrémenter leur fabrication de tiroirs secrets, de doubles-fonds, autant de caches mystérieuses dans lesquelles les belles intrigantes serraient leurs petits secrets.

— Nadine Rouillé aussi ?

— En effet. Dans un petit tiroir dont les effets de marqueterie dissimulaient l'existence.

— Qu'est-ce qu'ils ont trouvé ?

— Des documents.

— Compromettants ?

— Pour le moins, oui. Des billets fixant des rendez-vous, un lieu, un horaire, rien de plus. Mais ce n'est pas là le plus important. Il y avait aussi une enveloppe contenant des photos d'elle dans des poses et des tenues plutôt... olé olé. Je comprends maintenant pourquoi un mystérieux inconnu est venu me glisser à l'oreille le message sur les parties fines. De toute évidence, notre charmante antiquaire fréquentait ce genre de soirées, et pas seulement en qualité de spectatrice. Elle apparaît dans le plus simple appareil dans les bras de plusieurs types.

— On les distingue ?

— Penses-tu. Pas fous, les mecs, ils portent des masques. Les autres femmes aussi.

— Pas elle ?

— Parfois si. Mais ce n'est quand même pas difficile de la reconnaître.

— Il ne te reste plus qu'à découvrir où elle allait se faire tringler aussi allègrement.

— C'est déjà fait, du moins en partie.

— Diable ! Vous allez vite en besogne.

— Nous avons trouvé aussi une carte de visite.

Héloïse se pencha en avant vers son compagnon.

— Un certain Timothy Harding.

— Un Anglais ?

— Il aimerait bien le faire croire, vu l'accent qu'il entretient, mais c'est un bon Français comme toi et moi. Son vrai nom, c'est Thomas Loubet. Avant de le convoquer, j'ai pris la précaution d'interroger les renseignements territoriaux. Un drôle d'individu, organisateur de ce genre de rencontres. Nos services le surveillent de près depuis longtemps, mais jusque-là ils n'ont rien trouvé à lui reprocher. Il ne réunit que des adultes consentants, en toute légalité. Pour preuve, aucune femme n'a jamais porté plainte.

— Donc, tu as pu discuter avec lui ?

— Il est venu dans mon bureau cet après-midi. C'est un personnage tout à fait particulier, pas du tout le genre de type auquel je m'attendais. Imagine-toi un gentleman tiré à quatre épingles, coiffé de façon impeccable, chevelure gris cendré. Beau mec, de la classe à en revendre.

— Quel âge ?

— Cinquante-huit. Amateur d'art à ce qu'il m'a raconté. Le genre de gommeux qui n'a pas une piètre opinion de sa petite personne.

— Et à bientôt soixante balais, il continue à trousser la gueuse ?

— D'après ce qu'il dit, il n'assurerait pas le rôle d'étalon. Sa mission consisterait à offrir des partenaires à la hauteur aux femmes en manque du côté galipettes.

Derval hocha la tête en souriant.

— Je vais te surprendre, mais au XIXe siècle il existait une catégorie de médecins un peu particuliers. Figure-toi qu'ils soulageaient manuellement les bourgeoises frustrées sur ce plan-là, en toute décence et légalement, bien entendu. Eh oui, utérus et hystérie sont de la même famille étymologique, au cas où tu ne le saurais pas.

La lieutenante ouvrait de grands yeux ébahis.

— Si je te crois, dit-elle, c'est un peu le même genre de services que propose notre vieux beau. Pas une seule seconde, il n'a nié connaître Nadine Rouillé. Il m'a même exposé dans le détail le récit de leur relation, avec une complaisance malsaine et teintée de fierté. Tu veux que je te raconte ? Mais pas ici, je n'ai pas envie qu'on nous entende.

22

L'année précédente

En qualité de commissaire-priseur, Nadine Rouillé était souvent invitée aux vernissages des expositions, parfois même lors de l'accrochage. Lors d'une rétrospective de Gustav Klimt au musée de la Cohue, elle s'attardait dans une salle annexe devant ses dessins moins connus du grand public, des études de nus préparatoires à des tableaux, dont celui de Danaé. Des femmes y étaient représentées dans des positions pour le moins audacieuses. Nadine fut aussitôt troublée par la crudité érotique de ces croquis, par la lascivité des modèles qui paraissaient inviter à l'étreinte, par leur regard embrumé et suggestif, leur dignité même, malgré toute l'ambiguïté d'une impudeur aussi manifeste. Soudain une voix lui murmura à l'oreille :

— Vous aimeriez être à leur place, n'est-ce pas ?

Mortifiée d'avoir été surprise dans des pensées aussi inavouables, le souffle coupé, Nadine fit volte-face. Un homme se tenait derrière elle, les cheveux blancs impeccablement coiffés, le visage impassible.

Un foulard de soie bordeaux émergeait du col de sa chemise immaculée. Ses yeux d'une clarté bleutée lui firent penser à ceux d'un husky, son regard incisif la fouillait jusqu'au tréfonds de ses pupilles, il n'en fallut pas davantage pour lui faire perdre ses moyens. Elle déglutit. L'inconnu était d'âge mûr, la cinquantaine raffinée, peut-être plus, sans paraître vieux pour autant. Toute honnête femme aurait dû être offusquée par une question aussi déplacée, Nadine s'efforça même de feindre l'indignation, mais son regard disait qu'il n'en était rien.

L'homme lui tendit sa carte de visite, la planta devant les esquisses sans un sourire ni un mot de plus. Un vieux beau en mal de séduction, d'une outrecuidance éhontée, se dit-elle afin de sauver la face. Ah çà ! Il pouvait compter qu'elle l'appelle. Qu'il aille se faire voir !

Le soir même, Nadine faillit faire part à Mathis de la cocasse rencontre, qu'ils en rient tous les deux. C'eût été la réaction la plus légitime, l'affaire en serait restée là. Mais une force mystérieuse la retint au dernier moment.

Finalement, n'était-ce pas plutôt flatteur d'avoir été ainsi abordée, elle, plutôt que d'autres femmes bien plus belles et certainement autrement audacieuses ? Le plus déconcertant toutefois, c'était que l'inconnu ait lu dans ses pensées avec une telle facilité. Développait-elle à son insu des ondes lubriques ?

À bien y réfléchir, la petite antiquaire fut obligée d'admettre que ce genre de fantasme l'habitait depuis l'adolescence. Des rêves parfois d'un érotisme redoutable, mais jamais elle n'avait osé penser que se réaliserait même le plus innocent d'entre eux.

L'idée fit son chemin, insidieuse, inexpugnable, provoquant des pointes de désir d'une violence qui l'empêchait de trouver le sommeil. Elle virait dans le lit, le corps moite de sueur. Elle tentait de se satisfaire en tournant le dos à Mathis et en se mordant les lèvres de crainte de gémir. La jouissance se dérobait et elle en sortait encore plus frustrée. Une nuit, n'y tenant plus, elle se lova contre lui et se montra entreprenante. Surpris d'une attaque aussi directe – et à laquelle elle ne l'avait pas habitué –, il ne se fit pas prier, mais elle ne retira aucun plaisir de l'étreinte, se contentant de simuler l'extase, manière de s'excuser de l'avoir réveillé pour si peu.

De ce jour, Nadine se posa la question de sa relation physique avec son Martiniquais, de la vaillance duquel beaucoup se seraient pourtant largement contentées. Les rapports suivants lui parurent d'une fadeur désespérante, sans imagination.

Nadine décida d'en avoir le cœur net. Juste pour vérifier ce que voulait ce mystérieux amateur d'art. Elle n'eut cependant pas l'aplomb de s'adresser à lui directement. L'une de ses amies organisait une expo. Au détour d'une conversation, elle lui glissa innocemment d'inviter l'homme en question, lui fournit ses coordonnées, un certain Timothy Harding. « Un Anglais ? Tu le connais bien ? » Elle ne répondit pas.

L'antiquaire ne se faisait pas d'illusions, un goupil de cette envergure devait lever des poulettes autrement délurées, il l'avait certainement oubliée depuis longtemps. Le soir du vernissage, elle s'obligea cependant à des efforts de toilette, se maquilla avec un soin tout particulier, se décida pour une robe échancrée à l'encolure et qui la moulait avantageusement, évita les sous-vêtements dont les élastiques se devineraient sous le tissu soyeux. Elle se mira dans la glace. De dos, l'image de ses reins qui paraissaient nus sous la robe légère la fit frissonner, lui sembla d'une indécence extrême, mais elle ne se ravisa pas pour autant. Au moment de franchir le seuil de la galerie, son cœur menait une sarabande effrénée, et quand la préposée au vestiaire la soulagea de son manteau, elle eut l'impression de se trouver exposée à tous les regards dans le plus simple appareil.

Plusieurs invités déambulaient déjà d'une toile à l'autre. Des œuvres résolument contemporaines, dont certaines, avant-gardistes, avaient de quoi dérouter. Nadine parcourut la salle d'un rapide coup d'œil. L'homme qu'elle espérait et redoutait n'était pas là. Elle en fut à la fois soulagée, et déçue. Son amie l'embrassa, la félicita pour sa tenue avec un clin d'œil coquin qui la fit rougir.

— Ton mari n'est pas venu ?

— Non, la peinture, c'est pas son truc. Lui, c'est courir après un ballon qui l'intéresse.

La responsable de la galerie partit accueillir de nouveaux arrivants.

— Permettez-moi de vous remercier de votre initiative.

La voix dans son dos la glaça.

— Vous vous trompez, ce n'est pas moi qui... fit Nadine en se retournant.

— Vous mentez mal, très mal, la coupa-t-il. Je vous apprendrai, si vous voulez. Je pense d'ailleurs avoir beaucoup de choses à vous apprendre.

Il sortit de sa poche un rectangle de bristol qu'il lui tendit entre l'index et le majeur. Machinalement, elle lut ce qui était inscrit : une date, un horaire, une adresse, la même que sur la carte de visite : le moulin de Rosanen.

— Je ne sais pas si je pourrai... balbutia-t-elle.

— Mais si. Je vous attendrai.

— Je suis mariée, vous savez...

— Justement, c'est pour ça que vous viendrez.

Le propos aurait dû lui paraître ambigu, elle avait très bien compris ce qu'il sous-entendait.

Nadine Rouillé éprouvait le sentiment d'être déjà soumise à l'emprise de cet inconnu. Infantilisée et mise à nu aussi sûrement que s'il l'avait effeuillée sans lui demander son avis.

— À bientôt, Nadine.

Il s'en alla.

La rencontre avait lieu trois jours plus tard. Trois jours pendant lesquels Nadine s'efforça de résister. Mathis s'inquiétait de ses silences, il n'avait pas été sans remarquer son manque d'appétence au lit depuis quelque temps, ses soupirs excédés quand elle consentait à se laisser caresser, sans frémir sous ses doigts. Le peu d'entrain sous ses coups de boutoir, le souci de se dégager aussitôt qu'il avait fini.

Elle n'irait pas, se rassurait-elle, tout en sachant qu'elle ne pourrait s'en empêcher.

Et elle se présenta en effet au rendez-vous. Cette fois, elle avait opté pour une tenue plus classique, un chemisier boutonné presque jusque sous le menton, une jupe droite et sage, une ultime hypocrisie avant de succomber.

À l'adresse indiquée, Nadine découvrit d'abord un portail en métal galvanisé, haut et dissuasif, mais qui lui interdirait toute velléité de fuite. Un interphone, elle sonna, le portail coulissa sans qu'elle ait besoin de décliner son identité. Il faisait presque nuit.

Un dîner avec des confrères antiquaires, avait-elle prétexté à Mathis qui s'étonnait.

Elle avait pris sa voiture. Un trajet singulier. Cent fois, il aurait suffi de faire demi-tour avant de se jeter dans la gueule du loup. À un croisement, elle avait même ralenti, avait actionné son clignotant. Un double appel de phare impérieux dans son dos l'avait décidée à continuer. De toute façon, elle était presque arrivée. Elle s'était garée dans un décrochement sur le bas-côté. La pleine campagne, une maison isolée du côté de Meucon, au nord de Vannes. Un isolement angoissant.

Le bruit du portail qui s'encastrait dans son logement lui fit pousser un petit cri, incongru dans le silence de la nuit. Devant elle une allée se perdait dans l'obscurité, les gravillons blancs crissaient sous ses escarpins. Des buissons, une étendue de pelouse grise sous la lune. Un pavillon. Une masse sombre, sans lumière. Vivait-il seul, Timothy Harding ? Un Anglais, au vu de son accent. Au moment où elle abordait le perron, la porte d'entrée s'ouvrit, et la silhouette de son hôte se dessina dans l'embrasure. Sous la faible lumière dans le vestibule luisaient les revers damassés de sa veste d'intérieur. Il ne la remercia pas d'être venue, comme s'il lui semblait inconcevable qu'elle ne lui obéisse pas.

— Entrez, je vous attendais.

D'un geste élégant en s'écartant, il lui indiquait le salon. La pièce baignait elle aussi dans une lumière tamisée, chaude et orangée, la pénombre équivoque d'une maison de passe, pensa-t-elle. Sur la table basse, une bouteille de champagne émergeait d'un seau étincelant. Deux coupes étaient disposées sur le plateau. Elle en déduisit qu'elle était la seule invitée, ce qui ne fit que la troubler davantage. Il la débarrassa de son manteau, le garda quelques secondes entre les mains, en la détaillant entre ses paupières plissées par-dessus le col, comme s'il évaluait une future proie. L'impression désagréable lui fit regretter son audace.

— Asseyez-vous donc. Détendez-vous.

Il déboucha la bouteille. Toujours avec la même assurance, il la servit.

— Trinquons à notre rencontre, puisque vous l'avez souhaitée.

La coupe tremblait entre les doigts de la jeune femme qui ne se récria pas.

Il s'installa confortablement dans le fauteuil face à elle. L'observa un long moment en silence.

— Comme ça, vous aimez Gustav Klimt.

— C'est un grand artiste, même si certains de ses dessins sont un peu… déroutants.

— Du moins n'invitent-ils pas à emprunter les routes habituelles. Mais c'est aussi le rôle de l'art d'inciter les gens trop sages à sortir des sentiers battus. Vous ne trouvez pas ?

Comprenant l'allusion, Nadine se contenta de soupirer. Elle s'attendait à ce qu'il passe à l'acte sans plus attendre. Le désirait-elle ? Ses sens bloqués, elle ne le savait plus. Elle aurait été soulagée cependant de ne pas devoir gamberger, même si elle s'était promis de ne pas céder tout de suite. Mais non, il se comportait en parfait gentilhomme, s'enquérant de son métier, de ses goûts en littérature, se fendant de quelques citations bien choisies afin d'étaler sa culture, installant en fait une relation que tout observateur aurait pu croire amicale. Se laissant séduire, elle entrait dans ce jeu sournois. Elle le félicita pour sa demeure.

— Hélas, je n'en suis pas le propriétaire. Elle appartient à l'un de mes amis qui a la gentillesse de me la prêter pour certaines soirées.

L'aile droite devant la baie vitrée servait de salle à manger, la table était dressée avec le même raffinement. Une vaisselle sobre sur une nappe blanche, des verres de cristal aux pieds effilés. Des couverts dont il ne faisait aucun doute qu'ils étaient d'argent.

— Je préférais être seul pour jouir pleinement de votre compagnie. J'ai donné congé à la cuisinière pour la soirée, mais elle nous a préparé quelques douceurs que vous apprécierez, je l'espère.

Un buffet froid en réalité. Des poissons fumés, des galantines délicates, quelques charcuteries fines, et même un petit pot de caviar, une corbeille de pain à l'ancienne et des toasts grillés. Une bouteille de vin blanc.

Elle s'obligea à grignoter, sentant proche le dénouement à mesure que le repas avançait. Il semblait toujours lire en elle et faisait durer à souhait le plaisir de l'attente afin d'aiguiser son désir. Elle évitait ses yeux, consciente que dans les siens transparaissaient ses idées folles. L'alcool aidant, la volonté de Nadine se résorbait, et elle brûlait à présent de se montrer, de devenir l'une des femmes dessinées par Gustav Klimt. Elle se leva dès qu'il lui proposa de revenir dans le salon. D'elle-même, elle s'installa dans le fauteuil. Il se positionna derrière le dossier, la laissa mariner encore quelques instants. Elle se crispa quand les mains de l'homme effleurèrent ses épaules à travers le chemisier et remontèrent le long de son cou.

— Détendez-vous. Je finirais par croire que vous avez oublié pourquoi vous êtes venue ici ? Est-ce le cas ?

Elle tressaillit, ne trouva pas tout de suite les mots pour répondre.

— Parce que… parce que vous m'avez invitée…

— Et pour quelle raison avez-vous accepté mon invitation ?

Elle gardait le silence.

— Pour que je vous fasse éprouver des sensations nouvelles, n'est-ce pas ?

— Oui… balbutia-t-elle enfin.

— Des expériences voluptueuses. Parlez plus fort, je veux vous entendre.

Cette fois, elle proféra son accord d'une voix claire et nette. La main de Timothy Harding empoigna fermement ses cheveux et lui renversa la tête en arrière. Elle ne résista pas, ferma les yeux, ses lèvres s'entrouvrirent quand celles de son hôte s'y posèrent. Ce fut un long baiser, chargé d'effluves, où elle eut le sentiment d'être déjà prise pour de bon. Elle gardait les mains posées sagement sur le fauteuil, mais de temps à autre ses doigts se crispaient et ses ongles en griffaient le cuir. Celles de l'homme se glissèrent jusqu'à sa poitrine qu'elles pressèrent à travers le tissu jusqu'à ce qu'elle gémisse.

Il remonta au col pour en dégrafer les premiers boutons et accéder à la chair douce et chaude. La caresse à même la peau se fit plus précise, les doigts se glissèrent sous les bonnets du soutien-gorge. C'était elle maintenant qui souhaitait s'offrir davantage, libérer l'accès à son corps. À la hâte, elle défit les derniers boutons. Les mains de l'homme l'abandonnèrent aussitôt.

— Vous allez trop vite.

Une douche glacée. Elle se sentit ridicule.

— Si vous vous donniez entièrement aujourd'hui, vous ne reviendriez pas. Or, je veux que vous reveniez. Rhabillez-vous. Vous allez rentrer sagement en attendant que je vous fixe un prochain rendez-vous.

— Je ne…

— Mais si, vous en brûlerez d'envie. De grâce, ce jour-là vous mettrez la robe que vous portiez lors de l'exposition où vous m'avez invité. J'ai aussi un cadeau pour vous.

Quand elle eut fini de se rajuster, il lui tendit une boîte enrubannée et recouverte de papier glacé.

— Ne l'ouvrez pas maintenant. Je suis sûr que ça vous plaira.

Harding ne se trompait pas, Nadine Rouillé se présenta au second rendez-vous, avec la robe exigée et les dessous affriolants qu'il lui avait offerts. Cette fois, il n'était pas seul, un autre homme était assis dans un fauteuil, jeune, lui, et d'apparence vigoureuse. Aussitôt ses yeux la détaillèrent. Le réflexe immédiat de Nadine fut de faire demi-tour. Avec fermeté, Timothy Harding lui barra le passage et la conduisit de force à l'étalon qu'il lui avait choisi. Lui tirant les bras en arrière, il la lui présenta comme un vulgaire objet.

— Cadeau, Jimmy.

Nadine ne sut si son hôte s'adressait à l'inconnu ou à elle. Sans lui laisser le temps de réagir, celui-ci se leva, et la dévêtit posément, presque avec délicatesse. Elle avait le sentiment d'être réduite au rôle de marionnette. Son hôte la contraignit à se retourner. Il la renversa en travers de l'accoudoir et la prit sans le moindre préliminaire. Elle eut l'impression d'être déchirée, mais la souffrance se dissipa bientôt en ondes délicieuses. Une étreinte qu'il fit durer, insoucieux de son propre plaisir, accomplissant à la lettre la besogne pour laquelle il était rémunéré. Nadine se laissa emporter dans un tourbillon d'une intensité qu'elle n'aurait jamais cru possible. Lui, continua avec la même application mécanique, réveillant en elle des sensations proches de la douleur avant que ne renaisse le plaisir, encore plus violent, au paroxysme duquel elle faillit perdre connaissance.

— Elle aimait ça, vous comprenez, expliquait Harding à la lieutenante. À aucun moment, il n'y a eu besoin de la forcer.

À dater de ce soir-là, Nadine devint la chose de Timothy Harding. À chaque rendez-vous, il bousculait ses dernières pudeurs de petite-bourgeoise en lui inventant des situations qu'elle n'aurait osé imaginer. Avec son accord, il la photographia dans les positions des dessins de Gustav Klimt. Jamais lui ne la prit, comme si les femmes ne l'intéressaient pas.

Il la laissait sans nouvelles durant plusieurs semaines. Puis il déposait un nouveau message dans la boîte aux lettres de son magasin, toujours aussi laconique : l'heure et la date, l'endroit, le plus souvent pour le lendemain, un jour où elle n'officiait pas à la salle des ventes, à croire qu'il connaissait son emploi du temps au détail près.

— Et son mari ? Il était au courant ? demanda Héloïse Daubert, écœurée d'un étalage verbal aussi complaisant.

— Plus ou moins, expliqua Harding. Mais à ce que disait Nadine, leur relation était compliquée. Je crois même que si je ne lui avais pas offert cette échappatoire en guise d'exutoire, elle l'aurait quitté. C'était le genre de femme dont le tempérament ne peut se satisfaire de rapports ordinaires, mais qui a besoin d'un guide afin d'en prendre conscience. Le risque de l'imprévu, le plaisir équivoque de se mettre en danger, autant de conditions qui deviennent très vite nécessaires pour accéder à la vraie jouissance. Une forme de perversité, si vous préférez.

— Le genre de malheureuses que vous traquez, si j'ai bien compris.

— Pour les rendre heureuses, oui. On ne peut reprocher à un chasseur de chasser en toute légalité. Je crois connaître assez bien la psychologie des femmes mariées pour ne pas me tromper. Je pourrais vous apprendre beaucoup de choses sur le comportement de vos congénères féminines. Ce sont des expériences très excitantes, vous savez, et qui ne sont en rien interdites entre adultes consentants.

— Très peu pour moi…

Il ricana.

— J'ai entendu tellement de femmes prétendument honnêtes jurer la même chose. Ce sont les plus hardies une fois décoincées. Madame Rouillé vous aurait surprise et je suis sûr que son mari ne l'aurait pas reconnue. Contrairement à ce que vous insinuez, je n'y suis pour rien. Pour tout vous dire, mes amis et moi, nous la regretterons.

— Les photos que vous avez prises, vous pouvez m'expliquer ?

— C'était avec son consentement, comme vous avez pu le constater si vous avez examiné de près les clichés.

— Qu'est-ce que vous en avez fait ?

— Rien, sinon les lui transmettre comme elle me l'avait demandé. Je vais encore vous surprendre, mais je pense qu'elle adorait devenir spectatrice de ses propres ébats dans ses longs moments de solitude.

Mathis avait conscience du désarroi de son épouse, mais il était loin d'imaginer dans quelle galère elle s'était égarée. Il ne faudrait pas croire que le beau Martiniquais était d'une naïveté totale. Il subodorait qu'elle le trompait, il savait qu'elle partait pour des rendez-vous galants, mais, de tempérament plutôt tolérant, il avait peur de précipiter la situation et surtout il ne se voyait pas vivre sans elle dans ce pays où il n'était arrivé que depuis deux ans.

Avant chaque rencontre, Nadine l'évitait, en proie à un cruel dilemme. Elle s'en voulait de n'être qu'une chienne avide alors qu'elle avait un mari exemplaire. Mais la même force annihilait sa volonté et elle inventait un nouveau prétexte. Dont il n'était pas dupe.

Jusqu'au soir où Harding fixa rendez-vous à la belle antiquaire, à une nouvelle adresse. Pressentant une gradation dans l'initiation, elle hésita, mais sa curiosité l'emporta. Timothy l'attendait devant l'entrée, il l'accompagna dans un vaste salon, où se déroulait une soirée apparemment mondaine. Très vite elle se rendit compte qu'il s'agissait en fait d'une partie dont elle serait l'attraction, la petite nouvelle en quelque sorte.

Un couple tiré à quatre épingles s'avança afin de l'accueillir. La femme lui prit la main, et la conduisit au centre de la pièce, commença à la déboutonner. Nadine tremblait, ses paupières se chargeaient de larmes, et soudain quelque chose se révolta dans ses fibres intimes. Elle prenait conscience de sa dépravation, de l'objet sexuel qu'elle était devenue, de l'image pitoyable qu'elle allait offrir à ces voyeurs qui fantasmaient à l'idée de se repaître de son avilissement. Se rajustant tant bien que mal, elle s'enfuit comme une folle.

Quelques jours plus tard, Harding l'appelait sur le téléphone de sa boutique, elle lui déclara qu'elle ne voulait plus se prêter à ses jeux ignobles. De crainte de faire machine arrière, elle avait tout avoué à son mari, mentit-elle.

23

Lundi 28 février, dans l'après-midi

La lieutenante Daubert ne doutait pas que les événements s'étaient déroulés selon le récit salace qu'elle venait d'entendre. Harding la dévisageait avec un sourire narquois. Elle ne baissait pas les yeux, l'affrontement silencieux dura de longues secondes sans que l'homme se départe de son aplomb. Au bout du compte, excédée, elle attaqua.

— Vous pourriez m'indiquer votre emploi du temps du dimanche soir 20 février ?

Le sourire de Harding s'accentua.

— Je pourrais, mais, au risque de vous décevoir, je ne le ferai pas.

— Tiens donc. Et pour quelle raison ?

— Parce que je n'ai pas envie. Si vous me suspectez, arrêtez-moi. Mais il me semble que mes confidences suffisent à vous prouver que je n'ai rien à voir avec cette affaire.

Daubert marqua une pause. Sur la défensive, son adversaire ne baissait pas sa garde.

— Vous êtes très malin, monsieur Harding. Il existe une stratégie que mettent en œuvre un certain nombre de suspects. Elle consiste à laisser à portée de la police des indices flagrants, et qui tôt ou tard auraient été découverts. Il se positionne ainsi en coupable idéal. Il ne lui reste plus qu'à démontrer qu'il n'aurait pas été assez naïf pour être si maladroit et que lesdits indices ont été placés intentionnellement par quelqu'un d'autre afin de le faire accuser.

Dans les yeux de l'homme se dessina une lueur vaguement admirative.

— C'est plutôt ingénieux, je vous le concède. Mais très peu pour moi. Je ne prends plaisir à jouer avec le feu que si je suis certain de pouvoir en étouffer les flammes quand elles sont sur le point de me lécher le cul.

Héloïse soupira. Voilà bien longtemps qu'elle ne s'était trouvée face à un combattant d'aussi haute volée. Rien d'étonnant que soient tombées dans ses rets des femmes aussi respectables que Nadine Rouillé.

— En ce cas, il serait judicieux de prendre conscience que cela commence à sentir le roussi, repartit-elle sur le même ton.

Le regard de Harding se fit ironique, sa moue traduisit son dédain pour une réplique aussi fade.

— J'insiste, se rattrapa la lieutenante, si vous voulez que nous cessions de vous importuner, il va de votre intérêt de nous indiquer ce que vous avez fait le soir du dimanche 20 février. À moins que vous ne vous en souveniez plus.

— Ce serait en effet une dérobade tout à fait plausible. Nul n'est censé retenir dans le détail le programme de chacune de ses journées. Pour ma part, je trouverais indigne de notre échange de m'abaisser à ce genre de pirouette. Je la laisse aux coupables à court d'alibi pour qui il est nécessaire de se justifier.

— Donc, vous êtes en mesure de me communiquer votre emploi du temps.

— Je viens de vous le dire, je pourrais et pourtant je ne le ferai pas.

Héloïse Daubert cessa de jouer avec son stylo afin de masquer son exaspération.

— Vous n'avez pas l'impression de vous répéter ?

— Et vous ? Je ne fais que vous répondre une seconde fois et de semblable façon.

— Je déduis de votre refus que vous étiez à une soirée du même genre…

Il sourit.

— Bingo, commissaire. Aussi vous comprendrez qu'il m'est difficile de vous en indiquer les circonstances.

— Vous pouvez préciser ?

— Ce serait mettre en position délicate des personnes qui pourraient nous attirer des ennuis, à moi aussi bien qu'à vous.

Il inspira profondément.

— Surtout à vous si vos services avaient l'indélicatesse d'étaler leur identité sur la place publique.

Du chantage, par-dessus le marché, pensa la lieutenante. Léonard Rollin l'avait mise en garde.

— Nous savons faire preuve de discrétion.

— Je n'en doute pas. Mais quand il s'agit d'un double assassinat, les journalistes collent comme des sangsues aux basques des flics. Il se trouvera toujours dans vos rangs quelque bavard incapable de tenir sa langue, moyennant parfois un petit dessous-de-table. Je suppose que je ne vous apprends rien.

— Votre refus de collaborer pourrait m'amener à vous placer en garde à vue.

— Et moi à réclamer la présence de mon avocat. Je ne sais lequel de nous deux sortirait gagnant d'un tel engagement. Je peux prendre congé, commissaire ?

— Pour l'instant, oui. Mais ne vous croyez pas quitte pour autant. Il est fort probable que nous ayons besoin d'un certain nombre de… précisions… et que nous soyons contraints de vous reconvoquer.

Timothy Harding quitta les locaux du commissariat le sourire aux lèvres, affichant l'arrogance exécrable du triomphe.

Héloïse Daubert restait silencieuse à présent, fatiguée par le récit qu'elle venait de débiter à Philippe Derval. L'adjudant et elle étaient assis sur un banc face au port où se balançaient lentement les voiliers amarrés aux pontons, avec en bruit de fond le cliquetis obsédant des haubans contre les mâts métalliques. Dans l'obscurité du crépuscule, les eaux fourmillaient de reflets d'argent, comme si des myriades de minuscules poissons étaient en train d'en investir la surface.

— Crois-moi, quand ce vicieux-là est sorti de mon bureau, j'ai poussé un sacré soupir de soulagement.

Derval secouait la tête, abasourdi par une histoire aussi sordide.

— Drôle de personnage en effet. Tu sais où il habite ?

— On s'est renseigné. Tu vas être surpris, ce genre de type, c'est 80 % de frime. Il loge dans un modeste appartement dans l'immeuble que tu aperçois là-bas un peu plus loin. Il n'en est même pas le proprio.

— Et c'est là qu'il a invité l'antiquaire ?

— Bien sûr que non. D'après ce qu'il m'a dit, un de ses amis possède une propriété avec une grande longère. Il la lui prête pour ce genre de rencontres, ou bien il la loue quand il s'agit de soirées avec beaucoup plus de convives.

— Tu penses qu'il pourrait être l'assassin ?

— Ce n'est pas impossible. Le dénommé Timothy Harding n'a certainement pas apprécié que Nadine Rouillé lui file entre les doigts. Et surtout, comme elle s'est rebellée, il a dû avoir la trouille qu'elle aille raconter le genre de soirées auxquelles elle participait et divulguer les noms des personnalités qu'elle y a rencontrées. Ou bien elle a voulu le faire chanter, il ne faut pas oublier que c'est une bonne femme qui n'avait pas froid aux yeux, ne serait-ce que pour avoir évolué dans ce milieu sulfureux. Inquiet, Harding vient aux nouvelles et lui intime de garder le silence. Elle l'envoie balader. Il n'a d'autres solutions que de lui régler son compte.

— Le mari arrive, Harding l'assomme, il est saigné à son tour. Ton artiste mondain connaît la valeur du tableau, il l'emporte afin de faire croire à un cambriolage. Ça se tient… convint Derval. Je suppose que tu vas le bassiner ?

— Je vais essayer de savoir par la bande s'il a un alibi pour la soirée du dimanche.

— Au fait. Si j'ai bien entendu, Harding a cité un certain Jimmy. Ce n'est pas ainsi qu'on surnommait ton ex ?

Héloïse soupira.

— Si. Tu penses bien que moi aussi j'ai fait le rapprochement. Sans vouloir te torturer, ce serait assez son genre de se prêter à ce genre de rencontre.

Philippe s'obligea à sourire.

— C'était… une bonne affaire ?

— Façon de parler, répondit-elle d'une voix gênée. Disons… qu'il assurait de ce côté-là, si c'est ça que tu veux savoir.

24

Mardi 1er mars, le matin

— Je te savais têtue, mais pas à ce point-là, protesta Léonard Rollin.

— Je ne peux pas freiner mon enquête sous prétexte que ça pourrait déranger ces beaux messieurs et ces jolies dames qui s'envoient en l'air. Timothy Harding, ça te dit quelque chose ?

Le vieux flic soupira.

— Nous y voilà. Tu t'attaques à du gros gibier, ma belle.

— Tu le connais ou tu ne le connais pas ?

— Bien sûr qu'on le connaît. Même qu'on a un œil sur lui. C'est un oiseau de nuit dont les ailes n'ont pas l'envergure de son ego. Qu'est-ce que tu lui veux ?

— Tu es au courant du double meurtre sur lequel j'enquête ? Il se pourrait qu'il soit mêlé à l'affaire.

Rollin la dévisagea d'un œil ironique.

— C'est un peu court, tu ne trouves pas ? Tu n'as plus confiance en moi ?

— Si, bien sûr, mais on n'est encore certain de rien. Il connaissait Nadine Rouillé, elle devait être même l'une de ses... de ses clientes. On a retrouvé des photos, la carte de visite du sieur Harding. Je l'ai convoqué pas plus tard qu'hier. Il ne s'est pas fait prier pour raconter les frasques de notre antiquaire. Et dans le détail, tu peux me croire.

— Ça correspond à ce qu'on sait de lui. Une sorte de mythomane pervers qui se prend pour le grand gourou du sexe. Un charlot de première, si tu veux mon avis. Il faut faire attention à ce qu'il raconte, c'est le genre de type libidineux qui se complaît à raconter des histoires de cul à qui veut bien l'écouter. Rien d'étonnant qu'il t'ait déballé son chapelet d'insanités. S'il en avait les moyens, sûr qu'il tournerait des films porno.

Il marqua une pause, renifla et se racla la gorge.

— Pour ton antiquaire, on était au courant qu'elle participait à ce genre de surprise-partie. C'est pour ça que je t'ai glissé à l'oreille dans la boîte de nuit de fouiner de ce côté-là.

Héloïse sourit.

— J'avais deviné que c'était toi, figure-toi.

— Tu n'as pas eu grand mérite.

— Il m'a raconté que Nadine Rouillé s'était libérée de son emprise. Ou il est stupide ou il est suicidaire. Il savait très bien que je le soupçonnerais de l'avoir éliminée pour la réduire au silence.

— Ce ne serait pas la première fois qu'il joue avec le feu. Besoin de se mettre en lumière. Je vais te faire une confidence. On est plusieurs à penser dans le service qu'il doit être tout simplement impuissant. Alors il compense en regardant les autres s'envoyer en l'air. Si j'ai bien compris, tu le soupçonnes d'avoir réglé son compte à la greluche qui lui a échappé ?

— C'est une piste assez plausible, oui, d'autant qu'il refuse de nous fournir son emploi du temps le soir du double meurtre. Il affirme qu'il se trouvait à une soirée comme celles dont on vient de parler, mais il refuse de préciser.

— Toujours ce côté provoc comme un ado mal fini. Il joue avec toi. Tu l'as menacé de le placer en garde à vue s'il refuse de collaborer ?

— Oui, bien sûr, mais il sait pertinemment que je n'ai aucun argument valide. C'est pour cela que j'ai besoin de toi. Tu n'aurais pas une petite idée de l'endroit où il organise ce genre de rencontres ?

Rollin soupira.

— Toute seule, tu n'y arriveras pas. Ça fait longtemps que nous aussi, on a envie de clouer le bec de ce Harding. Il paraît que depuis quelque temps un revendeur profiterait de ces soirées pour introduire de la drogue. Du haut de gamme, les invités ont du pognon. Ils feraient même venir des filles d'ailleurs afin de pimenter leurs ébats. Des prostituées, si tu préfères, mais il n'est pas prouvé qu'elles soient toutes majeures. Pas brillant, brillant, et ce serait assez le genre de ces zozos-là.

— Harding serait au courant ?

— Au courant ou pas, en qualité de « gentil organisateur », il est responsable de ce qui se passe dans ses raouts. Il est en cheville avec un oiseau de la même espèce que lui, plus fortuné, qui a fait restaurer une ferme qu'il loue pour ce genre de réception. Les amis de Harding forment en réalité une sorte de club, et c'est eux qui mettent la main au porte-monnaie pour payer la location. Tu vas être contente, on a prévu une descente à leur prochaine partie de galipettes. Depuis quelque temps, le trafic de drogue est dans le collimateur du parquet de Lorient. Le réseau que les magistrats surveillent se ramifie jusque dans le secteur de Vannes, et vice versa. Les enquêteurs de la police judiciaire de Lorient ont alerté la procureure qui a ordonné une enquête préliminaire et l'a confiée à son substitut, Damien Vernon, un jeune loup qui a envie d'aller de l'avant et de faire ses preuves. Celui-ci nous a mis dans le coup et demandé d'assurer le relais. Nous allons quand même prendre la précaution de prévenir la brigade de gendarmerie afin de faire les choses dans les règles et de ne froisser aucune susceptibilité. Comme cela, on aura le feu vert pour fourrer le nez dans les affaires de Harding et de ses petits copains. Ce sera l'occasion d'éplucher l'emploi du temps de ton caïd. Crois-moi, il sera bien obligé de nous cracher où il se trouvait la nuit où tes deux tourtereaux ont été poignardés. Il ne nous reste plus qu'à fixer la date de l'intervention, mais on a des informateurs sur le terrain.

— Je peux te demander encore une faveur ?

— Je me doute de laquelle. Dis toujours.

25

Mardi 1er mars, dans la soirée

L'enquête au sujet de Patricia Vincent était au point mort. Les langues allaient bon train dans le chef-lieu du département, puisque les circonstances du meurtre étaient désormais connues de tout le monde. Pensez donc ! Une pauvre gamine avait été séquestrée durant plusieurs jours, puis étranglée avec un cynisme qui glaçait les sangs. Mais le morbide atteignait son paroxysme quand on savait que sa dépouille avait été fourrée dans la tombe d'une autre adolescente. Un déséquilibré de la pire espèce, qui n'était sans doute pas à son coup d'essai et probablement en passe de récidiver. La seule façon de se protéger d'un pareil prédateur était de le mettre hors d'état de nuire au plus vite. Que fabriquaient les flics !

L'adjudant Derval et son adjoint étaient désabusés. Pareils à des chiens de chasse qui flairent en tous sens sans déceler la moindre trace du gibier qu'ils sont censés débusquer. À l'issue du week-end, Le Guern s'était vu confier pour mission de surveiller le plombier, dont le comportement intriguait toujours. Il se posta devant son domicile dès les premières lueurs de l'aube. Ludovic Vincent surgit bientôt en tenue de travail. Demander au vieux flic d'exercer une surveillance discrète revenait à poster un pachyderme en pleine lumière. Pourtant il ne se fit pas repérer malgré son uniforme. Vincent, visage fermé, grimpa dans la camionnette de l'entreprise et démarra aussitôt.

Le Guern n'en revenait pas.

Il ne se rend quand même pas déjà au boulot ! pensa-t-il. Il téléphona à Derval, qui eut la même réaction : le père se remettait bien vite de la mort de sa fille.

— Je ne parviens pas à le cerner, confia l'adjudant à la lieutenante avec qui il prenait un pot le soir venu.

Elle opina du chef. Perplexe elle aussi.

— Ça ne signifie pas forcément qu'il n'est pas malheureux, fit-elle remarquer. Au lieu de ruminer leur chagrin, il y a des gens qui préfèrent reprendre leurs activités normales.

— Quand même…

— Tu as recueilli d'autres informations ?

— Ce matin, je suis retourné voir Laetitia Libert, la secrétaire de l'agence qui fricotait avec le père de Patricia. C'est une chic fille, mais elle ne m'a pas appris grand-chose. À l'entendre, leur liaison a avorté avant d'avoir vu le jour. Elle a essayé de le joindre à plusieurs reprises, il ne répond pas. Hier elle l'a vu quand il s'est présenté à son boulot. Elle a essayé de l'aborder. Il s'est défilé avant qu'elle ait eu le temps de lui parler.

— Là aussi, ça peut se comprendre, dit Héloïse. Il n'a peut-être pas envie de conter fleurette alors qu'il vient à peine d'inhumer sa gamine.

— Bien sûr. On peut trouver une réponse logique à tout ce qu'il fait, mais tu ne m'enlèveras pas de l'idée qu'il traîne un sacré boulet et qu'il est loin de nous avoir tout dit.

— Autrement, tu t'es renseigné sur son emploi du temps habituel ?

— Le Guern s'est rendu hier après-midi sur le chantier où il bosse actuellement. Les autres corps de métier ne se sont pas montrés très loquaces à son sujet.

— Tu crois qu'ils essaient de le couvrir ?

— Je ne sais pas. En général, les ouvriers n'aiment pas beaucoup les flics, surtout quand ceux-ci viennent les emmerder dans leur boulot. C'est peut-être pour ça qu'ils n'avaient pas envie de causer. Le Guern a quand même réussi à savoir que Ludovic Vincent est passionné de belote. Avant ses ennuis, il avait pour habitude de taper le carton dans un bistrot près du parc des expos. Ils sont plusieurs à se retrouver là-bas après le dîner. Souvent le mardi et le jeudi.

— Fais-le surveiller.

— C'est prévu. Tu sais ce qui serait bien ? Ce serait que tu m'accompagnes pour monter le guet.

Héloïse secoua la tête en souriant.

— Moi ? Et si on se fait repérer ?

— Puisque tout le monde sait qu'on se fréquente, ça n'étonnera personne. Vincent ne te connaît pas. Si tu entrais prendre un café et écouter discrètement, on ne sait jamais, on arriverait peut-être à grappiller quelques renseignements.

— Je vois que tu as ficelé ton plan. Écoute…

Une ombre était passée sur le visage d'Héloïse qui se mordait la lèvre. Aussitôt Derval sentit une pointe d'angoisse le titiller.

— J'ai un truc à te dire.

— Des ennuis ?

— Je ne sais pas. Je n'espère pas. Tu te souviens quand je t'ai dit que j'avais l'impression que mon ex était dans le secteur et qu'il me surveillait. Quand je suis rentrée hier soir, après t'avoir quitté, je crois bien que c'était lui. Au coin de mon immeuble. Enfin, c'était sa silhouette, mais il a vu que je l'avais repéré et il a disparu.

— Méfie-toi. Si c'est le salaud que tu m'as décrit, il est capable de te porter un mauvais coup.

— Il n'osera pas…

— Qu'est-ce qu'il fait alors à t'épier ?

Héloïse ne répondit pas, mais son sourire crispé en disait long sur son inquiétude.

— Ce soir, je t'accompagne. S'il est encore là, compte sur moi pour lui toucher deux mots.

Héloïse posa la main sur le poignet de Philippe.

— Je t'accepte comme chevalier servant.

26

Mercredi 2 mars

Héloïse Daubert avait le sentiment d'assister à une mascarade morbide. Le commissaire Leduc avait différé les obsèques du couple assassiné, comme s'il craignait qu'un quelconque détail ait échappé aux examens du médecin légiste, mais on ne pouvait pas les conserver indéfiniment à la morgue. Le footballeur et la frivole antiquaire allaient être réunis dans la mort. Plus proches finalement sous la terre de ce cimetière qu'ils ne l'avaient été les derniers mois de leur vie.

Mathis Kifou et Nadine Rouillé s'étaient rencontrés dans son île. Une idylle comme en sont truffés les romans à l'eau de rose. Une plage paradisiaque. Lui, jouait au ballon avec d'autres jeunes hommes, mais elle n'avait d'yeux que pour le bel éphèbe. Et il en avait conscience. D'une adresse éblouissante, on aurait dit que le ballon collait à ses pieds nus, qu'il avait des mains au bout des chevilles. Les muscles longs. Un félin, c'était l'image qui s'était aussitôt imposée à Héloïse.

Mathis expédiait le ballon où il le souhaitait avec une précision diabolique. Aussi n'était-ce pas par hasard qu'il atterrisse sur la serviette de plage de celle qui, de sous son parasol, l'observait avec des yeux de sirène amourachée.

Il s'était excusé. Elle avait ri.

— Je ne vous dérange pas ?

Elle n'avait pas répondu, mais la lueur dans ses prunelles était éloquente. Le soir même, ils dînaient ensemble. Il lui fit goûter des plats locaux, aux saveurs épicées, le sang lui montait aux joues, elle avait la bouche en feu. Le rhum était délicieux.

Quelques mois plus tard, il la rejoignait à Vannes.

Les deux corbillards se profilèrent entre les grilles du cimetière et s'avancèrent lentement dans l'allée. La lieutenante était arrivée trop tard pour assister à la cérémonie dans l'église. Rampillon l'avait représentée, en quelque sorte, avec pour mission d'ouvrir l'œil. En revanche, au cimetière, Héloïse repéra tout de suite une silhouette entre les tombes. Elle manqua de tomber à la renverse : Timothy Harding. Quel culot ! Il n'essayait pas de se dissimuler, il donnait même l'impression contraire, et quand il sentit le regard de la policière, il lui adressa un sourire. Elle se souvenait des propos de Rollin : un drôle de type, toujours à la limite de la provoc, un équilibriste sur la corde raide, pour qui défier les règles de la bienséance devenait un jeu périlleux, mais d'autant plus excitant. Le jeune adjoint l'avait aperçu lui aussi. Il avait assisté à la confession érotique du vieux dandy, en avait été autant troublé que révolté.

— Qu'est-ce qu'il fout ici, ce salaud-là ? demanda-t-il à sa supérieure.

— Il assiste aux funérailles d'une femme qu'il aimait bien.

— Tu ne crois pas plutôt qu'il est là pour se foutre de notre gueule ?

— Il y a de ça aussi, mais il a le droit d'être là.

Un groupe de jeunes hommes se tenaient en arc de cercle derrière les deux cercueils posés sur des tréteaux, côte à côte comme les lits d'un couple partageant toujours la même chambre mais ne couchant plus ensemble. Beaux mecs, une quinzaine, peut-être davantage. Héloïse Daubert comprit qu'il s'agissait des coéquipiers du défunt, les footballeurs de l'Hermine. Il était probable que s'étaient joints à eux quelques joueurs du Rapide. Une grande famille, comme lui avait expliqué Derval. Rivaux quand il s'agissait de se disputer le ballon, copains en dehors du terrain.

Les amis de Nadine Rouillé, on les reconnaissait également, des relations tissées dans le monde des antiquaires et de la vente aux enchères. Des hommes et des femmes plus âgés, avec des costumes et des tailleurs très stricts, des vêtures sombres de circonstance. Quelques-uns étaient affublés de tenues bigarrées, pantalons larges et vestes étriquées, foulard autour du cou, effiloché cela va sans dire.

Il n'était pas impossible que parmi eux se soient glissés quelques amateurs des culbuto-parties mondaines, pensa Héloïse en essayant de les démasquer à leur attitude.

Le prêtre psalmodia une vague litanie, monocorde et aux mots de laquelle lui-même semblait ne porter aucun crédit. Puis il bénit les deux bières. Et tendit le goupillon au hasard, les yeux perdus dans une contemplation interne. Le père Rouillé s'approcha, s'en saisit, il aspergea les caisses de bois verni d'une croix tremblotante. Puis il le passa à son épouse.

Mathis n'avait aucune famille. Ses parents avaient considéré son départ de la Martinique comme une trahison. Le renégat avait renié son clan, son « pays », ses amis d'enfance, ses palmiers. Préféré une métro sans saveur et à l'épiderme blanc aux vigoureuses plantes exotiques, à la peau dorée et aux parfums de fruits, qui lui auraient donné de beaux enfants.

La cérémonie touchait à sa fin. Héloïse Daubert n'avait rien remarqué de particulier, hormis la présence de Harding. Les curieux furent les premiers à quitter les lieux. Ne restèrent que les vrais amis et la famille de Nadine Rouillé. Soudain, la policière entendit tousser derrière elle. Elle se retourna, son visage s'éclaira. Philippe Derval, sans uniforme.

— Qu'est-ce que tu fais là ? demanda-t-elle à voix basse sous le regard goguenard de son jeune adjoint qui eut la délicatesse de s'écarter.

— J'avais un peu de temps libre. J'ai pensé que ça te ferait plaisir…

Elle lui sourit.

— Ça me fait plaisir.

— J'ai pensé aussi… Jimmy… Je me suis dit qu'il viendrait peut-être faire un tour aux obsèques.

— Non, je ne l'ai pas vu. De toute façon, avec tous les collègues qui ont fait le déplacement, je n'avais rien à craindre.

— Je m'en doute, mais j'aimerais bien voir un si beau jeune homme.

— Jaloux ? railla-t-elle du bout des lèvres.

Il haussa les épaules.

— Tu veux voir à quoi ressemble notre Anglais ?

D'un rapide coup d'œil, elle parcourut l'assistance qui s'était singulièrement clairsemée. Harding n'était plus là.

27

Jeudi 3 mars, le soir

Ils dînèrent dans une brasserie du centre-ville, sans sacrifier à l'apéro du Gambetta. Un steak frites, un pichet de rouge d'origine douteuse. Décidément, ils présentaient des affinités gastronomiques en préférant les plats simples, ceux dont on ne se lassait pas, l'ambiance rustique et franchouillarde de la salle bruyante qui empestait le tabac froid et dans laquelle ils avaient le sentiment de passer inaperçus.

Ils levèrent le camp. Les joueurs de belote n'arrivaient que vers vingt et une heures, ils avaient le temps, Philippe s'étira sur le trottoir, les mains au-dessus de sa tête avec une sorte de ronronnement satisfait.

Par précaution, Héloïse avait pris sa voiture. La môme Patricia, ce n'était pas son enquête. Si le plombier connaissait le véhicule de Derval et le repérait à proximité du bar des Quatre-As, il comprendrait tout de suite que le gendarme le surveillait.

Philippe ne croyait pas de toute évidence que Ludovic Vincent était l'assassin de sa propre fille.

Non, c'était son comportement qui l'intriguait, la conviction que celui-ci dissimulait un secret. Sans compter que l'enquête était au point mort, si bien qu'aucun embryon de piste n'était à négliger, le détail qui remet en branle la machine judiciaire. Philippe lui avait confié que la procureure trouvait que ça traînait et avait fait part de son agacement au juge d'instruction, qui avait transmis le message au capitaine en charge de la brigade.

— Des progrès, Derval ? avait demandé Bourgnon, comme ça, mine de rien, l'air soupçonneux et un brin ironique.

L'adjudant s'était raidi.

— Avec Le Guern, on cherche. On fait de notre mieux.

— Chercher, c'est la moindre des choses pour un gendarme. Ce serait bien de trouver à un certain moment.

Derval n'avait pas répondu.

Il faisait triste ce jeudi soir, frisquet, avec un crachin qui hésitait entre la brume et la pluie, mais qui imprégnait aussi sournoisement.

Héloïse et Philippe longèrent la promenade de la Rabine. Ils n'eurent pas grande distance à parcourir. Bientôt apparut au loin l'enseigne du bistrot, vaguement éclairée par une lumière crasseuse, quatre cartes à jouer en éventail. Sur la gauche, un portique en rondins épais barrait en hauteur l'entrée d'un parking. L'endroit idéal pour surveiller l'établissement. Héloïse Daubert y engagea son véhicule et le gara face à la rue. Ils n'avaient plus qu'à guetter l'arrivée de Ludovic Vincent. S'il venait.

Le Quatre-As semblait d'un autre âge. Une petite porte de bois, vitrée à mi-hauteur, de celles dont on est prêt à parier qu'une petite clochette tintinnabule dès qu'on la pousse. Une devanture, masquée par un rideau opalescent. Un établissement loin de tout où ne devaient s'arrêter que des habitués, qui restaient bavasser devant une chopine de rouge, parce qu'ils n'avaient nulle part ailleurs où se poser.

La rue était déserte. Philippe sentit la main de la conductrice se glisser dans la sienne. Il pressa ses doigts.

Une voiture déboula en trombe. Un cinglé qui profitait de la ligne droite pour faire rugir son moteur. Un couple à bicyclette passa.

— Ils ont du courage, fit remarquer Héloïse.

La brume s'était transformée en effet en une pluie fine, dont les gouttelettes scintillèrent dans les phares du véhicule suivant, qui roulait au pas, celui-ci.

Philippe jeta un coup d'œil à sa montre.

— Si les renseignements que m'a fournis Le Guern sont exacts, nos beloteurs ne devraient plus tarder.

Il ne se trompait pas. Venant de la direction du parc des expositions s'avancèrent deux silhouettes, engoncées dans des grandes vestes, col relevé, et qui leur servaient d'impers, une casquette vissée sur la tête, les mains dans les poches et voûtées afin d'affronter la mouise que le vent leur distillait en pleine face.

Ils marchaient d'un bon pas et s'engouffrèrent dans le bistrot après s'être essuyé les semelles.

Deux autres quidams arrivèrent de l'autre côté, alors que vingt et une heures sonnaient au clocher de la ville.

— À l'heure, dis donc, peut-être plus que lorsqu'ils vont au boulot... plaisanta Derval.

— Ceux-ci ont un peu de retard, dit Héloïse en désignant un autre groupe qui traversait la rue devant leur véhicule. Il est là, ton client ?

— Je ne crois pas, non. Attendons encore un peu au cas où il arriverait, ce qui m'étonnerait maintenant. Puis nous irons voir.

Ils étaient deux quadrettes à taper le carton. Personne en revanche derrière le comptoir auquel s'accoudèrent Philippe et Héloïse. Ils patientèrent quelques secondes, avant qu'une voix ne leur provienne d'une des tablées.

— Bougez pas, j'arrive.

Le tenancier se leva. Les deux flics échangèrent un regard. Il avait dû prendre la place de Ludovic Vincent, ce qui confirmait que celui-ci ne viendrait plus.

Ils commandèrent des cafés en se frottant les mains et en maudissant le temps de canard.

— Les canards ne sont pas si cons, lâcha le patron. Il y a longtemps qu'ils sont partis se mettre à l'abri. Par contre, les poulets...

Philippe et Héloïse dévisagèrent le patron avec suspicion. Aucune ironie ne se lisait sur son visage gris et ridé.

— Je vous dis ça, parce que tout à l'heure, les poulagas ont fait le tour du quartier afin de coller une contredanse à tous les pauvres malheureux mal garés. La danse des canards, la contredanse des poulets, ouvrez le bal, messieurs-dames, par ici la monnaie.

Héloïse et Philippe s'installèrent. La partie un moment interrompue reprit, tandis que l'autre tablée avait continué comme si de rien n'était. Le gendarme et la policière commençaient à croire qu'ils s'étaient déplacés pour des prunes ; ils avaient repéré les lieux, mais se privaient par la même occasion de la possibilité de revenir.

— Vous avez des nouvelles de Ludo ? demanda l'un des joueurs de cartes à ses compagnons.

Les deux flics dressèrent l'oreille.

— Pauvre vieux, il ne méritait pas ça...

— C'est vrai, renchérit un autre. C'est un gars sympa et un bosseur.

— C'est pas comme son ex.

— Tu la connais, toi ?

— Je l'ai rencontrée un soir où Ludo m'avait invité à l'apéro, du temps qu'ils étaient encore en ménage.

— Et alors ?

— Le genre pouffiasse qui veut péter plus haut que son cul. Il a bien fait de se tirer, si vous voulez mon avis. Atout.

— La plus à plaindre, c'est la gamine.

— La pauvre gosse, c'est un peu tard pour la plaindre.

— Paraît que son ex essaie de faire porter le chapeau à Ludo.

— Belote. Lui faire porter le chapeau comment ?

— Ben, que ce serait lui qui aurait zigouillé sa gamine.

— Des conneries, Félix. Un père qui tue sa propre fille, ça ne peut pas exister. Surtout pas Ludo. Elle le faisait chier, mais il adorait sa pisseuse.

— Pourtant, d'après ce qu'on m'a dit, les flics seraient aussi sur son dos.

— Une chose est sûre, reprit un autre joueur. Ludo, c'est pas un méchant, mais s'il met la main sur le salaud qui a fait ça, il n'aura pas besoin des flics. Il lui réglera son compte vite fait bien fait.

28

Samedi 5 mars, 20 heures

Rollin avait tenu parole, ses indics l'avaient informé qu'une partie mondaine était prévue pour le samedi. Héloïse avait réitéré son intention d'assister à la descente.

— Mais tu restes en dehors de l'intervention. Sinon, c'est moi qui aurai des ennuis.

Le moulin de Rosanen, près de Meucon. La lieutenante se gara en retrait dans un chemin. Elle avait demandé à Lionel Rampillon de l'accompagner. Celui-ci était excité comme un jeune loup à l'idée de participer enfin à une opération d'envergure, comme dans les séries télévisées.

— Du calme, lui intima sa supérieure. Tu n'es pas là pour jouer au shérif.

De leur véhicule dissimulé sous le couvert, ils avaient assisté à l'arrivée des convives. Des voitures luxueuses, aux moteurs silencieux, qui se glissaient par le portail.

Rollin ne tarda pas à arriver. L'estafette se rangea elle aussi à distance, sur la berme. Les policiers étaient huit. Rollin était à son affaire.

Héloïse et son subordonné se tenaient à distance. Les murs étaient trop hauts pour apercevoir le bâtiment proprement dit, dont on ne devinait que l'arête faîtière qui se découpait sur le ciel clair de pleine lune. De hauts peupliers balançaient leurs quenouilles dans le vent. Ils se glissèrent par le portail resté ouvert. Au fond du parc s'étalait une longère dont les fenêtres étaient occultées par d'épais rideaux, sur les bords desquels filtraient des liserés de lumière.

Les hommes de Rollin se déployèrent dans l'obscurité, progressant à la manière d'un commando. Il fallait intervenir avant vingt et une heures : plus tard, ce n'était plus légal, jusqu'à six heures le lendemain matin. Il s'agissait donc de ne pas traîner sans pour autant s'introduire par effraction. Il fit signe à son équipe de se positionner de chaque côté de l'entrée. Il sonna. Rollin devina qu'on l'observait à travers un œilleton. Il ne devait pas avoir trop l'allure d'un policier, puisque le cerbère entrouvrit la porte. Le policier força l'ouverture d'un coup d'épaule et entra suivi de ses hommes qui investirent le lieu en un instant.

Le spectacle y était pour le moins stupéfiant. Au centre de l'immense pièce, sur un tapis moelleux, s'affairaient trois ou quatre couples dans des positions qui relevaient pour certaines de la pure acrobatie.

Les spectateurs, dames et messieurs plus âgés, se tenaient dans les fauteuils et les canapés disposés en arc de cercle, raides et assis du bout des fesses, respectables comme s'ils assistaient à un gala de charité ou se recueillaient à l'office dominical, mais tous affublés de masques qui les rendaient ridicules.

Il va sans dire que l'irruption des policiers, l'arme au poing, jeta un froid et calma les ardeurs des « artistes ». Après quelques secondes de flottement, Timothy Harding accourut au-devant des envahisseurs.

— Police, contrôle d'identité, lui asséna tout de go Rollin en brandissant sa carte sous son nez.

— De quel droit… bafouilla Harding. Mes amis et moi, nous ne faisons rien de répréhensible…

— Ce n'est pas pour votre séance de Kamasutra que nous sommes là. Nous avons été informés d'un trafic de drogue lors de vos prétendues soirées mondaines.

À ces mots, un individu se rencogna dans l'obscurité, aussitôt repéré par Rollin qui ordonna à ses hommes de l'appréhender. Il tenta alors de bondir vers la sortie. Il n'eut pas le temps de s'enfuir, plaqué au sol et menotté en un tournemain par les deux policiers en charge de surveiller la porte. Fouille immédiate, quelques sachets significatifs furent découverts dans les poches de son blouson de cuir.

Les convives n'en menaient pas large. Rollin se savait en terrain miné, parmi ces spectateurs de partouze se trouvaient de toute évidence des notables de la place vannetaise. Il préféra battre en retraite au plus vite et sans commentaire, en embarquant toutefois le dealer et, bien sûr, l'organisateur de la soirée. Harding protesta : il n'était pas au courant du trafic de drogue, cela se passait à la seule initiative de celui qui venait d'être appréhendé.

— Vous nous expliquerez tout cela au commissariat, monsieur Loubet. Pour l'instant, vous êtes placé en garde à vue.

Rollin lui énonça ses droits. Penaud que son identité ait été dévoilée devant ses amis, Timothy se soumit. Rollin lui épargna toutefois la mortification des menottes.

L'intervention n'avait duré que quelques minutes. L'assemblée était pétrifiée. Harding était livide au moment de se faire embarquer.

— Vous tenez à votre métier, inspecteur, je suppose ? lança-t-il une fois dehors.

— Quand il me donne l'occasion d'appréhender des énergumènes de votre espèce, j'avoue y prendre un certain plaisir.

— Ce serait dommage alors de vous en priver. Pourtant, votre petit numéro démontre que vous ne craignez pas de jouer avec votre carrière.

— Les relations qu'on croit les plus solides, monsieur Loubet – cela ne vous dérange pas que je vous appelle par votre vrai nom ? Les relations les plus fiables s'effritent comme château de sable dans le vent quand les « amis » qui ont la tête trop haut placée risquent d'être décoiffés par les bourrasques. De façon plus triviale, tes copains, Loubet, crois-moi, ils vont te laisser tomber comme une vieille chaussette de peur que tout le monde sache qu'ils sont mêlés à tes histoires de cul. Je serais à ta place, je crois même que je me méfierais.

Ils arrivaient à la sortie du parc. Profitant d'un moment d'inattention, le dealer essaya une nouvelle fois de s'échapper, mais deux pognes redoutables s'abattirent sur ses épaules avant qu'il n'ait parcouru dix mètres. Il se trouva cependant nez à nez avec la lieutenante, au moment où la lune s'extirpa des nuages. Héloïse poussa un petit cri :

— Jimmy !

Celui-ci l'avait reconnue aussi. Son visage s'illumina d'un sourire démoniaque.

— J'aurais dû me douter que tu étais derrière tout cela, espèce de salope !

Les policiers le soulevèrent sous les aisselles et le portèrent manu militari jusqu'à leur véhicule, où il fut bientôt rejoint par Harding.

Rollin avait assisté au bref face-à-face.

— Tu le connais ?

Sans l'obscurité, il aurait pu se rendre compte qu'Héloïse avait blêmi.

— Nous avons déjà eu affaire à lui, bredouilla-t-elle. Une petite frappe. Euh… Harding, j'aimerais l'interroger au plus vite.

29

Samedi 5 mars

Philippe Derval ne savait plus que penser. Le sentiment d'être désœuvré sur tous les plans, sans réaction possible. Il descendit au bureau. Il croisa le capitaine dans le hall. Ils se saluèrent, sans plus, froidement, pas de poignée de main. Bourgnon se retourna cependant au moment de franchir le seuil.

— Puisque vous êtes là, Derval, donnez donc un coup de main aux archives. Il y a des dossiers à classer, Le Bellour ne sait plus où donner de la tête. À moins que vous soyez sur une nouvelle piste, ajouta-t-il avec une ironie fielleuse.

— Bien, mon capitaine, répondit l'adjudant.

Cette fois, Derval était au plus bas. Il traîna les pieds jusque dans son bureau, se laissa tomber sur sa chaise dont le skaï couina sous son poids. Peut toujours compter pour que j'aille m'occuper de la paperasserie, marmonna-t-il en se prenant la tête entre les mains. Une nouvelle piste, bon Dieu, qu'il s'en présente une au plus vite ! Faute de mieux, il décida de se rendre au cimetière où avait été retrouvée la dépouille de Patricia Vincent, non qu'il doute de la brigade scientifique – c'étaient des pros –, mais pour activer ses méninges. S'imprégner de l'ambiance, en quelque sorte. En passant dans le hall, il ne put éviter le collègue à l'accueil.

— On va se balader, Derval ?

L'adjudant se retint de lui répondre d'aller se faire foutre.

— Non, je vais voir si les champignons sont sortis sur la promenade de la Rabine.

Philippe prit son véhicule personnel. Il effectua le trajet sans en avoir conscience, ressassant ses idées noires. Un stop. Égaré dans ses pensées, il pila au dernier moment, la voiture qui le suivait klaxonna. Derval lui adressa un signe apaisant de la main et se vit gratifier en retour d'un magistral doigt d'honneur. Il saisit son képi et l'agita en direction de l'énergumène, qui se ramassa aussitôt sur son siège. Il n'empêche, pour un peu il brûlait le stop et se faisait emboutir, pas terrible pour un flic, d'autant que, dans sa situation, ce n'était pas le moment de faire le mariole.

Saint-Avé, Philippe se gara devant le cimetière. Il n'eut aucun mal à retrouver la tombe dans laquelle avait été découvert le corps de la fille Vincent. La plaque de marbre de Véronique Foret était couverte de fleurs, comme si d'avoir été dérangée dans son sommeil lui avait valu de secondes funérailles. Il inspecta les alentours, s'efforçant de reconstituer la scène de la funeste nuit où Patricia avait été transportée en ces lieux. L'allée par laquelle l'assassin était arrivé ne pouvait être que celle provenant de la gauche, la plus directe vers l'entrée principale. Car ce salaud-là avait joué avec le feu avec son sinistre fardeau, même si la pauvre gosse ne pesait pas bien lourd. Derval s'avança jusqu'à la grille. Un détail l'intriguait : en principe les cimetières étaient fermés la nuit. Il inspecta la serrure, volumineuse, qui nécessitait certainement une lourde clef. En revanche, celle du portillon paraissait moins inviolable. Il jeta un coup d'œil sur la face extérieure. Des éraflures sur la peinture laissaient supposer qu'elle avait été tripotée récemment, mais elles pouvaient aussi avoir été provoquées par le fossoyeur ou les ouvriers de la ville.

Il revint sur ses pas. Se plongea de nouveau dans la contemplation de la tombe.

— Vous êtes de sa famille ?

Philippe sursauta, fit volte-face sur une petite bonne femme qui devait trottiner comme une souris, puisqu'il ne l'avait pas entendue surgir dans son dos.

— Je vous demandais si vous étiez de la famille de la pauvre Véro, reprit-elle d'une petite voix éraillée.

— Non, j'enquête sur la jeune fille qui a été découverte dans la tombe. Vous êtes au courant ?

— Bien sûr. Il y en a qui ont quand même de drôles d'idées. Des sales types !

Elle hochait la tête d'un air dégoûté.

— Vous venez souvent dans le cimetière ?

— Assez, oui. Pour m'habituer.

— Vous habituer à quoi ? demanda l'adjudant, surpris par le sourire malicieux de la petite vieille.

— Ben, c'est que je vais bientôt m'installer ici définitivement. Dans la tombe au bout de l'allée, où m'attend mon pauvre Joseph. C'est la première fois qu'il était en avance, c'est à son tour de patienter.

— Et vous n'avez rien remarqué les jours qui ont précédé la découverte du corps ?

— Les gens qui viennent dans les cimetières, je vais vous dire une chose, ils ne paraissent jamais tout à fait normaux. Mais non, je n'ai rien « remarqué » de nature à vous intéresser.

Elle marqua une pause, rajusta les peignes d'écaille qui lui crantaient les cheveux sur les tempes.

— Il y a une chose qui est quand même curieuse, bredouilla-t-elle comme si elle soliloquait. Les hasards de l'existence, comme disent les gens savants. Vous voyez la tombe à côté ?

Derval jeta un regard sur la sépulture voisine.

— C'est aussi une adolescente qui y est enterrée. Elle s'appelait Cindy. Elle avait le même âge que Véronique. Cindy, elle est morte quelques semaines après Véro. La loi des séries, comme on dit, mais c'est quand même affreux de mourir à cet âge-là, vous ne trouvez pas ?

— Vous les connaissiez ?

— Non. J'étais à leur enterrement, c'est tout. Joseph, il a peur quand il y a trop de monde autour de lui. Alors il aime bien que je sois là, ça le rassure, vous comprenez. De temps en temps, je jette un coup d'œil sur la tombe des gamines, pour voir si tout est en ordre.

L'adjudant se contenta de sourire en hochant la tête.

— Il y avait une autre adolescente qui rendait visite à Véronique de temps à autre.

Cette fois, c'était plus intéressant.

— Vous pourriez me la décrire ?

— Je l'ai aperçue de loin. Elle n'était pas très grande, mais elle avait l'air décidée. Des fois, elle coiffait ses cheveux en queue de cheval. Et elle était toujours habillée un peu comme un garçon.

— C'est-à-dire ?

— Un jean, un vieux pull l'hiver, un tee-shirt même pas repassé quand il faisait beau.

Le portrait correspondait assez à l'image que l'adjudant se faisait de Patricia Vincent. Il n'avait peut-être pas perdu son temps en effectuant cette visite impromptue…

30

Dimanche 6 mars

Le moment était venu de prendre sa revanche. Une jubilation intense, en tant que policière, mais aussi au nom des femmes que ce personnage odieux avait conduites à l'humiliation. Un bémol à son enthousiasme toutefois, la présence de son ex à la soirée, tout à fait le genre à fréquenter cette faune nocturne. Rollin avait vu juste au sujet de la drogue, rien de surprenant non plus.

Il faisait encore nuit quand la lieutenante se gara sur le parking du commissariat. Elle se hâta de descendre de son véhicule et s'engouffra dans le hall. Leduc se tenait dans l'obscurité, elle eut aussitôt la certitude qu'il l'attendait.

— Pas trop fatiguée, Daubert ?

Cette convivialité n'augurait rien de bon.

— Non. Pourquoi ? Je devrais ?

— Je me suis laissé dire que tu avais eu une nuit un peu… mouvementée.

— Ce n'est pas la première fois que je participe à ce genre d'expédition.

— Sans doute, mais je te saurai gré de m'informer la prochaine fois que tu prends une telle initiative. Jusqu'à nouvel ordre, je reste quand même ton supérieur.

— Je ne suis pas à l'initiative de la descente. J'ai pensé seulement que d'y assister pouvait m'apporter de nouveaux éléments pour l'enquête sur le double homicide.

— J'aimerais bien savoir en quoi ce raid nocturne pouvait éclairer ta lanterne…

— Comme je l'ai expliqué lors de notre dernier briefing, Nadine Rouillé fréquentait ce genre de milieu interlope.

— Oui, je m'en souviens vaguement.

Héloïse ne releva pas, elle se rappelait parfaitement que le patron avait percuté plus que vaguement.

— C'est peut-être lors d'une de ces soirées un peu particulières qu'elle a rencontré celui qui leur a réglé leur compte, à elle et son mari.

— Un certain Timothy Harding, peut-être…

— En effet. Un drôle de type. J'ai eu l'occasion de l'interroger, je ne m'attendais pas à une telle confession. Je dois d'ailleurs le revoir ce matin.

— Ça m'étonnerait.

La lieutenante se figea.

— Et pourquoi donc ?

Le commissaire paraissait plutôt embarrassé.

— Harding a été relâché presque aussitôt après son arrivée dans nos locaux.

— Quoi ?

Leduc baissa le nez.

— Les ordres sont venus d'en haut, du plus haut.

— Alors, on ne peut rien faire ?

— La police n'est pas là pour jouer les moralisateurs ni les pères la pudeur. C'est le boulot de l'Église, Daubert. Notre rôle consiste juste à faire respecter la loi, à arrêter ceux qui mettent en danger la sécurité des citoyens. Tant que je te tiens, le juge d'instruction trouve que *ton* enquête piétine un peu trop.

Le commissaire la planta dans le hall qu'éclairaient à présent les premiers rayons du soleil.

Héloïse Daubert avait pris un coup de massue derrière la nuque. Elle était écœurée. Ces enfoirés de partouzeurs avaient donc tous les droits ? Des ordres du plus haut, mais de qui ? Seuls la procureure et le juge d'instruction étaient habilités à lever une garde à vue. Héloïse décida d'aller voir Rollin.

— Qu'est-ce qui s'est passé ? attaqua-t-elle bille en tête.

— Il s'est passé que je risque de me retrouver en retraite plus tôt que prévu.

— Tu ne pouvais pas me garder Harding au frais ?

— Ma pauvre chérie, je te l'ai déjà dit, tu es bien naïve. Ce salaud-là a exigé que son avocat soit prévenu tout de suite, comme il en avait le droit. Romberger, tu as déjà entendu parler de lui ?

— Bien entendu. Tout le monde connaît Romberger à Vannes. Harding a les moyens de se payer un tel défenseur ?

— Tu te doutes bien que ce n'est pas lui qui le rémunère. Romberger doit être sollicité au cas où Harding aurait des ennuis, de façon préventive si tu préfères, ce qui n'était encore jamais arrivé. De toute façon, il ne lui a été d'aucune utilité ce soir-là. Harding était à peine arrivé que le patron m'appelait. Ordre de libérer le prévenu.

— Et le type qui était là pour vendre de la came ?

— Libéré lui aussi, avant même qu'on ait pu vérifier son identité. Je n'ai pas eu le temps de m'en étonner, Leduc avait déjà raccroché, mais au ton qu'il avait employé, j'ai compris que j'avais intérêt à m'exécuter.

Héloïse Daubert s'apprêtait à lever le camp quand le téléphone de Rollin sonna. Il décrocha aussitôt. Son visage se figea.

— Putain, merde… C'est pas possible.

Il y avait du nouveau, du sérieux de toute évidence.

31

Dimanche 6 mars

Les Foret habitaient un pavillon dans un lotissement au nord de Saint-Avé. Des maisons construites toutes sur le même modèle, à quelques variantes près, disposées en un strict alignement, le long de rues étroites, avec chacune un petit bout de jardin.

La résidence des Bleuets, une appellation pompeuse pour de grandes cages à lapins. Le numéro 13. Philippe Derval eut du mal à repérer le pavillon, à se demander si l'architecte ne s'était pas planté lors de la répartition des numéros. Quand il y parvint enfin, le premier détail qu'il remarqua fut la balançoire solidement campée dans le jardinet en façade. Dépouillée de ses cordes et de ses sièges, il n'en restait plus que la potence, une image douloureuse.

Philippe sonna. Il entendit bouger à l'intérieur, sans que pour autant on vienne lui ouvrir. Il insista.

— Oui, ça va, on arrive… ronchonna une voix d'homme.

La porte s'entrebâilla sur une robe de chambre dans l'obscurité du vestibule. La silhouette se figea à la vue de l'uniforme.

— C'est pour quoi ?

— Nous enquêtons sur le meurtre de l'adolescente qui a été retrouvée dans le caveau de votre famille. J'aurais quelques questions à vous poser, à vous et à votre épouse, si elle est là.

— C'est que... Elle finit sa toilette. Je vais la prévenir.

Alain Foret hésita.

— Entrez. Faites pas attention, c'est un peu le foutoir. Louise n'a pas encore eu le temps de faire le ménage. Attendez-moi là, je reviens.

L'adjudant se retrouva seul dans le vestibule. Sur la droite, la cuisine, sur l'évier était entassée la vaisselle de la veille. À gauche, le salon. Des fauteuils usés et un canapé en tissu défraîchi. De l'ensemble émanait une impression de désolation.

— Un gendarme ? demandait une voix criarde. Qu'est-ce qu'il veut ?

L'escalier grinça, le mari revint. Il convia l'adjudant à pénétrer dans le salon.

— Elle arrive. Asseyez-vous donc. Vous comprenez, on s'inquiète qu'un gendarme se présente chez nous.

— Vous savez, les gendarmes ne sont pas toujours synonymes d'ennuis.

— Non, bien sûr. Mais la dernière fois que nous avons reçu la visite de deux de vos collègues, c'était pour nous annoncer le décès de notre pauvre Véronique. C'était aussi un dimanche.

Derval hocha la tête. Louise Foret ne tarda pas à descendre à son tour. Elle aussi était en robe de chambre, ses bigoudis lui donnaient une allure pitoyable. Elle se posa du bout des fesses sur le bord du canapé, et tenta en vain de resserrer les pans de son vêtement autour de ses jambes maigres.

— J'ai rencontré une femme au cimetière. Elle m'a laissé entendre que votre fille et l'adolescente sur la mort de laquelle nous enquêtons se connaissaient.

— Ce doit être l'autre vieille folle d'Élise Danigo, grommela le mari. Elle passe son temps à surveiller les macchabées.

La voix de la mère s'éleva, douloureuse. Elle gardait les yeux baissés, les doigts sur ses cuisses se crispaient par intermittence comme si elle souffrait atrocement.

— C'est vrai. Véro et Patricia se connaissaient. Même plutôt bien. Elles étaient amies. Très amies.

— Vous saviez que Patricia venait se recueillir sur la tombe de votre fille ?

— Non, mais ça ne m'étonne pas. Elles avaient effectué toute leur scolarité ensemble à l'école primaire. De la maternelle au CM2. Elles s'étaient retrouvées en 6e au collège.

— Tu oublies de dire qu'elles étaient sœurs de sang, intervint le mari.

— Plaît-il ? s'étonna Derval.

— Oh, des jeux de gamines, confirma la mère. Un truc qu'elles avaient dû voir dans un film à la télé. Une petite entaille au creux de la paume, pour mélanger leur sang. J'étais là, elles ne m'avaient pas vue. Les yeux dans les yeux, elles s'étaient promis de rester amies toute leur vie. Elles avaient même dit que jamais elles ne se marieraient. Véronique avait une autre copine, mais c'était pas pareil, pas aussi fort. Je ne sais plus comment elle s'appelait, d'ailleurs. Tu ne t'en souviens pas, toi ?

Le mari esquissa une moue perplexe.

— Jenny, ou un truc comme ça.

Derval se souvint des propos de la femme au cimetière.

— Ce ne serait pas Cindy ?

— Si, c'est ça. La fille du type qui s'occupe du cimetière. Le fossoyeur, si vous préférez. Elle est morte elle aussi dans un accident de voiture. Finalement, elles sont mortes toutes les trois. Le destin, comme on dit.

— Vous connaissez son nom ?

— Le nom de famille du fossoyeur ? Non. Mais ce ne doit pas être bien difficile à trouver.

— Pourquoi vous ne nous avez pas fait état de cette amitié entre votre fille et Patricia Vincent ?

— Nous n'avions aucune raison de le faire, répondit Alain Foret. Je ne vois pas en quoi cela pouvait vous aider.

— Je ne sais pas... Ce n'est peut-être pas par hasard si la dépouille de Patricia a été déposée dans la tombe de votre fille et pas dans une autre. Vous savez, dans une enquête aucune piste n'est à écarter.

— Nous avons envie qu'on laisse tranquille notre pauvre petite, s'offusqua Louise, de plus en plus agitée. Ce n'est pas très agréable de savoir qu'il y a plein de monde en train de fouiner autour de son cercueil. Vous pouvez comprendre ça, quand même !

— Vous avez une photo de votre fille ?

Les époux échangèrent un regard intrigué.

— Qu'est-ce que vous allez chercher ? Véro n'a rien à voir dans l'assassinat de Patricia.

— Bien entendu. Mais nous ne négligeons rien. L'origine d'un homicide se trouve souvent dans le passé.

La femme se leva à contrecœur et se dirigea vers le grand buffet. Elle revint avec un cadre qu'elle tendit à l'adjudant.

— C'était une jolie demoiselle, fit-elle d'une voix nouée de sanglots. Elle était douce et prévenante, et elle travaillait bien à l'école. Elle aurait réussi dans la vie.

Philippe regarda le portrait. Aussitôt, il eut l'impression d'avoir déjà vu ce minois quelque part. Soudain, ça lui revint : Sarah Liboux, la dernière amie de Patricia Vincent. Sa sœur de sang, Véronique Foret, lui ressemblait à s'y méprendre.

— Merci… dit-il dans un soupir, conscient de n'être guère plus avancé.

32

Dimanche 6 mars

— J'ai besoin de te voir.

— Ça ne va pas ?

Un profond soupir à l'autre bout du fil.

— Pas très fort, non. On se retrouve au Gambetta tout à l'heure ?

Derval regarda sa montre. Dix-sept heures. Il n'avait pas vu son amie depuis le vendredi, elle lui manquait. Apparemment, il s'était passé quelque chose de grave. Besoin de lui, ce n'était pas pour lui déplaire…

Philippe changea de chemise, opta pour un cardigan qui boutonnait et ne pochait pas trop sur son ventre un peu rebondi. La bière avait ses inconvénients. Il faudrait faire attention. Maintenant qu'il avait une copine ? se demanda-t-il en souriant et en vérifiant sa mise dans la glace.

Derval était vaguement inquiet. Héloïse avait des problèmes, manifestement, était-ce à cause de l'opération délicate qu'elle avait évoquée à demi-mot ?

Derval descendit dans la rue. Il faisait toujours aussi frisquet. Il remonta le col de son blouson de cuir. Vérifia l'heure une fois encore. Pas envie d'arriver trop en avance et de subir les regards narquois du garçon du Gambetta. Il avait encore un quart d'heure devant lui, il se rendit sur le port, s'installa sur un banc public face à l'entrée du chenal. Si Héloïse était en avance, il était sûr de ne pas la manquer. Sur la gauche, le quai pavé filait vers un autre établissement, bar et restaurant, une cuisine convenable, dans un cadre avenant, avec une terrasse sur laquelle il faisait bon prendre l'apéro aux beaux jours.

Derval remarqua alors, à mi-chemin, des ganivelles et un ruban de sécurité qui enclavaient une partie de la promenade un peu avant la passerelle qui enjambait le bras de rivière. Sans doute un fêtard tombé à l'eau ou qui avait voulu faire le mariole pour épater les copains. Ce ne serait pas le premier désespéré non plus à se décider au grand plongeon. De toute façon, ce qui se passait dans la ville proprement dite relevait du domaine de la police. Peut-être qu'Héloïse serait au courant…

Philippe aperçut son amie qui s'engouffrait dans l'établissement. Il se précipita à sa suite. Il lut le soulagement sur ses traits tendus quand elle le vit entrer.

Elle avait le visage soucieux. Elle se dirigea d'autorité vers la table la plus éloignée du comptoir.

L'adjudant n'osait presser son amie et attendit qu'elle s'épanche. Elle leva enfin les yeux.

— Tu as des ennuis ? demanda Derval.

Elle soupira, encore incapable de parler, la gorge nouée.

— Ça s'est mal passé avec Harding ?

Le serveur s'approcha, ils commandèrent chacun un whisky. Elle attendit qu'il revienne avant de prendre la parole. Oui, on avait interpellé Harding lors d'une opération de police conduite par les stups, oui, on l'avait coffré, non, elle n'avait pas pu l'interroger, il avait été remis en liberté suite à une intervention haut placée, la procureure, ce ne peut être qu'elle.

— C'est écœurant, conclut Derval. Malheureusement, il fallait s'en douter.

— Peut-être, oui. Mais ce n'est pas ça le plus ahurissant.

Elle aspira une gorgée de whisky. Esquissa une légère grimace.

— Tiens-toi bien. On a retrouvé le corps de Harding au petit jour dans les eaux du port, un peu plus loin, dit-elle en indiquant la rue d'un geste vague.

Philippe ne put retenir un cri de surprise. Tous les regards se braquèrent sur lui.

— Là où le secteur a été neutralisé ? Qu'est-ce qui lui est arrivé ?

— Un accident à première vue. Bien qu'on fasse tout pour me tenir à l'écart de l'affaire, j'ai réussi à obtenir quelques tuyaux par la bande. Quand il a quitté nos services, Harding serait rentré chez lui. Seul. Pas de pot, il se casse la gueule et il tombe à la flotte.

— Qu'a donné l'enquête préliminaire ?

— La version officielle, c'est l'accident. Hématome derrière le crâne, il a dû se cogner le ciboulot aux dalles du quai avant d'atterrir dans l'eau. C'est du moins les premières observations de la légiste.

— Le Dévéhat ? Elle connaît bien son boulot, s'il y a autre chose, elle s'en rendra compte tout de suite à l'autopsie.

— Vu la tournure que prend l'enquête, je ne suis même pas certaine qu'une autopsie soit ordonnée.

— Tu penses qu'on essaie d'étouffer l'enquête afin de protéger ceux qui étaient à la petite soirée où il s'est fait alpaguer…

— Ce n'est pas impossible. Mais je me demande s'il n'y a pas autre chose.

Elle finit d'écluser son verre.

— On devait m'amener Harding ce matin à la première heure pour interrogatoire. Depuis le début, je sais que ce n'est pas lui le coupable du double homicide. Par contre, j'aimerais bien savoir où il se trouvait ce soir-là.

— Tu penses qu'on l'aurait flanqué dans le port pour l'empêcher de *te* parler ?

— C'est une explication qui tient la route. Personne ne connaît l'emploi du temps de Harding le soir du dimanche 20 février, sauf ceux chez qui il était.

Elle soupira.

— Et je ne pense pas qu'ils vont venir nous le dire.

— Qu'est-ce que tu comptes faire maintenant ?

— Qu'est-ce que tu veux que je fasse ? Foutre le bordel en remuant ciel et terre ? Il y a des gros bonnets impliqués dans cette histoire-là, je n'ai pas envie de me faire muter dans un petit commissariat de la banlieue parisienne.

33

Dimanche 6 mars

Au moment de se séparer sur le quai, Héloïse se jeta dans les bras de Philippe, submergée par la détresse, elle, de tempérament pourtant si trempé. Fallait-il qu'elle soit au fond du trou pour se donner ainsi en spectacle en pleine rue. C'est lui qui réagit le premier, désemparé avec cette femme serrée contre lui, sur le point de fondre en larmes.

— Viens. Ne restons pas là.

— Emmène-moi chez toi, murmura-t-elle dans un souffle.

Philippe Derval ferma la porte à clef, les isolant du monde extérieur. Embarrassés, ils se firent face, la même interrogation muette au fond du regard. Curieusement, cette intimité nouvelle ne les poussa pas dans les bras l'un de l'autre. Le bonheur paisible d'être ensemble leur suffisait.

Derval évoqua une pizza qu'il allait sortir de son congélateur et dénicha une bouteille de whisky à moitié pleine.

Ils s'installèrent à distance, chacun dans un fauteuil. Héloïse resta songeuse un long moment, les yeux dans le vague, perdue dans ses pensées, ressassant l'affront cuisant qu'elle venait d'essuyer. Désavouée sur toute la ligne, mise hors course sans la moindre explication. Derval ne savait que lui dire. Lui aussi s'efforçait d'analyser ce qui avait bien pu se passer. Un imbroglio dans les grandes dimensions. Que faisait Timothy Harding seul en pleine nuit sur les quais de Vannes alors qu'il venait d'échapper aux griffes de la police ? Aussi sûr de lui soit-il, il avait quand même dû être secoué. Invraisemblable pour autant d'imaginer une seule seconde qu'il s'agisse d'un accident.

— Il a exigé la présence de son avocat aussitôt arrivé au commissariat, je suppose ?

— Oui, Edmond Romberger. Ça te dit quelque chose ?

Philippe poussa un petit sifflement.

— Je crois bien, oui. Ce serait une des grosses pointures du barreau de la région, si je ne me trompe ?

— *La* grosse pointure. Je n'arrive pas à comprendre qu'un sous-fifre comme Harding puisse s'offrir les services d'un ténor de cette envergure. Je m'étonne aussi qu'il ait abandonné son client à une heure si avancée comme une vieille chaussette. Auquel cas on peut se demander s'il n'a pas un rôle dans cette… disparition. Un coup monté en un tournemain.

— Par qui ?

— C'est bien là tout le problème. Il faut croire que l'un des convives de la soirée a sonné le tocsin.

Ils se turent, attaquèrent leur whisky sans y prendre goût, l'esprit ailleurs. Héloïse avait la tête qui commençait à lui tourner. Elle avait besoin de vider complètement son sac.

— Il y a un truc que je ne t'ai pas dit et qui m'emmerde sérieusement. Les collègues ont arrêté un autre type, un dealer pris en flagrant délit qui a tenté de fuir. Figure-toi qu'il a été relâché lui aussi et avant même la mise sous écrou. Seulement, lui, je le connais. Je dois bien d'ailleurs être la seule.

Elle se tut et se mordit la lèvre.

— Il est possible de savoir ?

— Mon repris de justice, ironisa-t-elle.

— Jimmy ! *Ton* Jimmy ?

— Tout juste.

— Merde. Tu le vois partout depuis quelque temps.

Une odeur de pizza parvint de la cuisine.

De dîner autour de la même table, sous la lumière d'un plafonnier, leur donnait l'impression de former un couple. La pizza, mal décongelée, trop vite passée au four, n'était pas fameuse.

Ils s'efforcèrent de parler d'autre chose, mais le cœur n'y était pas, le silence était plus confortable. Sans avoir fini leur assiette, ils s'installèrent côte à côte dans le canapé. Elle se blottit contre lui. Ils restèrent silencieux, goûtant leur proximité, mais pareils à des gamins à qui l'on vient d'offrir un nouveau jouet, et qui n'osent encore y toucher de peur de le briser, de peur que le rêve ne se dissipe. Ils passèrent une bonne demi-heure ainsi, dans une douce torpeur, bientôt leurs lèvres se joignirent. Sur celles de l'adjudant apparut aussitôt la saveur salée des larmes d'Héloïse. Elle avait fini par craquer et s'abandonnait aux sanglots.

Il se contenta de la serrer contre lui sans rien dire.

— Je suis idiote, hein ? demanda-t-elle au bout de quelques minutes en s'efforçant de sourire.

— Non, pas du tout. Je sais ce que c'est d'être désavoué par ses supérieurs, avec le sentiment intolérable d'une totale injustice.

Enfin elle se calma et s'essuya les paupières avant d'esquisser un pauvre sourire.

— Et toi ? Ton enquête ? s'enquit-elle d'une voix qu'elle voulait déterminée.

— Oh là là… Crois-moi, c'est pas brillant non plus.

Il lui raconta sa rencontre avec la vieille femme au cimetière. Sa visite chez les parents de l'adolescente dans le caveau de laquelle avait été retrouvée la dépouille de Patricia Vincent. L'amitié qui unissait les deux gamines avant l'accident dont avait été victime Véronique Foret.

— En réalité, elles étaient trois copines, la troisième à un degré moindre. Elle est inhumée à proximité de Véronique. Une certaine Cindy, la fille du fossoyeur. Le destin a voulu que la troisième les rejoigne.

— Le destin ? À mon avis, ce n'est pas une coïncidence. Ce n'est pas un hasard si l'assassin de ton ado a déposé son corps dans la tombe de celle qui avait été sa meilleure amie.

Derval haussa les épaules.

— Il faut que je rende visite au fossoyeur. Peut-être qu'il sait quelque chose.

— C'est demain que tu dois rencontrer également les élèves de la classe de Patricia, non ? Tu vas peut-être recueillir d'autres informations.

Héloïse allait mieux, mais elle n'était pas en état de rentrer chez elle. Philippe lui offrit l'hospitalité.

Elle le dévisagea avec un sourire soupçonneux.

— Ce n'est pas une proposition intéressée, la rassura-t-il. Tu as avant tout besoin de te reposer.

Ils dormirent dans le même lit comme deux amis. Enfin… pas tout à fait, puisqu'au cours de la nuit, elle se retrouva dans les bras de Philippe, mais, bien que tenaillé par le désir, il ne tenta pas d'en profiter.

34

Lundi 7 mars

C'était la première fois que l'adjudant Derval affrontait des collégiens pour commenter la disparition d'une camarade. Le Guern se tenait au fond de la salle en compagnie du chef d'établissement et du professeur dont l'heure de cours avait été réquisitionnée.

— Vous êtes tous au courant de ce qui est arrivé à Patricia ?

Impressionnés autant par le côté cérémonial de l'entretien que par les deux uniformes, les élèves se contentèrent de hocher la tête. Sauf un.

— C'est vrai qu'elle a été enterrée vivante ? claironna d'une voix éraillée le trublion de service, un grand échalas hilare qui dépassait les autres d'une bonne tête.

Il regardait ses camarades alentour avec l'air entendu de dire qu'à lui, on ne la faisait pas.

— Non, asséna Derval d'une voix sèche, et nous menons une enquête pour appréhender l'individu qui a *assassiné* votre amie Patricia.

Des mots durs, impressionnants, pour couper court à toute perturbation et impliquer son auditoire. Et cela fonctionnait.

— Et vous pouvez peut-être nous aider. Si quelqu'un a remarqué quelque chose le vendredi des vacances, il faut nous le communiquer.

Le principal hochait la tête avec conviction. Les élèves échangeaient des regards en coin, fouillant dans leur mémoire avec application.

Puis les cris fusèrent de tous côtés :

« Moi, m'sieur, moi m'sieur ! »

— Quelque chose d'important, précisa Derval face à une telle tornade.

— Elle est sortie avec Sarah Liboux ! lança une élève sans lever la main.

— Fastoche, elles étaient toujours fourrées ensemble, ronchonna une autre. C'était pas *très* difficile de le faire remarquer.

L'adjudant prit alors conscience de l'absence de la meilleure amie de la disparue.

La tempête se calma. Puis il ne resta plus qu'une seule main levée. Une frimousse toute sage, celle-là, sous des cheveux bien coiffés.

— Sarah est montée dans le bus, pas Patricia.

— Tu les as vues ?

— J'étais juste derrière elles.

Aussitôt intéressé, Philippe s'avança dans l'allée.

— Patricia, comment elle est partie ?

— Une grosse voiture est arrivée et s'est arrêtée à sa hauteur.

— Elle est grimpée dedans ?

— Pas tout de suite. On aurait dit qu'elle n'avait pas envie de monter. Elle a parlé avec le conducteur.

— Tu viendras me voir tout à l'heure, dit Derval, il faut que tu me racontes avec précision ce que tu as vu ce jour-là.

Elle se serait vu attribuer les félicitations du conseil de classe, elle n'aurait pas été plus fiérote.

— Quelqu'un d'autre a aperçu la voiture dont vient de parler votre camarade ?

Nouvel échange de regards muets.

— Personne n'a plus rien à ajouter ?

Silence. Derval se dirigea vers le principal, soulagé, lui, que l'interrogatoire se soit déroulé sans incident notoire.

— Je pourrais passer quelques minutes avec l'élève qui a pris la parole en dernier ?

— Cécile Baron ? Bien entendu. Nous allons monter avec elle dans mon bureau.

— La salle à côté est libre, intervint le professeur. Vous aurez moins de chemin à parcourir, je suppose que votre temps doit être précieux.

Cécile se retrouva donc avec les deux gendarmes. Elle avait des yeux d'un bleu lumineux. Céleste, pensa Derval.

Elle s'installa, posa ses mains sagement sur ses cuisses, comme si elle avait la manie de tout ranger. Elle était calme, ne paraissait nullement effrayée.

— Nous essayons de savoir avec qui Patricia est partie ce soir-là à la sortie du collège. Tu peux nous décrire la voiture ?

Comme Sarah Liboux, Cécile affirma qu'il s'agissait d'une grosse voiture, avec des pneus larges. Très larges.

— De quelle couleur était-elle ?

— Noire. Enfin, très foncée en tout cas.

— Tu as pu lire son numéro d'immatriculation ?

Elle porta l'index à ses lèvres, prenant le temps de réfléchir. Derval se mit à espérer l'information lumineuse.

— Si je me souviens bien, la plaque était couverte de boue. Mais dans les lettres du milieu il y avait un C, comme mon prénom.

— Tu n'as pas pu lire les chiffres et les autres lettres ?

— Non. Je suis désolée.

— Et le conducteur, reprit l'adjudant. Tu as pu distinguer le conducteur ?

— Les vitres étaient sombres, comme les voitures des gens importants. On ne voyait rien à travers.

— C'était un homme ou une femme ?

— Un homme. Pour parler à Patricia, il avait baissé la vitre du côté passager, et je voyais son bras. C'était une grosse main avec des poils, celle d'un homme, ça j'en suis sûre.

— Tu n'as rien remarqué d'autre ?

Cécile fronça les sourcils, concentrée.

— Patricia est montée à côté de lui, par la portière que le conducteur lui avait ouverte. Puis la voiture est partie.

— C'est bien, la félicita Derval. Les renseignements que tu nous as fournis vont nous servir.

Un large sourire illumina le visage de l'adolescente.

— Ah si ! Il y a encore autre chose. Ça me revient maintenant. Il y avait un autocollant sur la vitre arrière.

— Tu peux nous dire ce qu'il représentait ?

— Un ballon rouge sur un fond vert, je crois. Ou quelque chose comme ça.

— C'est le logo du Rapide, glissa Le Guern en aparté.

Ce matin-là, Héloïse ne se rendit pas au boulot, plus envie de tremper dans cette hypocrisie, de composer avec des faces de carême. D'ailleurs, personne ne se soucia de son absence, ni ses collègues, ni le commissaire. Elle était rentrée de chez Philippe Derval dans la matinée. Une nuit de faux bonheur, une timide éclaircie dans un ciel ténébreux.

Dans la soirée, Philippe s'enquit de ses nouvelles. Au ton de sa voix, il comprit que ça n'allait pas mieux.

— Tu as revu ton commissaire ?

— Je ne suis pas sortie depuis ce matin. J'avais besoin de faire le vide dans ma tête.

— Ce serait peut-être bien de couper pendant quelques jours ?

— Ce serait encore pire. Demain, je retourne dans l'arène.

— Qu'est-ce que tu comptes faire ?

— Aucune idée. Il va falloir improviser.

35

Mardi 8 mars, le matin

Héloïse Daubert resta prostrée de longues minutes dans sa voiture sur le parking du commissariat, vidée de toute sensation, privée de toute énergie. Un *toc-toc* à la vitre. Elle leva son front du volant. Son jeune adjoint, Lionel Rampillon. À la vue de ses yeux bouffis, il eut un haut-le-corps. Scruta son visage.

« Ça ne va pas ? » devina-t-elle sur ses lèvres à travers la buée.

Elle fit descendre la vitre. Se recoiffa machinalement.

— J'ai failli t'appeler hier, mais je n'ai pas osé, reprit le jeune homme. Tout le monde se demandait si tu étais malade.

Il mentait mal, affreusement gêné, encore trop candide pour composer. Elle eut la force de se rebiffer :

— Pourquoi je serais malade ?

Elle s'extirpa de son véhicule et se dirigea vers l'entrée du commissariat. Le collègue de service à l'accueil détourna les yeux, répondit du bout des lèvres au salut qu'elle lui adressa. Elle avait le sentiment de s'aventurer dans un univers hostile, où en tout cas elle n'était plus la bienvenue. Elle décida de prendre les devants et d'aller réclamer des éclaircissements à Leduc. Là encore, elle reçut un accueil plutôt glacial.

— Daubert. On se demandait où tu étais passée, marmonna le patron sans lever les yeux. J'ai compris que tu voulais lâcher du lest, mais préviens quand tu sèches le boulot.

Elle ne releva pas.

— Remarque, tu vas pouvoir prendre un peu de repos.

— Je peux savoir ?

Le commissaire leva sur Héloïse un regard gêné, déglutit avec peine et sa pomme d'Adam fit le yo-yo.

— L'enquête sur le double homicide va être classée.

— Comment ça, classée ?

— La procureure te donne raison, en fin de compte.

Elle comprenait de moins en moins.

— Raison pour quoi ?

— Au sujet de Timothy Harding. Tout laisse à penser en effet que c'est bien lui qui a assassiné Kifou et son épouse. Comme tu l'avais fait remarquer, il n'avait pas d'alibi pour le dimanche soir où les deux meurtres ont été commis et il avait tout intérêt à réduire au silence la malheureuse.

Maintenant qu'il a eu un accident, il sera impossible de le coincer et d'obtenir ses aveux. Affaire classée, ma vieille…

Héloïse était prise à son propre piège. Le pseudo-Anglais n'avait pas tué le couple, mais il était impossible maintenant de faire machine arrière. Il devait être sacrément important, celui ou ceux que l'on entendait protéger, pour qu'ait été montée une telle machination.

— Finalement, reprit le commissaire avec un sourire mielleux, non seulement tu n'auras pas d'ennuis à propos de ta malheureuse initiative de l'autre nuit, mais la résolution de l'enquête va t'être attribuée.

La lieutenante restait silencieuse.

— Je ne suis pas sûr cependant que cela te vaudra une promotion. Ni une médaille, d'ailleurs. Un dernier conseil, prends quelques jours de repos, accorde-toi le temps de souffler.

Elle fit volte-face et fila en laissant la porte ouverte.

Héloïse regagna son bureau. Qui l'aurait croisée dans le couloir aurait cru à un zombie. Elle se laissa tomber dans son fauteuil, écarta d'un geste rageur les dossiers qui encombraient le sous-main, et enfouit la tête entre ses avant-bras repliés sur la table. Le grincement de la porte la tira de sa léthargie.

— Ça ne va pas, cheffe ?

Rampillon. Elle l'avait oublié, ce jeune con. Elle inspira longuement.

— Tu vois, mon pauvre Lionel, je crains que tes douces illusions sur la justice droite et incorruptible ne prennent un sérieux coup.

— Harding a été puni, au bout du compte. Qu'est-ce que tu veux de plus ?

— Parce que tu crois que Harding est l'assassin ? Ne fais pas l'innocent… Qu'il soit un pourri n'empêche pas qu'il est lui aussi une victime, il a été exécuté parce qu'il en savait trop et qu'il fait un coupable idéal. Fin de l'histoire.

— Qu'est-ce que tu vas faire ?

— L'affaire est close, t'as pas compris ? Tout le monde ferme sa gueule et la vie reprend comme si de rien n'était.

Quelques secondes de découragement. Mais non. Pas question. Ce n'était pas le genre d'Héloïse Daubert. Elle se leva.

— Reste là, dit-elle à son jeune adjoint. Je n'ai pas envie que tu gâches ta carrière à peine débutée.

Rollin était dans son antre. Il secoua la tête en poussant un soupir excédé.

— Ce serait mentir de dire que ta visite me fait plaisir, mais je savais que je te verrais tôt ou tard. Je t'attendais même hier.

— J'en aurais été incapable. J'étais dans le trou.

Rollin hocha la tête d'un air entendu.

— Je suis venu t'expliquer les développements récents et te demander un service. Le parquet a conclu à la culpabilité de Harding dans le double homicide sur lequel j'enquête. C'est bidon, bien sûr. Quelqu'un de haut placé a voulu le faire taire et a profité des soupçons que j'ai eus à un moment donné. Ce quelqu'un a eu une trouille bleue que Harding révèle où et avec qui il était le soir des meurtres. Pas d'autopsie, on décrète un accident. Tu parles ! il a été exécuté. Et, grâce à moi, de l'avoir présenté comme l'assassin, l'affaire est close, le tour est joué. Bravo, la petite mère Daubert !

Rollin se passa la main dans les cheveux et poussa un sifflement d'admiration.

— Tu as l'intention de continuer à te battre ?

— C'est peine perdue, mais ça me fait vraiment chier de baisser les bras.

— En parlant d'autopsie… Tu veux qu'on essaie de vérifier ?

Daubert lui adressa un regard intrigué.

— Le corps de Harding est à la morgue de l'hôpital. Je connais bien la légiste.

— Mireille Le Dévéhat ? Une amie à toi ?

Le vieux flic affichait un air inspiré.

— Oui, et même très amis à une certaine époque… Il m'est facile de lui demander de jeter un coup d'œil sur la dépouille de ce bougre de Timothy. Je ne te garantis pas qu'elle va accepter. C'est entre nous, juste histoire d'en avoir le cœur net.

— Je te remercie. Je t'ai aussi parlé d'un service. Il y en a un avec qui j'aimerais bien discuter en tête-à-tête.

— Qui donc ?

— Romberger. J'aimerais bien savoir le rôle qu'il joue dans cette histoire.

36

Mardi 8 mars, l'après-midi

Philippe Derval se sentit ragaillardi après son intervention au collège Notre-Dame. Sans avoir fait vraiment progresser l'enquête, ce face-à-face avec les élèves de 5e l'incitait à continuer son exploration du passé de Patricia Vincent. Les parents de Véronique Foret avaient évoqué la fille du fossoyeur de Saint-Avé, ensevelie à proximité du caveau où avait été dissimulée la dépouille de Patricia Vincent. Quant au nom de famille de Cindy, par contre, il n'en savait rien... Le mieux était de téléphoner à la mairie.

— Millet, comme les céréales, l'informa la secrétaire.

— Ils habitent où, monsieur et madame Millet ?

— Vous ne rencontrerez que monsieur, Georges. Son épouse est à l'asile, à Lesvellec. La pauvre a perdu la boussole après l'accident qui a coûté la vie à leur fille.

— Oui, je sais. Un accident de voiture ?

— Une triste histoire. C'était Georges qui conduisait. Depuis quelque temps, il avait tendance à forcer sur la bouteille. C'est un homme imprévisible.

— Imprévisible... Comment ?

— Il ne parle pas beaucoup. Ce n'est pas mon genre de dire du mal des gens derrière leur dos, mais il lui arrive de piquer des colères épouvantables pour un oui ou pour un non. Il a fait la guerre d'Algérie. Le soleil, les fellaghas, comme il dit, il les aimait pas trop, ça laisse des traces, et puis le cimetière, ce n'est pas toujours réjouissant de vivre avec les morts. Mais je parle, je parle... Ce jour-là, il est allé chercher sa gamine à l'école. Il a perdu le contrôle de son véhicule. Patatras, dans le décor ! Lui, il s'en est tiré, mais la pauvre gosse y est restée. Alcootest positif. Mais à mon avis, c'est surtout la faute à pas de chance. Quand le destin s'en mêle, vous savez, il n'y a pas grand-chose à faire.

— Vous pouvez m'indiquer son adresse ?

— C'est pas bien dur à trouver. La mairie lui a attribué une petite maison à l'entrée du cimetière, un logement de fonction en quelque sorte. Comme ça, il n'a pas trop loin à aller pour se rendre au boulot, et il peut surveiller ses pensionnaires au cas où il viendrait à l'idée de l'un d'entre eux de se faire la valise.

Elle gloussa.

— Je plaisante. Par contre, Georges nous a souvent dit qu'il circule une drôle de faune dans le jardin du bon Dieu. Il y en a qui piquent les fleurs sous son nez, pour les emporter ou pour les mettre sur les tombes de leurs défunts. Même des plaques funéraires ! Je me demande bien ce qu'ils font avec.

Elle commençait à lui échauffer les oreilles, l'adjudant la remercia et coupa court.

Le Guern se proposa d'accompagner son chef, mais avec un enthousiasme si frileux qu'il en fut dispensé. Derval n'eut aucun mal à identifier le petit pavillon. La peinture était écaillée, pas de rideaux, un bout de jardin envahi d'herbes folles, des rosiers dégingandés de ne pas avoir été taillés depuis plusieurs années, on aurait cru une demeure à l'abandon.

L'adjudant sonna. Le tintement enroué retentit à l'intérieur. Il insista. Personne. Il décida d'aller jeter un coup d'œil au cimetière.

Derval repéra aussitôt le bonhomme : une casquette d'une couleur indéfinie, un bleu de travail sous une grosse veste délavée, une brouette à côté de lui, il ratissait les allées. L'adjudant s'approcha. Le crissement de ses semelles sur les graviers de l'allée fit se retourner le concierge de l'au-delà, comme disait un oncle de Philippe. À la vue de l'uniforme, l'homme s'immobilisa. Le gendarme le salua, en s'efforçant d'afficher un sourire avenant. Le fossoyeur porta deux doigts à sa casquette.

— Vous pouvez m'accorder quelques minutes ? demanda Derval.

Un grognement, guère engageant, en guise de réponse.

— Nous essayons de reconstituer le passé de Patricia Vincent. Vous savez, Patricia Vincent, celle qu'on a retrouvée dans la tombe près de celle de votre fille.

— Merci. Je ne suis pas complètement idiot.

La conversation s'engageait plutôt mal.

— Nous nous sommes laissé dire qu'elle était amie avec Cindy et Véronique Foret. Vous pouvez nous le confirmer ?

— Si on vous l'a dit, c'est que ça doit être vrai.

Derval observa l'individu, bras croisés devant lui dans une attitude hostile : le teint rougeaud, la paupière tombante et l'œil méfiant injecté de sang désignaient l'ivrogne. Il avait la cinquantaine bien tassée, puisqu'il avait fait l'Algérie, il avait eu Cindy sur le tard, remarqua l'adjudant.

— Elles se fréquentaient avant l'accident, toutes les trois ?

Le fossoyeur esquissa une moue dégoûtée.

— Cindy et Véro, c'était pas pareil quand Patricia était là.

— Vous pouvez préciser ?

— Patricia avait jeté son dévolu sur la fille des Foret, alors elle supportait mal que la mienne vienne traîner dans leurs pattes. Les gosses, c'est tous les mêmes. Des petits cons égoïstes si on les laisse faire, surtout les filles.

Il hochait la tête d'un air entendu.

— Et votre femme, qu'est-ce qu'elle en pensait ?

— Ça, c'est à elle qu'il faudrait le demander.

— À la mairie, on m'a dit qu'elle était... perturbée.

— Ils disent beaucoup de choses, à la mairie. Sont bien contents de me trouver pour m'occuper de leurs macchabées. Pour ce qu'ils me payent.

Il fourragea sous sa casquette.

— Ils ont dû vous dire aussi que j'étais bourré le jour où je me suis fichu dans le décor.

— Ils ont laissé entendre que vous aviez bu, en effet.

— Pas plus que d'habitude. Et ce n'est pas parce que j'avais bu un verre ou deux que je n'étais pas capable de tenir le volant.

Il renifla, s'essuya les yeux de sa main calleuse et crasseuse. Sa voix s'enroua.

— C'est à cause d'une saleté de clébard qu'on s'est foutus en l'air. Il a surgi je ne sais d'où et il a traversé comme une flèche devant la bagnole. Comme un con, j'ai voulu l'éviter. Même si j'avais bu que de la flotte, je n'aurais pas pu redresser la voiture.

Derval était surpris. Le fossoyeur semblait jouer un rôle de brute à moitié demeurée, alors que son discours trahissait une certaine éducation.

— C'est ma pauvre Gisèle qui a payé le plus cher, poursuivit le fossoyeur en étouffant un sanglot. Elle m'en a voulu à mort. Si elle avait pu, je crois bien qu'elle m'aurait tué. Mais sa raison n'a pas résisté à la douleur.

— Oui, j'ai appris qu'elle est hospitalisée dans l'établissement psychiatrique de Lesvellec.

— À l'asile, oui. Chez les fous. Je lui rends visite une fois par semaine. Je sais pas si ça lui fait plaisir, mais moi, ça me donne l'impression de ne pas être un salaud.

— Je comprends. Je vais vous laisser.

— Je ne sais toujours pas ce que vous me voulez. Pourquoi vous êtes venu me voir jusqu'ici ?

Derval fut impressionné par la dureté du regard que lui adressa le fossoyeur.

— Vous auriez pu vous souvenir d'un détail qui m'aurait aidé dans mon enquête.

— Je suis pas flic, moi. À chacun son boulot.

Il regarda sa brouette.

— « Les feuilles mortes se ramassent à la pelle… » chantonna-t-il. Les miennes sont tellement pourries qu'elles n'ont plus rien à raconter.

Il empoigna les mancherons et tourna le dos ostensiblement à Derval avant de s'éloigner.

Drôle de personnage, se dit celui-ci en le regardant se déhancher dans l'allée.

— Décidément, vous aimez les cimetières.

Il fit volte-face. La petite dame de l'autre jour. Il cherchait son nom. Ça lui revint, Élise Danigo.

— Vous n'avez pas encore bouclé votre enquête ? demanda-t-elle avec une lueur moqueuse au fond des yeux.

37

Mardi 8 mars, l'après-midi

L'étape suivante conduisit Philippe Derval à Saint-Avé dans l'établissement public de santé mentale situé dans le quartier de Lesvellec. La secrétaire à l'accueil fut surprise de voir un gendarme en uniforme.

— Madame Millet ? C'est pour quoi ?

— Pour les besoins d'une enquête concernant l'homicide d'une proche de sa fille.

— Je ne peux pas vous laisser la rencontrer sans l'autorisation du médecin. Je vais voir si le docteur Sigrand est encore dans nos murs.

Elle décrocha un combiné. Parlementa un bref instant.

— Il va vous recevoir. On vous demande de patienter cinq minutes.

Le médecin inspira aussitôt une impression cordiale à Philippe Derval. Il paraissait jeune pour une telle fonction. Plutôt dans le vent même, avec sa tignasse blonde ébouriffée et son col de chemise ouvert sur un poitrail où frisottaient quelques boucles rousses. Sa poignée de main était franche.

— Nous enquêtons sur la mort d'une adolescente que la fille de madame Millet fréquentait de son vivant. Nous piétinons, et nous explorons les pistes susceptibles de nous ouvrir des hypothèses.

— Je ne suis pas sûr que madame Millet puisse vous éclairer.

Derval suivit le toubib dans le dédale des couloirs dont le lino couinait sous ses lourdes semelles de gendarme et où flottaient des relents d'urine et de médications. De temps à autre s'élevait un cri, qu'on aurait pu croire d'un animal, ou encore un gémissement de détresse. Le docteur Sigrand n'y prêtait pas attention. Il invita Derval à entrer dans son bureau. Le décor tranchait avec le reste de l'établissement. Une large baie vitrée occupait tout le mur en face de l'entrée. Sur la droite, un bureau en bois rougeâtre, de toute évidence exotique. Au mur des reproductions de Vasarely, dans les cascades cubiques desquelles le regard se perdait. Le médecin fit signe au visiteur de s'installer sur la chaise en skaï noir.

— Madame Millet… commença-t-il en hochant la tête. D'après ce que l'on sait, elle était déjà fragile avant le drame. Elle formait avec son mari un couple tumultueux. Quand sa fille est décédée, elle a plongé. Elle est persuadée que sa fille est encore de ce monde. Elle croit même être chez nous pour une simple cure de repos. Son époux lui rend visite, généralement le samedi. À la croire, sa fille aussi. Pour parler simple, madame Millet est atteinte d'une forme de démence lucide. Entendez par là qu'elle n'a pas perdu tout contact avec la réalité, elle a gardé notamment des repères temporels. Ainsi, elle sait pertinemment quand se situe le samedi, et le matin, elle prépare deux chaises, une pour son mari, l'autre pour sa fille.

— Et quand elle constate que celle-ci n'est pas là ?

Le psychiatre inclina la tête avec une moue éloquente.

— Elle pique une crise à chaque fois. Elle accuse son mari de lui avoir volé sa fille, de la tenir prisonnière. Nous lui administrons un sédatif léger, elle se calme, oublie sa fille. Son mari peut enfin s'entretenir avec elle. Des banalités sur le temps. Elle l'assure qu'elle va mieux, qu'elle sera bientôt guérie et qu'elle pourra enfin sortir. Le mari s'en va. Cinq minutes après, elle est persuadée que sa fille est venue lui rendre visite et qu'elle reviendra le samedi suivant.

— Il n'existe aucun espoir de guérison ?

Le médecin secoua la tête.

— Malheureusement non. Si cela se produisait, ce serait un miracle, et je ne crois pas trop aux miracles dans mon domaine. Vous avez rencontré monsieur Millet ? Quelle impression vous a-t-il donnée ?

Derval prit le temps de la réflexion.

— C'est un personnage singulier, éluda-t-il.

— Je ne sais pas si cela peut être utile à votre enquête, mais lui-même n'est pas très équilibré. Il est sujet à des crises hallucinatoires pendant lesquelles il est persuadé que sa fille essaie de le joindre. Un jour il m'a même affirmé qu'il la voyait réellement.

À nouveau les couloirs, qui conduisaient vers une autre aile du bâtiment. Sigrand s'arrêta devant une porte. Il jeta un coup d'œil par la trappe avant de frapper discrètement.

— Comment ça va aujourd'hui, madame Millet ? Vous avez de la visite.

À la grande surprise de l'adjudant, ce fut une voix calme et suave qui répondit.

— Ah bon ? On n'est pas samedi, pourtant. Qui est-ce ?

Le docteur fit signe à Philippe d'entrer. Assise dans le fauteuil près de la fenêtre, enveloppée dans une robe de chambre dont les pans s'organisaient soigneusement le long de ses jambes, Gisèle Millet était bien coiffée, et à la regarder avec attention on constatait qu'elle était même légèrement maquillée. En revanche, elle avait les yeux perdus dans le vague. Cette apparente indifférence ne dura pas longtemps. À la vue de l'uniforme, elle se mit à trembler, les traits de son visage se déformèrent. Elle se dressa d'un bond comme si son siège était soudain électrifié.

— Il est arrivé quelque chose à Cindy ! s'écria-t-elle.

— Mais non… madame Millet, s'empressa le médecin.

— Si ! continuait la malheureuse. Cindy a eu un accident, j'en suis sûre. C'est son père qui a encore picolé. C'est un salaud, j'ai beau lui dire, il veut pas faire attention.

Méconnaissable, elle était tétanisée. Proche de la convulsion, le tremblement la faisait vibrer à présent de la tête aux pieds. Derval comprit qu'il valait mieux s'éclipser. Déjà accouraient deux infirmières poussant un chariot chargé de boîtes nickelées. Dès leur entrée dans la chambre, le médecin en ressortit. Lui, ne semblait nullement affecté par la crise de sa patiente.

— Vous voyez, je vous avais prévenu.

— La pauvre… lâcha Derval.

38

Mardi 8 mars, l'après-midi

Héloïse Daubert sortit ragaillardie du bureau de Léonard Rollin. S'activer afin de ne pas céder à l'impuissance, se raccrocher à ce qui le méritait encore. Philippe Derval, au premier chef. Et son affaire. Une révolte sourde bouillonnait en elle. L'enquête était bouclée ? Héloïse Daubert, lieutenante réputée pour sa gnaque, n'aurait de cesse de découvrir qui se cachait en coulisses.

Dans l'immédiat, Héloïse était privée de toute initiative officielle. Leduc allait certainement lui coller une autre affaire sur les bras, afin de l'occuper ailleurs. Elle fit un crochet par son bureau, frappa, entra sans y avoir été invitée. Le commissaire eut un haut-le-corps.

— Qu'est-ce que tu veux *encore* ? marmonna-t-il en évitant son regard.

— Je te rassure, rien de particulier. Je crois que je vais suivre ton conseil. Je vais me résigner à prendre quelques jours de repos.

Il poussa un soupir de soulagement.

— À la bonne heure... Que je ne te revoie pas avant lundi. Ça te va ?

— Très bien, bougonna-t-elle sans plus le remercier.

Elle ne se sentit soulagée qu'une fois sortie de cette usine à mensonges. Elle aspira une profonde bouffée d'air frais. Passa machinalement ses doigts en éventail dans ses cheveux. Rampillon surgit dans son dos.

— Alors, cheffe ?

Elle haussa les épaules.

— Tu vas devoir te débrouiller sans moi.

— Vous avez démissionné ?

Elle éclata de rire.

— Non, je te rassure. Je suis en congé jusqu'à lundi. Profites-en pour faire un peu de ménage dans le bureau.

Charmant garçon, se dit-elle en regagnant sa voiture. Pas garanti qu'il devienne un flic de première envergure, mais il mettait du cœur à l'ouvrage. Peu de ses collègues avaient cru qu'elle réussirait à gravir les échelons à ses débuts. Pour beaucoup de vieux briscards de l'époque, une femme, ça ne pouvait pas être flic.

Les plaques rutilantes papillonnaient dans les rais mouvants du soleil à travers les branches. Il devait y avoir chaque matin une préposée au chiffon pour qu'elles brillent avec autant d'éclat. Des noms précédés de titres dont la plupart avaient l'honnêteté d'annoncer d'emblée leur profession : docteur, psychologue, etc. Maître Romberger, avocat…

Le cabinet se situait au premier étage. Un hall luxueux, un ascenseur silencieux. *Sonnez avant d'entrer*. La salle d'attente était vide. Elle chercha autour d'elle. Tout prestigieux avocat qu'il était, avec la réputation qui était la sienne, avec les honoraires qu'il devait en récolter, il paraissait ne pas avoir de secrétaire. Les chaises étaient neuves. Elle s'installa sur la plus proche de la porte du cabinet. Sur la table basse s'étalaient des revues écornées, dont la plupart dataient d'au moins deux ans. Une minute, un quart d'heure, aucun bruit, l'étage donnait l'impression d'être inhabité. Idiote qu'elle était, le maître devait être à plaider ! Elle aurait dû téléphoner. Son portable vibra. Rollin, ce brave Léonard aussi pugnace qu'un fox-terrier.

— Alors, tu as du nouveau ?

— Ouais, tu avais raison au sujet de Harding. Le médecin l'a examiné : enfoncement de l'os pariétal causé par un objet contondant, peu probable que ce soit en heurtant une dalle.

Héloïse soupira.

— J'en aurais mis ma main au feu.

— Ne compte plus sur moi pour t'aider. On est rendu en terrain un peu trop marécageux à mon goût. Il faut savoir faire machine arrière pendant qu'il en est encore temps.

Elle ne répondit pas.

— Pas de blague, Héloïse, hein ! reprit Rollin. Mireille niera avoir examiné le corps de Harding.

Héloïse bredouilla un vague acquiescement.

— Je suis dans la salle d'attente de Romberger, merci de ton intervention.

Elle sonna de nouveau. Encore deux minutes, et elle levait le camp. La porte du bureau s'ouvrit enfin. Dans l'embrasure se dressa une silhouette magistrale, imposante, le ténor du barreau dans toute sa splendeur.

À la vue de la lieutenante, il se raidit. De toute évidence, il savait à qui il avait affaire.

— À qui ai-je l'honneur ? demanda-t-il cependant.

— Lieutenante Daubert, répondit Héloïse en sortant sa carte de police, sur laquelle Romberger ne jeta qu'un coup d'œil évasif. Léonard Rollin a dû vous annoncer ma visite.

— Certes. Que puis-je pour vous ?

— Je souhaiterais un certain nombre d'éclaircissements au sujet de Thomas Loubet.

Il afficha un air intrigué qui cette fois paraissait sincère.

— Désolé. Connais pas...

— Timothy Harding, ce doit être sous ce nom d'emprunt que vous l'avez fréquenté.

Il tressaillit.

— Timothy Harding, ah oui ! Le pauvre... Il n'a pas eu de chance. Mais entrez donc, nous serons plus à l'aise pour discuter, bien que je n'aie pas beaucoup de temps à vous consacrer.

Le bureau était à l'avenant du reste de l'immeuble. En un mot, il y en avait pour du fric, même si la décoration était loin d'être du meilleur goût. Il la convia à s'asseoir.

— Vous vouliez donc me parler de monsieur Harding, si j'ai bien compris ?

— Harding est mort dans des circonstances plutôt obscures.

— Un accident. Malheureusement ce n'est pas la première chute dans le port. Il y a longtemps que je dis que la ville devrait installer des rambardes le long des quais afin d'éviter ce genre d'accident.

— Nous avons des doutes sur l'hypothèse d'un accident.

Romberger hésita.

— Que voulez-vous que ce soit d'autre ?

Daubert le fixait dans les yeux. Il avait du mal à soutenir le regard.

— Ai-je besoin de vous faire un dessin ? en profita-t-elle. On pourrait l'avoir aidé à tomber, ce *pauvre* monsieur Harding.

— Un homicide ? Mon Dieu, comme vous y allez… Qui aurait intérêt à faire disparaître un homme aussi paisible ?

— Je vous pose la question.

— Vous n'êtes pas sans savoir que cette nuit-là je n'ai même pas eu besoin d'intervenir. Quand je suis arrivé au commissariat, la levée d'écrou avait déjà été décidée, preuve si besoin était qu'il avait été arrêté à tort. Pour ma part, je trouve très bien que la police ait l'honnêteté de reconnaître ses erreurs quand elles sont flagrantes.

Héloïse l'observait entre ses paupières plissées. Bien que vaguement mal à l'aise, il s'efforçait de sourire.

— C'est tout ce que vous vouliez savoir ?

— Vous ne m'avez encore rien dit. Je suis étonnée que vous n'ayez pas accompagné monsieur Harding à sa sortie des locaux de la police.

— Et pourquoi aurais-je dû le faire ?

— C'était votre client, il venait de se faire embarquer au cours d'une soirée pour le moins particulière, probablement secoué, et il s'en va à pied au cœur de la nuit.

— Je n'avais aucune raison expresse de l'escorter, puisqu'il ne me l'avait pas demandé. Je suis resté pour m'élever auprès du commissaire de cette arrestation aussi arbitraire. Quand je suis sorti, monsieur Harding n'était plus là. Je n'ai pas songé à me préoccuper de lui, d'autant qu'il n'habite pas très loin, sur le port. Ce n'est que le lendemain que j'ai appris ce qui lui était arrivé. Un accident, je vous dis, il ne faut pas chercher plus loin. Excusez-moi maintenant d'être discourtois, mais il faut vraiment que vous me laissiez travailler. Au fait, vous êtes ici avec l'accord de vos supérieurs ?

Le salaud… Héloïse ravala la remarque acerbe qu'elle avait sur le bout des lèvres et quitta le cabinet.

39

Mardi 8 mars, le soir

— Tu viens prendre un pot ? demanda Héloïse. Fais vite. Sinon je suis capable de tuer le serveur.

Allons, se dit Derval en raccrochant. Elle avait encore le cœur à plaisanter, tout n'était pas perdu.

Héloïse arpentait le quai en attendant son ami. Des gamins s'amusaient à se bousculer au bord de l'eau. Elle leur demanda de cesser leur jeu stupide.

— Qu'est-ce qu'elle veut, la vioque ? s'insurgea le plus grand, le nez en trompette.

— La vioque, elle est flic et si tu continues à jouer au petit con, elle va t'embarquer et te flanquer en prison.

Le grand escogriffe hésita quelques secondes, dévisageant cette femme qui prétendait être de la police.

— Penses-tu, rigola l'un de ses copains, elle dit ça pour te faire peur.

Puis il s'adressa à elle comme si elle était une gamine de son âge.

— Et mon père, c'est le pape, peut-être ? Si t'es flic, pourquoi t'as pas ton képi ?

Le moins qu'on puisse dire, c'est qu'ils ne manquaient pas de repartie. Ils se tenaient à distance, toutefois, surtout le troisième, le plus chétif qui restait planqué derrière les deux autres. Héloïse les trouvait amusants, mais elle n'allait pas perdre la face – elle avait assez avalé de couleuvres pour aujourd'hui. Elle exhiba sa plaque de police.

— Hé, le fils du pape, ça, t'as une idée de ce que c'est ?

— On faisait rien de mal, madame, fit celui-ci, en se préparant à déguerpir. On jouait, c'est tout.

— Si l'un d'entre vous tombe à l'eau, ce ne sera plus un jeu.

Philippe Derval avait assisté à la fin de la scène et quand les trois gamins détalèrent comme des lapins, il ne put s'empêcher de rire.

— Qu'est-ce qu'ils faisaient ? demanda-t-il.

— Rien de grave, mais il faut bien passer ses nerfs sur quelqu'un.

Ils s'installèrent à leur table habituelle.

— Ça va mieux ? demanda-t-il.

Elle poussa un long soupir éloquent.

Héloïse raconta l'enchaînement des avanies qu'elle avait subies depuis le matin. La précipitation avec laquelle les sphères officielles avaient déclaré Timothy Harding coupable des homicides de Mathis Kifou et de Nadine Rouillé.

— Ils sont tous de mèche. Ils savent tous que c'est pas lui, et ils savent que je sais qu'ils mentent effrontément. Ça ne les empêche pas de me prendre pour une idiote.

— Qu'est-ce que tu comptes faire ?

— C'est ce que tout le monde me demande depuis ce matin. Je ne sais pas. Attendre… Parmi la flopée de gens qui gravitent dans cette histoire, il y en a bien un qui va finir par lâcher du lest.

Elle savoura une gorgée de Grim et s'étira.

— Ça va me faire du bien de couper avec cette bande de faux culs. On dîne ensemble ce soir ?

— Eh non… À mon grand regret, ça ne va pas être possible. À moi aussi, on me met la pression. Je reste persuadé que Ludovic Vincent me cache quelque chose. Tu te souviens de notre petite virée aux Quatre-As l'autre soir ? Il va certainement renouer avec ses habitudes. Ce soir, il y a partie de cartes.

— Tu veux que je t'accompagne ?

— Non, nous, on est flambés. Par contre, Le Guern, ils ne le connaissent pas. J'attendrai dans la voiture.

Baptiste gara sa voiture sur le parking face à l'estaminet sur la route qui menait au parc des expositions et à l'embarcadère des vedettes du golfe. Vingt heures trente, il faisait presque nuit, les lampadaires ne diffusaient qu'une pâle lumière et des buissons de tamaris dissimulaient les deux policiers.

La semaine précédente, les beloteurs étaient arrivés vers vingt et une heures.

À moins dix, ils repérèrent les quidams de l'autre soir qui se pressaient, le col de leurs gabardines relevé contre la bise qui soufflait de la côte voisine. Ils s'engouffrèrent dans l'établissement en se tapant les pieds sur le trottoir avant d'entrer, bien qu'il ne pleuve pas et que leurs chaussures ne soient pas crottées.

Puis des phares arrivèrent de la ville. Le véhicule s'engagea sur le parking. À l'intérieur se dessina la silhouette qu'ils attendaient. Il se rangea à côté des deux gendarmes. La buée opacifiait les vitres, Derval se laissa glisser quand même sur son siège. Vincent ne leur prêta aucune attention. Il se dirigea vers les Quatre-As.

— Vas-y, Baptiste. Tu sais ce que tu dois faire. Tu ne t'installes pas trop loin de façon à entendre ce qu'ils se disent. Tu commandes un demi. Tu le fais durer. Tu prends ton temps pour éplucher le journal. Si tu n'entends rien de particulier, tu lèves le camp et tu reviens. Vas-y.

Le vieux flic s'exécuta. Il avait ronchonné pour la forme quand l'adjudant lui avait annoncé cette surveillance nocturne. Sa femme avait préparé un bourguignon, son plat préféré !

— Tu le mangeras demain, avait répliqué Derval en riant. C'est meilleur réchauffé.

— Elle ne va pas être contente, ma Germaine.

— T'avais qu'à faire un autre boulot.

Philippe se remémora les informations fournies par la petite Cécile Baron au sujet de la voiture qui avait embarqué Patricia, une grosse cylindrée, avec des pneus larges, comme l'avait dit aussi Sarah Liboux. Celle de Ludovic Vincent ne correspondait pas. Un C dans l'immatriculation, avait remarqué Cécile, c'était déjà plus fiable. Il se leva, passa derrière le véhicule histoire de vérifier quand même. Ce n'était pas ça non plus. Il revint s'installer dans l'habitacle en se soufflant dans les mains.

Philippe Derval poireauta ainsi une bonne demi-heure. Une pétarade retentit provenant de vélomoteurs. Cinq garçons et deux filles se dirigèrent vers les Quatre-As.

Il s'écoula encore un quart d'heure. Soudain, la porte s'ouvrit, Ludovic Vincent émergea en trombe du bistrot. Il hésita, se passa les mains sur le visage, puis il traversa la route à grandes enjambées vers le parking, sans se soucier de la circulation. Il ouvrait la portière quand un homme déboula des Quatre-As.

— Ludo ! Ton blouson !

Il courut rejoindre son copain.

— Qu'est-ce qui te prend de t'enfuir comme un malade !

— Ces jeunes cons me font chier. J'avais plus envie de les entendre.

Ludovic Vincent grimpa dans sa voiture et démarra sur les chapeaux de roue.

Quelques minutes plus tard se pointait Baptiste. Il s'installa au volant et rota.

— Alors ?

— Tu as raison. Le mec Vincent, il n'est pas bien dans ses baskets.

— Raconte.

— Ils jouaient aux cartes en discutant. Il y en avait un qui était électricien, il parlait d'un client bizarre chez qui il s'était rendu dans l'après-midi. À ce moment-là sont entrés les jeunes que tu as dû voir. Ils faisaient un bordel pas possible, je pouvais plus entendre ce que se disaient les joueurs. C'est là que Vincent a pété les plombs. J'avais un œil sur lui comme tu me l'avais demandé. Il paraissait pétrifié. Soudain, il a plaqué ses cartes sur la table, et il a foutu le camp en oubliant son blouson.

— Ouais, j'ai vu. Qu'est-ce que les autres se sont dit après que Ludovic Vincent les a laissés tomber ?

— Rien de particulier, que leur copain n'était pas en forme. Ça pouvait se comprendre, a ajouté un autre. La blessure était trop fraîche, a renchéri le troisième, il aurait mieux fait de rester chez lui. Enfin, tu vois, le discours habituel dans ce genre de circonstances.

40

Mercredi 9 mars

Héloïse Daubert se réveilla de bonne heure comme à l'accoutumée. Elle mit quelques secondes à prendre conscience qu'elle n'avait pas à se presser. Il était sept heures, avec un peu de chance, Philippe ne serait pas encore parti au boulot. Elle composa le numéro de son portable. Un grognement endormi lui répondit.

— Alors, ta petite excursion, hier soir ?

Philippe lui raconta sa déconvenue et soupira.

— Je commence à être plutôt désabusé. Je me demande parfois pourquoi j'ai choisi d'être flic.

— Il faut croire que c'était ta vocation. Tu vas voir, ça va repartir.

— Hum… Tu es gentille.

Il hésita.

— Tu sais, je suis un rustre au niveau de la tendresse. Comme tu l'as remarqué, j'ai du mal à trouver les mots.

Deux spectres féminins se dessinèrent dans la pénombre. Il leur intima de ne pas en émerger[1].

---

1. Voir *Les Brumes de décembre*.

— Il faut que je me prépare pour aller bosser, éluda-t-il.

Héloïse se renfonça avec délice sous la couette. Des banalités d'adolescents, mais qui coulaient comme du miel dans son cœur. La sonnerie de son portable retentit. Ce devait être encore Philippe.

— Lieutenant Daubert ?

La voix lui parut enfantine, jeune en tout cas.

— Qui est à l'appareil ? Comment connaissez-vous mon numéro de téléphone ?

— Peu importe. Je dois à tout prix vous parler. Très vite.

La mystérieuse interlocutrice renifla, comme si elle ravalait des sanglots.

— À quel sujet ?

— Timothy Harding.

Héloïse se redressa d'un coup dans son lit.

— Qui êtes-vous ?

— Je préfère ne pas vous le dire pour l'instant. Je vous en supplie, il faut que vous acceptiez de me rencontrer. Surtout pas au commissariat.

Héloïse comprit que cette fois elle tenait du sérieux.

— L'embarcadère pour les vedettes du golfe, vous connaissez ? Dans une heure.

— J'y serai, dit l'inconnue qui raccrocha aussitôt.

La lieutenante était réveillée pour de bon.

Une jeune femme se tenait assise sur un banc à l'écart. Héloïse passa devant elle sans ralentir et lui fit signe de la suivre. La lieutenante se dirigea vers la partie du quai prolongeant l'embarcadère. Personne d'un bord ni de l'autre. La femme s'approcha. Elle était jeune en effet, la trentaine, mais elle avait les traits déjà marqués. Blonde, bien que ce ne soit pas sa couleur naturelle. L'absence de maquillage renforçait sa pâleur.

— Pourquoi souhaitez-vous me rencontrer ?

— Parce que j'ai peur.

— Peur de quoi ?

— De ceux qui ont tué Timothy Harding. Je suis persuadée qu'ils vont essayer de me faire subir le même sort.

— Pourquoi donc ?

Elle jetait des coups d'œil incessants autour d'elle.

— Vous voulez savoir où il était le dimanche soir du double meurtre ?

— Comment êtes-vous au courant de mon enquête ?

— C'est lui qui m'en a parlé. Ce soir-là, j'étais avec lui et il m'a demandé de me taire.

Elle mentait peut-être, mais quel intérêt de fournir maintenant un alibi à Timothy Harding ?

— Chez lui ?

— Non… Nous étions chez quelqu'un…

Elle se tortillait, de plus en plus gênée. Héloïse attaqua sans ambages en lui demandant ce qu'elle fabriquait là-bas. La jeune femme déglutit, les yeux baissés.

— Vous savez le genre de soirées qu'organisait monsieur Harding ? murmura-t-elle. Alors, je n'ai pas besoin de vous faire un dessin.

— Vous étiez nombreux ?

— Non, notre hôte, Timothy, et un autre homme, mon partenaire, si vous préférez.

— Si j'ai bien compris, vous proposez en couple des spectacles... érotiques ?

— On peut appeler ça comme ça.

— Chez qui étiez-vous ?

— Je ne sais pas. Une voiture est venue me chercher. On m'a obligée à me bander les yeux. Là-bas, j'ai retrouvé Timothy et Jimmy.

— Pardon, Jimmy, vous dites ?

— Oui. Vous le connaissez ?

Héloïse secoua la tête.

— Non. Continuez.

— C'est pourtant lui qui m'a conseillé de m'adresser à vous. C'est lui qui m'a communiqué votre numéro de portable. Il a confiance en vous. Lui aussi, il a peur à présent.

— J'ai peut-être eu affaire à lui, je ne me souviens plus. C'est votre partenaire ?

— Oui, nous travaillons souvent ensemble. Nous nous entendons... plutôt bien. Il en sait plus, j'en suis certaine, mais il n'a rien voulu me dire.

Héloïse souriait intérieurement : dangereux boulot de s'envoyer en l'air !

— Vous pourriez me décrire votre hôte ?

— Non… Il n'était pas tout jeune, c'est tout ce dont je suis sûre. Il est resté dans l'obscurité tout le temps que Jimmy et moi, nous… enfin, vous comprenez.

— Même si vous ne l'avez pas vu, vous n'avez pas une petite idée de son identité, sa profession… ?

— Non… La maison était luxueuse, c'est forcément quelqu'un d'important, pas très loin de Vannes, vu la durée du trajet, mais c'est tout ce que je peux vous dire.

Elle s'agitait de plus en plus.

— J'ai peur. Celui qui est venu me chercher ce soir-là doit être son homme de main. Un grand costaud avec des mains énormes et velues, je les ai vues sur le volant avant qu'il me demande de me masquer les yeux. Je pense que c'est lui qui a tué Timothy.

Elle tremblait en suppliant la lieutenante du regard.

— Je vous en prie, il faut me protéger.

— Vous ne m'avez toujours pas dit votre nom.

Elle se taisait.

— Je m'appelle Sophie, finit-elle par dire. Sophie Lenôtre.

— Vous avez un endroit où vous cacher ?

— J'ai une tante. Elle habite sur l'île d'Arz.

— Vous êtes certaine de ne pas avoir été suivie jusqu'ici ?

— J'ai pris toutes mes précautions. Je me suis arrêtée à plusieurs reprises, je n'ai vu personne.

— Bien. Vous savez ce qu'on va faire ? On va tout de suite acheter un billet pour la traversée. Vous téléphonez à votre tante et vous embarquez dans le prochain bateau. Là-bas, vous évitez de vous promener sur la côte. Si vous remarquez quelqu'un de suspect, vous vous enfermez et vous m'appelez, puisque vous avez mon numéro de portable.

Elle acquiesçait, visiblement rassurée d'être prise en main.

— Laissez-moi le vôtre. Quand les choses se seront calmées, je vous préviendrai et vous pourrez revenir.

41

Mercredi 9 mars

Philippe Derval fut surpris par l'effervescence qui régnait dans la caserne. Le capitaine en personne surveillait le départ d'une équipe sur le terrain. Dès qu'il avisa l'adjudant, il le héla.

— Quand même… Puisque votre enquête vous laisse du temps, allez donc donner un coup de main à Lefebvre et à Luzerne, vous ne serez pas trop de quatre. Demandez à Le Guern de vous accompagner.

L'adjudant-chef Michel Lefebvre était un officier de police judiciaire chevronné, alors que Gaston Luzerne n'était que simple gendarme, et risquait de le rester un certain temps, ce qui ne le contrariait en rien. Des collègues discrets, un peu bonnets de nuit, estimaient les boute-en-train de la brigade.

Derval n'eut pas besoin d'aller quérir son adjoint. Baptiste déboula dans la cour, un peu débraillé, sans doute une panne de réveil dont il était coutumier quand il avait abusé la veille. L'adjudant ne lui laissa pas le temps de souffler.

— Viens, on a besoin de toi.

Tous les quatre embarquèrent dans l'estafette.

— Où va-t-on ? demanda Derval.

— À Saint-Avé. Des joggeurs ont découvert un corps dans un terrain vague à côté du cimetière. On n'en sait pas plus.

— Décidément, il s'en passe des choses, à Saint-Avé… fit remarquer Derval en vérifiant si son arme de service était en bonne place.

Gyrophare et sirène en marche, Lefebvre roulait à tombeau ouvert, avec une dextérité qui impressionnait ses trois passagers. En vingt minutes, ils furent sur les lieux. Comme le redoutaient les quatre gendarmes, des badauds étaient déjà attroupés. Première précaution, dresser le périmètre de sécurité, en espérant sauver les indices qui n'auraient pas été piétinés. Le corps gisait sur le dos, il avait le visage sérieusement amoché, tuméfié et couvert d'ecchymoses.

Derval s'approcha et tressaillit.

— Je le connais. Je l'ai même interrogé hier. C'est le fossoyeur du cimetière, Georges Millet.

— Un suspect pour toi ?

— A priori, non. J'avais besoin de précisions. Maintenant qu'il a été assassiné, je vais considérer mon enquête sous un autre angle.

L'équipe scientifique arriva sur les lieux en même temps que le médecin légiste, de nouveau Mireille Le Dévéhat.

Les enquêteurs s'enquirent des joggeurs qui avaient découvert le cadavre. Le Guern fit signe de s'approcher à un couple qui se tenait en retrait, la femme en tee-shirt et en jogging ajusté qui lui moulait les reins, l'homme en survêtement, tous deux le front ceint d'un bandeau bariolé. La mine défaite, ils paraissaient encore sous le coup de l'émotion. Lefebvre leur demanda s'ils n'avaient rien remarqué de suspect. Ils échangèrent un regard intrigué. À leurs yeux, un cadavre sur le bord d'un terrain vague, c'était déjà quelque chose de carrément suspect.

Le Dévéhat effectuait les premières palpations.

— Vu la température du corps, le décès remonte à quelques heures, déclara-t-elle sans lever la tête.

Le gendarme s'adressa aux joggeurs.

— Vous avez touché au corps ?

— Non. Il est dans la position où nous l'avons trouvé, répondit la jeune femme. Depuis qu'on vous a téléphoné, personne ne l'a déplacé.

— Il a été transporté ici après coup ? demanda Derval.

— Il n'y a aucune trace de lutte autour du corps, répondit un technicien de l'identité criminelle. Il présente des meurtrissures aux poignets, il a été attaché, vraisemblablement par des cordelettes. Avant ou après de se faire tabasser ? C'est dur à dire pour l'instant. À moins que l'assassin ne les ait emportées, nous aurions dû les retrouver.

Le Dévéhat avait terminé.

— Les pompes funèbres vont arriver. On procédera à l'autopsie au plus vite. Sans doute dès demain matin si le plateau technique de Lorient est disponible. Sinon, on ira à Nantes.

Derval informa ses collègues qu'il savait où résidait le fossoyeur. Un logement de fonction, la mairie devait avoir un double des clefs. Luzerne se chargea de téléphoner. Quand elle apprit l'affreuse nouvelle, la secrétaire poussa un cri.

— Le pauvre vieux. Ça devait lui arriver un jour ou l'autre.

— Vous lui connaissiez des ennemis ? demanda Luzerne.

— Pas précisément, mais il avait le chic pour chercher des noises à tout le monde quand il avait bu.

Une rixe, pensa le flic, ça collait avec le portrait du personnage, mais pourquoi avait-il été attaché ?

Lefebvre avait donné ses ordres. Ne toucher à rien, au cas où la maison serait la scène du crime, avant l'arrivée des techniciens de l'identification criminelle qui allaient tout passer au peigne fin. Les quatre gendarmes s'équipèrent de gants comme des chirurgiens, de chaussons vaporeux pareils à ceux des hôpitaux. C'était ouvert.

Une odeur fétide saisit les gendarmes à la gorge. Des relents de graillon, des miasmes de moisissure, rien d'étonnant chez un homme dont tout le monde reconnaissait l'intempérance. Il faisait froid, humide. Un couloir étroit prolongeait le vestibule, encombré de chaussures en vrac, de vêtements divers accrochés aux deux patères fixées sur le mur. Sur la droite, la cuisine, où la puanteur était insupportable. La toile cirée de la table était maculée, sur l'évier trônait une pile de vaisselle sale. Plusieurs bouteilles vides également. Dans la chambre flottait une odeur de sueur. Le lit était défait, l'oreiller crasseux, des chaussettes et un slip douteux traînaient à même le plancher.

Soudain, du fond de la maison, Le Guern s'exclama :

— Oh putain ! Venez voir !

Bien que de tempérament flegmatique, Luzerne lâcha un juron lui aussi. Lefebvre et Derval les rejoignirent dans une chambre d'enfant impeccable qui contrastait avec le reste de la demeure. Les murs étaient rose vif, le lit recouvert d'une courtepointe d'un rose délicat, mais ce qui avait frappé les gendarmes, c'était une grande poupée, presque de la taille d'une enfant, allongée comme une gisante sur sa couche funéraire, ses doigts de tissu joints sur sa poitrine avec un chapelet de grains noirs. Une suspension de petits oursons laqués se balançait au plafond dans le courant d'air provoqué par l'ouverture de la porte. Au pied du lit trônaient deux chandeliers sur lesquels étaient encore fichés des moignons de bougie au milieu d'un amas de cire figée. Une chambre mortuaire, un décor hallucinant. Des photos de fillettes étaient punaisées au mur tout autour de la pièce. Derval y reconnut les deux copines, Cindy et Véronique, mortes à quelques semaines d'intervalle.

Il restait une pièce à inspecter. Un débarras, dont le fatras avait été écarté sur les côtés de façon à ménager de la place pour une chaise. Sur le plancher, les bouts de la cordelette avec laquelle Millet avait été ligoté étaient figés dans des flaques de sang.

42

Mercredi 9 mars, dans la soirée

Héloïse et Philippe étaient en proie à une fièvre qu'ils n'avaient pas connue depuis longtemps : l'exaltation de voir enfin se remettre en branle leur enquête engourdie. Alors, plus que jamais, ils désiraient se retrouver au Gambetta pour leur briefing quotidien. Cette façon de discuter à voix basse pardessus la table, comme des complices en train de préparer un mauvais coup, intriguait les habitués du café, du moins ceux qui savaient qu'ils étaient flics. Les chalands occasionnels pensaient à deux amoureux sur le retour d'âge.

L'adjudant fit part à Héloïse du décès du fossoyeur.

— Le juge d'instruction t'a confié l'enquête ?

Derval soupira.

— Tu penses bien que non. J'ai déjà sur les bras l'affaire Patricia Vincent. Tant que je n'aurai pas d'éléments tangibles, on ne m'accordera aucune confiance.

Impatiente de déballer son histoire, la lieutenante l'écoutait d'une oreille distraite. Ses yeux pétillaient, elle se mordait les lèvres pour ne pas l'interrompre, tandis que les doigts de sa main droite pianotaient sur la table.

— Tu as du sérieux, toi, je vois bien.

Elle acquiesça d'un hochement de tête.

— Pas ici. Il pourrait y avoir des oreilles indiscrètes.

Depuis le matin, le temps s'était radouci, mais en contrepartie il brumassait et le ciel était obstrué par une chape basse et laiteuse. Pas question de se poser sur un banc.

— Emmène-moi chez toi, proposa Héloïse.

Déjà ils s'enfonçaient dans le quartier médiéval, le cœur investi d'une allégresse de jeunes gens. Ils s'arrêtèrent au passage chez un traiteur pour se confectionner une dînette.

— Je meurs de faim, glissa-t-elle à l'oreille de son compagnon en se serrant contre lui, sous le regard ironique du commerçant.

Derval l'aurait écoutée, elle aurait goûté à tout. Il la trouvait si charmante qu'il avait des scrupules à la freiner.

Derval attendit qu'il n'y ait aucun de ses collègues en vue avant de pénétrer dans la caserne. Leur premier réflexe, quand ils furent chez l'adjudant, fut de s'étreindre longuement. Ils échangèrent un baiser interminable.

— Sers-moi un whisky bien tassé, s'il te plaît, lança-t-elle en se dérobant enfin.

Ils s'installèrent dans les fauteuils, conscients que de se retrouver côte à côte dans le canapé les aurait incités à d'autres caresses. Mais elle avait trop hâte de livrer son récit.

— Ils croyaient m'avoir réduite au silence, mais cette fois je les tiens, Philippe.

— Qui ça ?

— Je ne sais pas encore. Les salauds qui ont le toupet d'affirmer que Harding est le meurtrier de Kifou et de son épouse alors qu'ils n'y croient pas une seule seconde.

Elle lui raconta le coup de fil du matin, la rencontre avec la jeune femme à l'embarcadère. Il l'écoutait avec suspicion, évaluant la possibilité d'un traquenard dans lequel son enthousiasme l'aurait entraînée.

— Qu'elle t'ait paru sincère ou pas, tu ne crains pas que ce ne soit un piège tendu par toute cette bande de faux culs pour préserver leurs histoires de fesses ?

Elle sourit à cette double image.

— J'y ai pensé, mais je ne vois pas où. Elle m'a simplement demandé de la protéger parce qu'elle se savait en danger, et je crois qu'elle a en effet tout lieu de se méfier.

— Tu vas le faire ?

— Oui. Du moins dans la mesure de mes moyens. Pour l'instant, elle a trouvé refuge chez une tante sur l'île d'Arz.

— Tu es sûre qu'elle va suivre ton conseil ?

— Je l'ai vue acheter son billet et traverser la passerelle de la vedette. J'ai attendu que le bateau ait quitté le quai avant de partir. Elle m'a même laissé son numéro de portable et je l'ai rappelée afin de vérifier si tout se passait bien. Tu ne peux pas savoir comme elle m'a paru soulagée.

— Il y a autre chose qui me tracasse. Je ne sais pas si tu réalises que toi aussi, tu es en danger, pour les mêmes raisons que ta protégée ?

— Ils n'oseront quand même pas. Pas un officier de police.

Ils dînèrent en amoureux, grappillant dans les plats qu'Héloïse avait choisis. Une fois rassasiés, ils n'eurent pas besoin de se concerter pour se lever et se retrouver dans le canapé, où ils s'embrassèrent encore, des baisers suaves et musqués. L'alcool les aida à vaincre leur dernière timidité.

Héloïse le précéda dans la chambre, se déshabilla sans plus attendre et s'allongea sur le lit. Philippe ne se lassait pas de la contempler, trouvant beau, émouvant, ce corps épanoui, tout en rondeurs, les larges aréoles brunes de la poitrine, la pilosité fournie du pubis. Elle frissonnait, ni de froid ni vraiment de désir, mais d'une appréhension juvénile. Il parcourut son flanc de ses doigts maladroits, en attarda la pulpe sur le galbe des hanches et quand ils se risquèrent dans le creux de l'aine, elle s'offrit sans retenue.

Se profilait le moment qu'il redoutait, celui d'exhiber son corps de quadragénaire, velu comme un gorille, lesté d'une petite bedaine qu'il avait renoncé à combattre. Que la bière entretenait sournoisement.

Elle l'aida à se défaire. Se plaça sur lui et le guida en elle.

Ils avaient passé l'âge de remettre le couvert, ils s'endormirent aussitôt comme des bienheureux, main dans la main. Héloïse s'éveilla peu après minuit. Elle tira son compagnon de son sommeil.

— Demain, il faut que je sois sur le terrain de bonne heure.

— Je te croyais en congé, bougonna Philippe.

— Je pensais l'être jusqu'à ce que je rencontre cette pauvre femme hier. Je vais jouer au détective privé, puisque je ne suis plus en charge de l'affaire.

Elle ne lui avait pas fait état du rôle de Jimmy lors de la soirée mondaine chez ce spectateur inconnu. Ce Jimmy sur qui elle allait essayer de mettre la main et qui en savait davantage, selon sa partenaire.

— Tu veux un café avant de partir ?

— Non, non. J'ai assez abusé de ton hospitalité.

— Tu es sotte, tu n'as abusé de rien du tout. C'était très bien.

— Pour moi aussi, c'était très bien.

— Je te ramène chez toi.

Il avait cessé de brumasser, il faisait plus froid. La lueur des lampadaires se pailletait de reflets métalliques.

— Dépose-moi au bout de la rue. Pas la peine d'ameuter tout le quartier.

Au moment où elle arrivait à hauteur de son immeuble, Héloïse entendit sans y prendre garde les vrombissements d'un moteur. Elle aperçut les phares d'un véhicule qui s'approchait à grande vitesse. Elle se réfugia sur le trottoir.

43

Quelques mois auparavant

Chaque matin, Georges s'asseyait sur le bord de la tombe, qu'il pleuve ou qu'il vente, que le granit tombal soit gelé et lui colle aux fesses. On aurait dit une statue, mais de bien piètre facture. Gisèle avait perdu la raison. Les toubibs avaient préféré l'interner. L'asile de Saint-Avé. Un établissement psychiatrique, qui aux yeux de l'opinion publique n'hébergeait que des patients frappés de démence. Au début, Georges ne parlait à sa fille que dans sa tête. Puis un jour, elle lui murmura que c'était pas juste ce qui lui était arrivé.

— Je sais. C'est de ma faute si tu es là, ma pauvre Cindy.

Il lui expliqua la perte de contrôle à cause du chien, dont la responsabilité s'était érigée en certitude. Il aurait tant aimé qu'elle admette que l'accident ne s'était pas produit parce qu'il avait trop bu. Mais le silence de la défunte l'accablait.

À dater de ce jour, il prit l'habitude de lui parler à voix haute, après avoir vérifié toutefois qu'il n'y avait personne dans le voisinage. Et il aurait mis sa main au feu qu'elle l'entendait et lui parlait elle aussi. Elle n'en était pas encore à lui pardonner. Elle avait froid, lui disait-elle. Elle avait peur la nuit, avec tous ces rats qui rôdaient entre les tombes. Elle suppliait son père de ne pas la laisser là. Alors de rage impuissante, le fossoyeur se mettait à sangloter.

Jeudi 10 mars

Comme s'y attendait toute la brigade, le juge d'instruction confia l'enquête à l'adjudant-chef Lefebvre et à son adjoint Luzerne dès les premières heures de la matinée. Bien entendu, leur premier souci fut de cerner au plus près la personnalité de la victime. L'OPJ eut le tact de ne pas négliger les éclairages que son collègue Derval était en mesure de lui apporter, puisque celui-ci avait interrogé le fossoyeur quelques jours avant son décès. Les premières investigations dans le voisinage de Saint-Avé confirmèrent que Georges Millet était en effet un individu tourmenté, capable de lucidité et d'amabilité quand il n'avait pas trop bu. En revanche, au-delà d'une certaine limite, il tenait des propos beaucoup moins charitables et ce notamment lors de ses incursions dans les troquets du bourg. Alors il racontait sa guerre, la fourberie des *bicots*, les combats, les tortures que ceux-ci infligeaient aux malheureux qui tombaient entre leurs griffes. S'il forçait encore un peu sur la dose, il rassurait ceux qui avaient la faiblesse de l'écouter : lui et ses camarades avaient fait payer ces salauds-là, et même au centuple ! Et si ça ne suffisait pas, ils s'occupaient de leurs moukères.

44

Jeudi 10 mars

Philippe Derval venait de réintégrer son bureau après avoir déjeuné sur le pouce quand la porte s'ouvrit et qu'entra en coup de vent Baptiste Le Guern.

— Tu sais pas la nouvelle ?

Derval le dévisagea.

— Quelle nouvelle ?

— Une policière s'est fait shooter par une bagnole cette nuit.

Philippe se figea.

— Tu sais de qui il s'agit ?

— Non. Elle rentrait chez elle quand elle s'est fait faucher. Sans doute un type bourré, puisqu'il l'a chopée sur le trottoir et qu'il a filé sans demander son reste.

L'adjudant avait blêmi.

— Ça ne va pas, Philou ?

— Si, si. Excuse-moi, il faut que je m'absente.

Philippe fila de la caserne sans prévenir personne. Il fit le trajet jusqu'à l'hôpital à vive allure, tout au plus, par pur instinct, respecta-t-il les feux et les priorités, et il n'écrasa personne sur son passage. Le parking était bondé, il dut en faire trois fois le tour avant que ne se libère une place. Sans prendre le temps de verrouiller sa voiture, il traversa l'esplanade au pas de charge.

— La lieutenante de police Daubert ? Oui, elle a été hospitalisée cette nuit. Elle est en réanimation.

Derval sentit son sang se glacer.

Il s'engouffra dans le dédale de couloirs et finit par trouver le service de réa. À la vue de l'uniforme, les infirmières qui discutaient dans le couloir se tétanisèrent.

— Vous cherchez quelqu'un ?

— Je voudrais des nouvelles de madame Daubert.

Elles se regardèrent. L'adjudant comprit que s'il avait été un simple quidam, il se serait déjà fait éconduire. Après une hésitation, une infirmière alla quérir sa supérieure.

Philippe patienta quelques minutes avant que n'apparaisse au bout du couloir la responsable qui l'observa d'un air revêche de mauvais augure.

— Vous désirez ? C'est pour le besoin d'une enquête ?

Le ton n'était guère plus amène.

— En quelque sorte. Il n'est pas certain que madame Daubert ait été victime d'un accident. Dans un premier temps, je m'enquiers de la gravité de ses blessures.

La cheffe hésita.

— Le véhicule l'a heurtée au niveau de la hanche gauche, mais de ce côté-là, ce n'est pas trop grave. En revanche, le choc l'a projetée et dans la chute son crâne a heurté le trottoir. Ça, c'est plus inquiétant.

Chaque mot piquait Philippe comme une aiguille acérée. Il attendait la suite. Elle semblait prendre un malin plaisir à le laisser mariner.

— Le scanner n'a pas révélé de fracture au niveau de la boîte crânienne, mais il est encore impossible d'évaluer les dégâts internes. Pour l'instant, elle est dans le coma. Il serait hasardeux d'émettre un pronostic.

— Il est possible de la voir ?

— Malheureusement non. De toute façon, elle n'aurait aucune conscience de votre présence.

L'adjudant n'avait plus qu'à s'en aller.

Dans le hall, un inconnu l'aborda.

— Je suppose que vous êtes venu pour Héloïse Daubert ?

Philippe acquiesça. L'autre se présenta : commissaire Leduc.

— Vous êtes l'adjudant Derval, n'est-ce pas ?

Philippe opina en considérant l'homme d'un œil suspicieux. Il savait qu'Héloïse se méfiait de lui.

Ils s'installèrent sur une banquette à l'écart.

— J'ai appris que vous étiez très proches, vous et notre collègue.

— C'est très agréable d'apprendre que vous nous espionnez.

— C'est un bien grand mot. Disons que la rumeur est parvenue jusqu'à nos oreilles. Mais si je vous en parle, c'est pour savoir si la lieutenante vous avait fait part de dangers qu'elle courait.

— Elle m'a parlé de l'enquête au sujet d'un certain Timothy Harding. C'est tout.

— Ah ! Et qu'est-ce qu'elle vous en a dit ?

— Elle n'a pas compris que sa garde à vue ait été levée avant qu'elle ait pu l'interroger.

— C'était en effet… regrettable, mais il n'était pas dans mes attributions de m'y opposer.

À quel jeu se livrait le commissaire ? N'était-il pas en train de faire machine arrière avant de laisser trop de plumes dans la supercherie ?

— L'enquête est bouclée, reprit le commissaire, l'affaire est classée. Il est trop tard maintenant pour se mettre à penser à tort et à travers.

Le policier paraissait de plus en plus embarrassé.

— On ne fait pas toujours ce que l'on veut, surtout quand on n'a pas toutes les cartes en main. Comme vous vous en doutez, notre collègue n'a pas été victime d'un accident.

— Oui, c'est ce que je pense aussi.

— Vous étiez avec elle, hier soir.

Ce n'était pas une question.

— Je vois que vous nous suivez à la trace, ironisa Derval.

— Est-ce vous qui l'avez déposée devant chez elle ?

— En effet.

— Vous n'avez rien remarqué de suspect ?

— Non. Je ne suis pas resté longtemps. Elle n'avait que le parking à traverser pour arriver au pied de son immeuble. Vous savez exactement ce qui lui est arrivé ?

— Plus ou moins. Un témoin a assisté à la scène de son appartement. Malheureusement, il habite au sixième étage et il n'a pas vu grand-chose. D'après ce qu'il nous a dit, une grosse voiture a surgi au bout de la rue. De si haut, il n'a pas pu relever son numéro, tout ce qu'il a été en mesure de nous dire, c'est qu'elle était de couleur sombre, mais comme il faisait nuit, ce n'est pas significatif. Elle a accéléré à mort et foncé sur la lieutenante en empiétant sur le trottoir. Heureusement, au dernier moment Daubert a eu le réflexe de se jeter sur le côté, sinon elle y restait. Le chauffard l'a quand même percutée et elle a chuté lourdement sur le bitume. Le témoin nous a appelés aussitôt. Le SAMU est arrivé rapidement.

— Je vois.

— Quelqu'un a essayé de la tuer pour la faire taire. Le juge d'instruction nous a d'ailleurs demandé d'enquêter. C'est pour cette raison que je voulais savoir si elle ne vous avait pas confié autre chose. Je connais bien Héloïse et, contrairement à ce qu'elle doit penser, j'ai beaucoup d'estime pour elle…

Il hésita.

— C'est une personne très chouette. Je me doutais qu'elle n'avait pas l'intention d'abandonner.

Elle ne vous a rien dit qui soit susceptible d'orienter nos recherches ?

Sur ses gardes, Philippe secoua la tête. Il se garda de divulguer la rencontre d'Héloïse avec la jeune femme qui, elle aussi, craignait pour sa vie.

L'entretien en resta là.

Philippe Derval avait le moral dans les chaussettes en quittant l'hôpital. L'affaire Harding prenait des proportions inimaginables, d'une dangerosité extrême. À l'idée qu'un malfrat vienne achever le lieutenant sur son lit de souffrance, il pila, le cycliste qui le suivait manqua de s'étaler sur la chaussée. Derval réfléchit. Maintenant qu'Héloïse était hors d'état d'agir, c'était à lui de reprendre le flambeau, seule manière de la protéger.

L'attitude ambiguë du commissaire montrait que ceux qui tiraient les ficelles étaient allés trop loin. En s'en prenant directement à la policière, ils avaient commis une grossière erreur. Une voiture de couleur sombre, avait avancé le témoin insomniaque, comme celle qui avait embarqué Patricia Vincent ce fameux vendredi soir. Existait-il un lien entre l'assassinat de l'adolescente et les parties mondaines organisées par l'Anglais sulfureux ? Improbable, songea Derval.

L'adjudant n'était pas au bout de ses surprises. Il était écrit que les rencontres devaient s'enchaîner ce jour-là, et la suivante n'était en rien le fruit du hasard. Il n'était pas rendu à son véhicule qu'il entendit toussoter dans son dos. Il fit volte-face vivement.

Un homme, la trentaine, petite moustache et barbe, le regard fuyant, blouson de cuir et jean délavé, assez carré d'épaules, Philippe ne le connaissait pas.

— Je désire vous parler.

— Qui êtes-vous ?

L'homme hésitait, l'adjudant attendait.

— Je m'appelle Jimmy, Héloïse a dû vous parler de moi. J'ai vraiment besoin de vous parler.

Derval se méfiait.

— Tout de suite ?

— Le plus tôt, ce sera le mieux.

Il n'avait pas l'air agressif. De toute façon, ils se trouvaient sur un parking où déambulait une foule incessante.

— Montez, fit l'adjudant en lui indiquant la place du passager.

45

Dimanche 20 février

La limousine avançait lentement sur la route étroite, sans à-coups malgré les nids-de-poule. Ses phares dissipaient de façon implacable le mystère de la campagne nocturne. Çà et là, sur les bas-côtés, scintillaient des billes de bestioles furtives, qui disparaissaient dans les fourrés. Un spectacle nocturne auquel Sophie ne pouvait assister, puisqu'elle avait les yeux bandés par une sorte de loup comme on en donnait aux passagers des avions. C'était le conducteur qui le lui avait tendu quand elle s'était installée à l'arrière. Le temps de le nouer autour de sa tête, elle avait été impressionnée par la masse qui débordait du siège : des épaules larges, des bras musculeux, des mains énormes. Mais ce qui l'avait impressionnée le plus, c'était l'absence de cou, comme si la tête était vissée directement dans le buste. Il la fixait dans le rétroviseur, il ne démarra qu'une fois son champ de vision occulté.

C'était la première fois que cet homme la véhiculait. Depuis qu'il l'avait récupérée sur le parking du Carrefour, Sophie n'avait pas entendu le son de sa voix, elle finissait par croire qu'il était muet, ou que la bestialité qu'il dégageait avait annihilé chez lui toute forme d'humanité. Jimmy lui avait dit de ne pas s'inquiéter, c'était une soirée relax, du classique et bien payé.

— Nous ne serons que tous les deux. Le type chez qui on va se contentera de nous regarder en se paluchant. Toi, tu ne le verras même pas, puisqu'il restera dans la pénombre. Généralement, il arrive à se satisfaire assez vite. Avec un peu de chance, on sera rentrés avant minuit.

— C'est un… vicieux ? Je ne sais pas, moi… un tordu ?

— Même pas, un pauvre type avec qui la nature n'a pas été très clémente. Je ne suis même pas sûr qu'il ait jamais touché une femme. Je t'assure, tu n'as rien à craindre. De toute façon, Timothy sera là au cas où ça se passerait mal.

La présence de Harding avait rassuré la jeune femme. Il avait déjà eu recours à ses services à plusieurs reprises, c'est vrai que ça se passait toujours bien.

Le moteur était silencieux, de la belle mécanique, le type chez qui elle se rendait devait être bourré de fric. La limousine ralentit. Aux crissements du rail métallique du portail, puis du gravier sous les roues, Sophie comprit qu'on arrivait. Elle entreprit de dénouer le bandeau. Un grognement guttural l'arrêta net. Puis le ronronnement du moteur s'interrompit.

Sophie n'osait plus bouger. Elle entendit des pas qui approchaient, la portière s'ouvrit.

— Bonsoir, ma chère.

Timothy Harding, elle poussa un soupir de soulagement.

— Venez, dit-il en lui prenant la main.

L'air vif la fit frissonner. Ce n'était pas la première fois qu'elle était conduite avec autant de précautions dans ce genre de soirée.

La pièce où elle pénétrait était délicatement parfumée. La plupart des noceurs à qui elle avait dévoilé ses appas ou offert ses charmes étaient des personnages raffinés. Elle sentit qu'on lui ôtait enfin le loup. Une lumière tamisée. Deux mains fermes sur ses frêles épaules, elle reconnut l'eau de toilette de Jimmy, tandis qu'il la conduisait vers l'ottomane qui occupait le centre de l'espace. Elle se demandait où se trouvait leur hôte. Elle finit par le localiser, une masse sombre dans un recoin sous l'escalier en bois. Harding toussota, ils pouvaient commencer.

La routine pour de tels acteurs, les figures habituelles. Jimmy n'eut pas besoin de conclure. Un râle s'échappa du recoin obscur. Puis un bruit de pas, une porte qui s'ouvrait et se fermait presque aussitôt. Le spectacle était terminé.

Timothy sortit une liasse de billets qu'il répartit en deux épaisseurs égales.

— Votre chauffeur va vous reconduire, Sophie, mais avant il faut fermer vos charmants quinquets. Un conseil, ne tentez pas de jouer les curieuses, le gaillard n'est pas du genre commode, et il a des consignes rigoureuses. Vous pouvez me croire, il est très obéissant.

Derval interrompit Jimmy.

— Mais vous n'étiez pas soumis aux mêmes précautions ?

— J'étais un habitué de ce client particulier. Je lui avais maintes fois prouvé qu'il pouvait avoir une totale confiance en moi.

— Donc, vous le connaissez.

Le jeune homme hésita, mais il n'avait pas abordé le flic simplement pour lui débiter ce récit graveleux.

— Bien sûr que je le connais, et même assez bien pour savoir que je suis en danger, comme Héloïse qui a failli se faire buter, comme ma partenaire, qui d'ailleurs a disparu.

— Ne vous tracassez pas pour elle, elle est en sécurité. Maintenant, vous pouvez me dire chez qui vous étiez ce soir-là ?

La procureure Michelle Gonvert était célibataire, mais ce n'était pas par misanthropie ; si elle était aussi du genre plutôt revêche, ce n'était pas non plus sans raison. Elle avait un frère cadet, Hippolyte, c'est lui qui avait saccagé son existence tout entière, sans que ce soit de sa faute, au demeurant. De naissance, il était affligé d'un problème cérébral qui non seulement le privait d'une certaine mobilité du côté droit, mais affectait également son esprit, sans qu'on puisse le taxer de débilité. Il était en effet autonome dans la vie quotidienne, capable de se tenir en société, du moins dans des situations ordinaires. Mais son handicap le privait de toute conquête féminine. La nature aurait pu se montrer indulgente et modérer en contrepartie ses appétences. Hélas, cruauté du destin, la partition inverse lui fut proposée. Dès l'adolescence, Hippolyte développa en effet une érotomanie exacerbée. Il découvrit très jeune les compensations de l'onanisme, mais il ne tarda pas non plus à lorgner les demoiselles et bientôt toute silhouette, jeune ou vieille, dont le corsage et les jupons se vallonnaient de formes prometteuses.

Les parents Gonvert étaient croyants et pratiquants. À leurs yeux, la famille était une institution au moins aussi sacrée que la religion. Ils s'étaient rencontrés à un âge déjà avancé, et avaient donc eu leurs deux rejetons sur le tard. Ceci explique sans doute que leur petit dernier, né huit ans après son aînée, n'ait pas eu à la naissance la panoplie complète qui définit la *normalité*.

Élevée dans une ambiance aussi convenue, Michelle n'avait guère eu l'occasion de s'épanouir. Au contraire, elle s'était aigrie peu à peu. En contrepartie, elle s'était réfugiée dans les études.

Son éducation religieuse ayant éveillé en elle un sens de la justice exacerbé, elle s'était persuadée que sa vocation était de défendre la veuve et l'orphelin. Elle s'était tournée vers le droit : la fac, l'École nationale de la magistrature à Bordeaux. Elle avait eu le choix entre juge et procureure. Elle avait opté pour la seconde direction : auditeur de justice, stage en immersion, puis sa nomination comme substitut par décret au Journal officiel avant d'accéder à la fonction de procureure proprement dite.

Un parcours somme toute banal s'il n'y avait eu Hippolyte. Les parents s'angoissaient pour leur « pauvre petit bonhomme », pour qui ils se lamentaient à longueur de journée. Que deviendra-t-il quand on ne sera plus là ? Les Gonvert vieillissaient, ils avaient toujours été de santé fragile. Le père fut le premier à rejoindre l'être suprême qu'il avait vénéré toute sa vie. La mère ne tarda pas à l'accompagner, craignant sans doute que son mari ne se sente perdu là-haut sans son aide. Avant de mourir, elle convoqua sa fille. Michelle savait ce que sa mère allait lui demander. Sous la contrainte morale, elle jura de s'occuper de son frère, quoi qu'il advienne. Elle avait vingt-deux ans, ses études étaient loin d'être terminées, elle s'était engagée de manière irréversible. Au fil de ses différentes mutations, elle louait un appartement à proximité pour son frère, puisant dans le généreux pécule que les parents lui avaient laissé.

Derval se demandait si son interlocuteur était sérieux ou s'il n'était pas en train de lui boutiquer une drôle de romance afin d'obtenir sa protection.

— Vous êtes en train de me dire que c'est la procureure qui est derrière toute cette embrouille ?

— Bien sûr. Elle veut protéger son frère, mais aussi sa propre réputation. Elle a eu peur que Timothy Harding ne lâche le morceau quand il a été arrêté. Elle l'a fait sortir de garde à vue et a ordonné à son gorille de le suivre. Je sais, lui, je l'ai vu.

— Comment cela ?

— Quand les poulets m'ont libéré cette nuit-là, je ne suis pas resté dans le secteur. En arrivant près du jardin des remparts, j'ai aperçu Harding. J'ignorais qu'on l'avait laissé partir lui aussi. Il descendait vers le port. Machinalement, je l'ai suivi. C'est là que je me suis rendu compte que je n'étais pas le seul.

— L'homme de main des Gonvert ?

— Un certain Carl Steiner, une brute épaisse vouée corps et âme à Hippolyte Gonvert, dont la procureure lui a confié la garde. Un ancien légionnaire, à ce qu'on dit.

— Vous avez assisté à la scène ?

— Aux premières loges. J'étais quand même trop loin pour distinguer comment il a assommé Timothy, avec un marteau ou un truc dans le genre. Par contre, je l'ai vu l'empoigner comme s'il ne pesait pas plus de dix kilos et le flanquer à la baille. Je suis sûr que c'est aussi lui qui a foncé sur Héloïse.

— Pourquoi n'avez-vous rien dit ?

— Tu parles, mon neveu. Je sais que ma peau ne tient qu'à un fil. J'ai beau ne pas être malin, je ne suis quand même pas assez con pour aller me jeter dans la gueule du loup. Quand je vois ce qui est arrivé à Héloïse, je sais que j'ai bien fait de me planquer. La mère Gonvert n'aura de cesse de me retrouver pour que je ferme ma gueule. C'est pour ça que j'ai préféré prendre les devants.

— Qu'est-ce que vous attendez de moi, au juste ?

— Je ne vous ai pas raconté tout ça pour des prunes. Il faut crever l'abcès avant qu'ils me fassent la peau. À vous de prendre le relais de votre copine puisque vous fricotez ensemble. Sinon je vais y passer moi aussi.

— Une dernière question, le fameux Hippolyte était au moulin de Rosanen le soir où Timothy s'est fait ramasser ?

— Oui, et son chien de garde aussi. Ah ! ils n'ont pas traîné pour prévenir la grande sœur.

46

Jeudi 10 mars

Philippe Derval passa une soirée exécrable. Foutu boulot que d'être flic, de plus en plus risqué. Les malfrats d'aujourd'hui n'avaient plus peur de la police, la faute en partie aux rôles que les cinéastes leur conféraient dans des films à la noix. Et les pauvres flics des séries télé... Des caricatures affligeantes et irrespectueuses de la réalité : quand ils n'étaient pas malades, voire sur le point de rendre l'âme, le scénariste les flanquait d'une bonne femme qui passait son temps à leur mettre des bâtons dans les roues avec ses états d'âme, ou d'une fille qui se droguait, fuguait à tout bout de champ et faisait les quatre cents coups. Quant aux femmes flics à l'écran, elles étaient soit frigides, soit nymphomanes au point de se faire trousser dans les lieux les plus inappropriés, parfois même frigides et nymphos selon leur humeur et le degré de leurs pulsions.

Dans l'appartement flottaient encore les parfums d'Héloïse, qu'il imaginait en salle de réanimation, intubée de partout, les yeux clos, un masque à oxygène sur son visage livide. Les odeurs de cuisine l'écœuraient à présent, ainsi que la vision des bouteilles à moitié vides, de la vaisselle sur l'évier, des barquettes de nourriture. Dans la chambre, le spectacle était encore plus insoutenable, le lit défait, les deux oreillers écrasés, l'empreinte de son corps.

Philippe revint dans le salon, se servit un whisky. Il s'efforça de recouvrer son calme. Le commissaire Leduc, Jimmy. Alors que sa propre enquête risquait de prendre un virage avec le meurtre de Georges Millet, il se trouvait détenteur d'éléments prépondérants pour celle menée par sa maîtresse. Héloïse avait raison, c'était du lourd, du très lourd même. Si la procureure en personne était impliquée dans l'assassinat de Timothy Harding, il paraissait quand même invraisemblable qu'elle ait donné l'ordre de tuer un flic. L'ancien légionnaire était-il capable d'initiatives aussi expéditives ? Michelle Gonvert protégeait son frangin, certes, mais surtout elle-même. Et lui, le petit adjudant muté de la brigade de Port-Louis-Étel, quelle suite devait-il donner aux informations qu'il avait recueillies bien malgré lui ? Derval avait-il le droit de se taire, de faire le dos rond ? Il était officier de police judiciaire. En gardant le silence, il couvrait à son tour la machination qui se tramait dans les coulisses de la police et de la justice. Jusqu'où allait d'ailleurs la connivence entre ces deux instances ? Leduc avait conscience de s'être aventuré sur un terrain miné.

Mais n'était-il pas missionné par ceux qui gravitaient à l'étage au-dessus ?

L'impasse. Il fallait court-circuiter la proc avant que son mercenaire ne mette la main sur Jimmy, l'empêcher de retrouver la trace de Sophie Lenôtre et de lui régler son compte à elle aussi.

Le point faible de leur combinaison machiavélique était justement l'affreux individu qui veillait sur le frangin. Carl Steiner, une brute sans foi ni loi et pourtant au service de l'une des plus hautes instances judiciaires. C'était lui qu'il convenait d'appréhender au plus vite. Mais comment ? Compte tenu de ses accointances avec le milieu de la drogue, Jimmy refuserait désormais de réitérer ses aveux dans un cadre officiel. La seule stratégie envisageable était de s'adresser au juge d'instruction, David Allibert. À ce qui se disait dans le milieu de la police, lui, n'avait pas d'atomes crochus avec madame la procureure. Oui, c'était à lui qu'il convenait de s'adresser, et au plus vite.

Derval finit son whisky et alla se reposer.

47

Vendredi 11 mars

Philippe Derval se réveilla avec l'impression de ne pas avoir dormi. Aussitôt se remit en branle la machine infernale de sa réflexion. Ce qui lui paraissait limpide la veille s'était obscurci au cours de la nuit. Aller pleurnicher dans le giron d'un juge d'instruction, lui, simple adjudant ! Croire que le magistrat accorderait quelque crédit à ses révélations ? Et s'il avait la bonté de le prendre au sérieux, aurait-il le courage de s'attaquer à la procureure ? Tout avenant soit-il, Allibert pourrait lui répondre de respecter la voie hiérarchique.

Mais ne rien faire… Se taire en conservant ses secrets…

Héloïse. Derval se secoua. Avec un peu de chance, elle était sortie du coma. Il téléphona. Mit du temps à obtenir quelqu'un. Héloïse n'avait pas repris conscience. On lui conseilla de rappeler dans la journée.

Il endurait les affres de ceux qui ont un être cher entre la vie et la mort. Si Héloïse revenait à elle, dans quel état serait-elle ? Bien que n'étant pas d'humeur, il trouva préférable de se rendre à la caserne.

Le Guern s'étonna du retard de son chef.

— Je croyais que tu étais malade. J'étais sur le point de t'appeler. Le pitaine se demandait où t'étais passé hier après-midi.

— Pourquoi ? Il avait besoin de moi ?

— Philippe, si je peux me permettre... Ne joue pas au con. Déjà que le patron t'a dans le collimateur...

— Eh bien, qu'il me vire ! Ça me fera des vacances...

S'installèrent quelques secondes de silence.

— Au fait, reprit Baptiste. J'ai vu Lefebvre qui a assisté à l'autopsie. Millet a été salement amoché, pour autant il ne présentait pas de blessure mortelle. Arrêt cardiaque. La date des obsèques est fixée ?

— Ouais, demain matin.

Philippe ne tenait pas en place. Il ne parvenait à écarter de son esprit l'image d'Héloïse. Incapable de se concentrer, il décida de se rendre à l'hôpital aussitôt après le déjeuner.

L'infirmière en chef le reconnut tout de suite. Elle paraissait moins acariâtre que la veille.

— Madame Daubert, elle en est où ?

— Toujours au même point.

— Je peux la voir ?

Elle hésita.

— Juste l'apercevoir, insista-t-il.

— Venez.

Une grande vitre donnait sur la salle où reposait Héloïse. Sans les perfusions et le masque sur le nez, on aurait dit un cadavre sur son lit de mort, une vision bouleversante.

— Que disent les médecins ?

— La même chose que moi. Il faut attendre, être patient.

Être patient... Philippe secoua la tête d'un air désespéré.

— Là, vous êtes content, reprit l'infirmière, visiblement agacée.

— Encore un instant, s'il vous plaît.

Dans la tête de l'adjudant, ça bouillonnait fort. Le salaud qui lui avait foncé dessus avec sa voiture ne pouvait rester impuni. C'était à lui, Philippe, et à personne d'autre de prendre le relais de son amie, puisqu'il était le seul, à part Jimmy qui se tairait, à connaître l'identité de son agresseur. C'est la promesse silencieuse qu'il adressa à Héloïse avant de s'en aller.

48

Vendredi 11 mars

De chez lui, Derval téléphona à Le Guern.

— Préviens le capitaine que je ne serai pas là cet après-midi.

— S'il me demande la raison, qu'est-ce que je lui dis ?

— Je ne sais pas, tu inventes. Que je suis sur une nouvelle piste, que je le tiendrai au courant.

Derval se changea. Il valait mieux être en civil. Il prit sa voiture, la gara sur la première place de stationnement à proximité du palais de justice. Il avait décidé de rencontrer le juge Allibert, avec un peu de chance il serait présent. Il avait raison d'être optimiste, il sortait de sa voiture quand il avisa la silhouette du magistrat. La cinquantaine alerte, les cheveux grisonnants, plutôt grand et élancé, il gravissait les marches. Philippe se précipita avant qu'il ne disparaisse à l'intérieur.

— Monsieur le juge ?

Allibert se figea, les sourcils froncés avant de reconnaître l'adjudant.

— J'aurais besoin de vous parler, monsieur le juge.

— C'est au sujet de votre enquête sur la petite Vincent ?

— Non, c'est à propos de la lieutenante de police Daubert.

— Un accident, à ce que j'en sais.

— Ce n'est pas un accident.

Le juge posa sur Derval un regard perplexe.

— Je vous écoute.

— Je détiens des informations qui éclairent d'une lumière nouvelle le double homicide sur lequel enquêtait la lieutenante.

Allibert réfléchissait.

— Venez, vous m'expliquerez tout cela dans mon bureau.

— Vous serez seul ? Ce que je vais vous dire est hautement confidentiel, vous allez vous en rendre compte.

Allibert hocha la tête.

— Venez.

Soulagé, Derval lui emboîta le pas.

— Vous pouvez nous laisser, Xavier ?

Le greffier lui adressa un regard surpris et quitta la pièce.

— Comme vous le savez, la lieutenante Daubert n'a pas été victime d'un accident, mais d'une tentative d'assassinat.

— J'ai conseillé la prudence aux enquêteurs avant de parler de tentative d'homicide, tempéra Allibert. Il n'y a qu'un seul témoin, pas idéalement placé et peu fiable. Il prétend avoir aperçu une grosse voiture foncer volontairement sur la victime. Ce peut être un chauffard qui avait trop bu et qui a perdu le contrôle de son véhicule. On le recherche, mais les indices sont maigres.

— Je peux vous y aider. Je peux même vous fournir son identité.

— Voilà autre chose, Derval ! Si vous savez qui c'est, pourquoi n'informez-vous pas directement vos collègues de la judiciaire ?

L'adjudant soupira sans répondre.

— Au point où vous en êtes, Derval, déballez-moi ce que vous avez derrière la tête.

— La veille de l'attentat, la lieutenante a été contactée par une femme paniquée à l'idée de subir le même sort que Timothy Harding, parce qu'elle savait où celui-ci se trouvait le dimanche soir du double meurtre.

Allibert l'écoutait avec attention.

— Ce soir-là, continua Derval, Harding avait organisé une soirée très privée chez un particulier. La femme qui a appelé Héloïse Daubert y participait, en compagnie de son partenaire et de Harding.

— Un couple d'exhibitionnistes, si je comprends bien.

— Mais payés pour l'être. Quand ce partenaire a appris ce qui est arrivé à la lieutenante, il s'est arrangé pour me parler, parce qu'il a peur lui aussi.

— Quel rapport avec l'identité du chauffard qui a renversé Héloïse Daubert ?

— Savez-vous que madame la procureure Gonvert a un frère ?

— Première nouvelle. Je suis au courant qu'elle est célibataire, mais c'est tout ce que je connais de sa vie privée.

— Hippolyte Gonvert est plus ou moins handicapé moteur et mental, et la procureure a embauché quelqu'un qui s'occupe de lui. Un homme de main, qui de surcroît fournit à son protégé des spectacles érotiques à domicile, comme ce dimanche-là. C'est cet individu qui a voulu tuer Héloïse, c'est lui qui a assassiné Timothy Harding avant de le précipiter dans le port.

Allibert était tendu comme un ressort.

— Vous vous rendez compte de la gravité de ce que vous avancez, Derval ? Vous avez des preuves ?

— Pour Harding, il y a un témoin. La nuit où il avait été appréhendé, la police avait mis la main sur un autre homme, celui qui m'a contacté et qui se trouvait le dimanche soir chez le frère de la procureure. Lui aussi avait été relâché comme par miracle, il a suivi Harding dans la nuit jusqu'au port où celui-ci habitait. Il a assisté au meurtre.

— Je peux savoir qui est ce témoin ?

— Vous devez bien vous douter que ce n'est pas un personnage très net, des affaires de drogue, une sorte d'étalon au service de Harding. Il craint de finir aux oubliettes. Il préfère demeurer incognito.

— Le nom de celui qui aurait assassiné Harding et tenté d'en faire de même avec la lieutenante, vous étiez sur le point de me le communiquer.

— Il s'appelle Carl Steiner, lâcha Derval, un ancien légionnaire.

Allibert gardait les yeux fixés sur son sous-main de cuir. Derval entendait presque les rouages de son cerveau cliqueter : comment agir sans mettre sa carrière en péril ? Le juge soupira longuement.

— Vous me placez dans une drôle de situation, Derval.

— La mienne l'est également, monsieur le juge. On ne peut pas fermer les yeux…

— Je vais réfléchir, adjudant Derval.

— La lieutenante Daubert est toujours dans le coma, monsieur le juge.

49

Samedi 12 mars

L'inhumation du fossoyeur, le monde à l'envers.

L'adjudant-chef Lefebvre était présent aux funérailles, avec son adjoint Luzerne. Il avait salué Derval et Le Guern, de loin, la mine pincée. Derval ne s'était pas montré plus aimable.

L'adjudant avait assisté à la cérémonie religieuse. L'église était quasiment vide. Ne s'étaient déplacés que les employés municipaux, le deuxième adjoint, le maire avait prétexté d'autres obligations. L'épouse du défunt était évidemment absente. En revanche, le médecin de l'hôpital psychiatrique se présenta avec quelques minutes de retard. Lui, salua cordialement les deux gendarmes.

Tout se déroulait normalement. Pas d'incident notoire, alors qu'il s'agissait quand même d'un crime particulièrement odieux.

— Je crois bien qu'on est venu pour rien, glissa Le Guern à son supérieur.

Derval haussa les épaules. Depuis son entretien avec le juge Allibert, il se sentait investi d'une double mission.

Le convoi funèbre prit la direction du cimetière. Derval et Le Guern furent du cortège. C'étaient les collègues de Millet qui avaient creusé la fosse, ceux qui de son vivant lui donnaient un coup de main quand on se bousculait pour monter au ciel. La mairie avait hésité sur l'emplacement de la sépulture. On avait libéré une place dans l'allée derrière celle de sa fille en transférant à l'ossuaire les restes d'une tombe abandonnée.

Les quelques accompagnateurs de la dépouille de Millet se répartirent autour du cercueil. L'adjoint sortit une feuille pliée en quatre de la poche intérieure de son veston, et ânonna un vague éloge funèbre, similaire à celui du prêtre dans l'église, il n'y avait pas grand-chose à dire sur le défunt, sinon qu'après avoir combattu pour la patrie il avait été marqué dans sa chair par le destin en perdant sa fille adorée voilà quelques mois. Aucune allusion ne fut formulée sur les circonstances de l'accident. Ni sur le meurtre dont il avait été victime. Le curé bénit la bière, la cérémonie était terminée, les employés des pompes funèbres s'occupèrent de la suite. L'adjudant soupira. Encore un espoir qui s'envolait…

Soudain, Le Guern donna du coude à Derval. Un homme s'avançait dans l'allée centrale, la tête baissée, le regard fixé sur les graviers qui crissaient sous ses pas. Sans doute ne remarqua-t-il pas les deux gendarmes. Il se planta au pied du cercueil, joignit les mains sur son ventre et s'isola dans une profonde méditation.

— Il a peut-être quelque chose à nous dire, celui-là. Viens, fit l'adjudant.

Les gendarmes s'approchèrent au moment où il se retournait. Il posa sur les deux uniformes un regard intrigué.

— Vous étiez proche de Georges Millet ? demanda Derval avec une commisération de bon aloi.

— Oui, façon de parler. On a fait l'Algérie ensemble, ça noue des liens. Depuis, nous ne nous sommes jamais vraiment perdus de vue. Vous êtes là pour l'enquête, je suppose ?

— En effet. Vous lui connaissiez des ennemis ?

— Georges était soupe au lait et il n'aimait pas les basanés depuis qu'il avait été obligé d'aller faire le con là-bas.

Les fossoyeurs avaient fini de descendre le cercueil dans la fosse et s'apprêtaient à la combler.

— Nous vous accompagnons, dit Derval. Vous êtes garé loin ?

Quand l'adjudant avisa la voiture, il éprouva comme un coup de fouet. Une grosse cylindrée, noire, un C dans l'immatriculation, et sur la vitre arrière le logo du Rapide. Derval ne s'était pas déplacé pour rien.

— Vous pourriez nous dire où vous vous trouviez dans la soirée du vendredi 18 février ? demanda-t-il tout à trac.

L'homme eut un haut-le-corps.

— Pourquoi vous me demandez ça ?

— Par curiosité.

— Le 18 février, vous me dites ? Voyons... Oui, le lendemain, c'était l'anniversaire de mon épouse. Nous sommes partis en amoureux passer le week-end sur l'Île-aux-Moines.

— Dès le vendredi ?

— Oui, nous avons pris la vedette en début d'après-midi.

— Et votre voiture ?

— J'avais pas envie de la laisser sur le parking de l'embarcadère pendant trois jours. Il m'arrivait de la prêter à Georges, puisque depuis l'accident avec sa gamine, il n'avait plus de bagnole, alors je lui ai demandé de s'en occuper.

Derval eut l'impression que le paysage s'éclaircissait. Comme il le soupçonnait, c'était bien Millet qui avait enlevé la fille Vincent. Il remercia Gilbert Cassonade, tel était le nom de cet homme providentiel, releva ses coordonnées et le pria de rester à la disposition de la justice. Pour l'inspection du véhicule, il aviserait au plus vite.

50

Samedi 12 mars

Elle paraissait dormir. Pour autant, son sommeil comateux devait être peuplé de cauchemars, car une crispation immobile torturait ses traits. Philippe avait obtenu l'autorisation de s'asseoir quelques instants au chevet d'Héloïse. Il lui parlait, un soliloque intérieur, muet, même si de temps à autre frémissaient ses lèvres. Il lui racontait son entrevue avec le juge Allibert, sa promesse tacite de ne pas laisser impunie l'agression dont elle avait été victime.

« Puisque ce n'est pas Harding qui a assassiné Mathis et Nadine, disait-il au corps perfusé, on ne saura peut-être jamais qui est le coupable. »

Il lui expliqua qu'en revanche, son enquête à lui était close. C'était le fossoyeur qui avait enlevé Patricia Vincent et certainement lui aussi qui l'avait étranglée avant de la dissimuler dans son cimetière. Pour quelle raison ? Mystère, à croire que ce week-end-là un vent de folie avait soufflé sur la paisible cité vannetaise.

Derval avait réussi à mettre la main sur l'un des médecins du service de réa. Le toubib l'avait rassuré.

— Il y a des signes qui laissent espérer une amélioration. Le scanner ne fait pas apparaître de lésions cérébrales. Mais le cerveau est une machine compliquée, on ne peut jurer de rien. Elle aura besoin de calme quand elle reprendra pied dans la réalité. De calme et d'affection.

Derval sourit. De ce côté-là aussi, Héloïse pouvait compter sur lui...

Ce soir-là se tenait l'assemblée générale de l'Hermine. En mémoire de Mathis Kifou, disparu une semaine avant le derby, les joueurs du Rapide avaient été conviés, ainsi que les supporters des deux clubs. Baptiste Le Guern était du lot ; désœuvré, en froid avec son épouse qui ne lui adressait plus la parole, sans qu'il en connaisse la raison, à moins d'admettre que c'était parce qu'il picolait un peu trop... il avait accepté l'invitation.

Ce fut une cérémonie chargée d'émotion. Le footballeur martiniquais était présent dans tous les esprits, dans tous les cœurs. Le président de l'Hermine dressa de lui un portrait aussi élogieux que poignant. Au-delà de ses qualités sportives, Mathis Kifou était un garçon charmant, à la bonne humeur communicative, qui rayonnait aussi bien sur le terrain que dans les vestiaires. Un artiste balle au pied, un dribbleur insaisissable, un redoutable chasseur de buts, dont la virtuosité exaspérait ses adversaires, et c'était miracle qu'il n'ait pas été blessé plus souvent. Bien sûr furent évoquées les circonstances atroces dans lesquelles lui et son épouse avaient perdu la vie. Un crime inconcevable, perpétré par un boucher de la pire espèce, pour des raisons que la police était impuissante à déterminer.

Le Guern piqua du nez. Son voisin toussota et lui adressa un regard ironique.

— Mets ça dans ta poche, camarade.

Le vieux flic haussa les épaules.

— C'est le commissariat qui est en charge de l'enquête, pas nous. Autrement, il y a longtemps que l'affaire aurait été réglée.

Le discours s'achevait. L'orateur réclama une minute de silence. L'assemblée se figea face au portrait de Kifou, qui occupait la moitié du mur derrière l'estrade. Le président remercia l'assemblée, puis convia tout le monde au pot de l'amitié. Baptiste ne fut pas le dernier à se presser aux tables dressées à l'autre bout de la salle. Un verre de kir à la main, il se retrouva près du même voisin. La larme à l'œil, celui-ci évoqua à son tour le prestigieux footballeur qu'était Kifou.

— Il aurait pu évoluer en pro s'il avait voulu.

— Pourquoi il n'a pas tenté l'aventure ?

— Parce que c'était un mec sympa et réglo. C'est le club qui lui avait trouvé du boulot quand il est arrivé en métropole. Alors, il se sentait redevable, même si personne à l'Hermine ne lui en aurait voulu s'il avait postulé pour un club de deuxième division, Lorient par exemple. Il a d'ailleurs reçu plusieurs propositions. Droit dans ses bottes, il les a toutes refusées.

— Il devait s'emmerder ferme à jouer en dessous de son niveau.

— Ouais, sans doute, mais c'était pas le genre à se plaindre.

En mâchonnant des cacahuètes, ils trinquèrent à nouveau.

— À la santé de Mathis.

— Quand on y pense… Il était dit qu'il n'aurait pas joué le derby, déclara le supporter de l'Hermine.

— Pourquoi tu dis ça ? demanda Le Guern.

— La semaine précédente, il a été victime d'un tacle assassin. Heureusement, il a vu le coup venir, et au dernier moment il a pu l'éviter. J'étais au match, un véritable attentat.

— Volontaire ?

— Volontaire, pas volontaire… Plutôt un jaloux de son talent. Dans les petits clubs, il y a des gars qui prennent un malin plaisir à casser ceux qui les mettent dans le vent. Tu trouveras toujours des minables qui deviennent des fous furieux. Malgré tout, Mathis s'en sort sain et sauf, et le soir même il se fait zigouiller avec sa bonne femme. Putain, toi qui es flic, tu avoueras qu'il y a quand même des foutus concours de circonstances dans la vie.

Baptiste Le Guern hocha la tête.

— Ouais, comme tu dis, des foutus concours de circonstances.

Dans son cerveau germait une idée qu'il ne parvenait à cerner, mais il n'avait jamais été très habile pour reconstituer les puzzles que lui apportait le père Noël quand il était gamin.

51

Dimanche 13 mars

David Allibert se leva pour la énième fois de son fauteuil et arpenta le salon, pourtant pas bien vaste. Il soupira et se posta devant la fenêtre qui donnait sur la promenade de la Rabine. Une vue qu'il appréciait, mais qui ce soir-là le laissait indifférent. Adèle, son épouse, installée dans l'autre fauteuil, l'observait du coin de l'œil. Il y avait bien longtemps qu'elle n'avait vu son mari aussi préoccupé. Le juge soupira de nouveau. Puis il se laissa tomber dans son fauteuil qui gémit sous son poids.

— Tu ne veux toujours pas me dire ce qui te tracasse ? Tu es comme ça depuis vendredi soir.

Pour toute réponse, Allibert demanda à sa femme de lui servir un whisky.

— Tu bois l'apéro tous les jours maintenant ?

Il s'efforça de sourire.

— Rassure-toi, c'est juste parce que… parce que… Parce que.

Fronçant les sourcils, elle le dévisagea en attrapant la bouteille.

— Des ennuis dans ton boulot ?

— Oui, même de sacrées emmerdes, mais je ne peux pas t'en parler. Pas encore.

À ce moment-là descendit leur fille. Lucie était en 4e au collège Saint-Exupéry. Une bonne élève, sauf en maths. Ce n'était pas non plus le point fort de sa mère et généralement c'était le père qui s'y collait.

— Papa, il y a des équations qui n'arrêtent pas de me faire chier.

David poussa un nouveau soupir, pas pour les mêmes raisons.

— Lucie, combien de fois devrai-je te répéter que je n'aime pas que tu sois grossière !

— Pardon, papa, qui m'emmerdent… Mais c'est vrai qu'elles sont vraiment connes les équations que nous a collées le prof. Il devait avoir peur qu'on s'ennuie pendant le week-end. Viens me donner un coup de main, je t'assure que j'y arrive pas.

— Chérie, tu ne veux pas aller voir ? Je n'ai vraiment pas la tête aujourd'hui à aller me chamailler avec des équations.

Adèle leva les yeux au plafond.

— Je vais voir ce que je peux faire… Peut-être qu'à deux, on parviendra à les amadouer.

Le juge se retrouva seul. Il prit son verre et lampa une sérieuse rasade de whisky, sans en avoir vraiment conscience. Derval l'avait fichu dans un sacré merdier en venant pleurnicher dans son bureau. La proc, il ne l'avait jamais portée dans son cœur, mais s'attaquer à elle était suicidaire. Il avait enquêté. Il existait bien un Hippolyte Gonvert qui demeurait à Séné, pas très loin des marais. Une résidence luxueuse, à l'écart de toute habitation. De là à penser que l'incroyable histoire que l'adjudant lui avait débitée était vraie de A à Z...

Derval avait traversé des épreuves qui lui avaient valu d'être muté à la caserne de Vannes, sans que cela puisse passer pour une promotion[1]. C'était assez dans les manières du juge d'accorder une seconde chance à ceux qui s'étaient plantés une première fois.

Le magistrat se trouvait face à un cas de conscience crucial, de ces dilemmes qu'on ne rencontre qu'une fois dans sa carrière, et même parfois jamais. Il avait quarante-cinq ans, des ambitions que rendaient légitimes des états de service éloquents. S'il s'attaquait à une procureure de la République, et s'il se cassait les dents, il pouvait tirer un trait sur ses perspectives dans le domaine judiciaire. Mais fermer les yeux, c'était renoncer à se regarder dans la glace chaque matin.

Et puis, il y avait la lieutenante Daubert, entre la vie et la mort. Une policière avec laquelle il lui avait été donné de travailler à plusieurs reprises. Une sacrée bonne femme, du genre pugnace, une personne exemplaire à qui il vouait une confiance admirative. Il ferma les yeux afin de laisser les idées vagabondes prendre peu à peu des allures

1. Voir *Les Brumes de décembre.*

de décisions. Mais en l'occurrence elles s'entêtaient à jouer les récalcitrantes.

Un remue-ménage dans l'escalier le tira de sa méditation. Adèle descendait, suivie de Lucie. Leur mine n'était pas trop chiffonnée, apparemment elles avaient résolu leur problème.

— Alors, ces équations, vous êtes parvenues à les dompter ?

— Pas complètement, mais on leur a fait entendre que ce n'est pas elles qui feraient la loi chez les Allibert, répondit la mère.

— On voit bien que c'est pas toi qui vas devoir les trimbaler demain matin au collège, ronchonna la fille.

— Si tu as fini ton apéro, on va pouvoir passer à table. Sinon, ce sont les lasagnes qui vont faire la gueule.

— Attention, mam, si tu es grossière, tu vas te faire réprimander par monsieur le juge. Tu ne le connais pas, mais je peux t'affirmer qu'il est tout sauf commode.

En d'autres circonstances, David se serait esclaffé des saillies de sa fille, qui prenait un malin plaisir à le taquiner avec ses verdeurs de langage, mais toujours avec un humour dont il était fier, une petite blondinette avec un nez en trompette et des taches de rousseur qui lui piquetaient les joues aussi sûrement que si elle avait été rouquine.

Le père fut le premier à s'asseoir à la table ronde.

— Votre honneur, j'aurais quelque chose à vous demander.

— Je vous écoute, mademoiselle.

— Peut-on taxer de vile collaboration avec les autorités la dénonciation de petits connards qui passent leur temps à emm… à importuner, se rattrapa-t-elle, les plus faibles qui n'ont pas les moyens de se défendre ?

— Ce que vous me décrivez en termes si élégants et tout à fait appropriés, mademoiselle Allibert, s'appelle du harcèlement, un acte hautement répréhensible et qui tombe sous le coup de la loi. La rétention de forfaits dont on a connaissance équivaut à devenir complice de ceux qui les perpètrent. Dans ce genre de situation dénoncer les coupables relève de…

Allibert s'arrêta en plein milieu de sa phrase.

— Qu'est-ce qui t'arrive ? s'inquiéta Adèle. Tu as avalé de travers ?

— Si tu me demandes ça, c'est que tu as remarqué quelque chose au collège, n'est-ce pas ?

— Oui, il y a une pauvre petite souris que des gros rats malfaisants passent leur temps à traquer et à chahuter dans les couloirs et dans la cour quand ce n'est pas dans la rue après la sortie, et personne ne dit rien.

— Alors tu as raison, Lucie. Il ne faut pas les laisser faire. Allez à deux ou trois prévenir le conseiller d'éducation. En aucun cas, dénoncer de tels comportements ne peut être assimilé à de la délation.

52

Lundi 14 mars

Derval avait passé un dimanche fiévreux. Il avait rendu visite à Héloïse. Il y avait du mieux. La lieutenante avait bougé les doigts, elle avait réagi à certaines sollicitations. Philippe s'était posté à son chevet, guettant sur son visage figé les prémices du réveil, se persuadant, à force de les fixer, que les traits s'animeraient.

À l'inquiétude pour son amie s'ajoutaient les deux affaires qui tournaient en rond dans sa tête. Les situations s'étaient décantées : si l'innocence de Timothy Harding était à présent établie, il paraissait de plus en plus évident que le meurtrier de Patricia Vincent était bien Georges Millet. Dans la première affaire, on n'était guère plus avancé, tout restait à élucider, et c'était à lui de s'atteler à la tâche. Dans la seconde, il fallait savoir pourquoi le fossoyeur s'était métamorphosé en assassin d'une adolescente. Ce qui le mettrait sur la piste de celui qui lui avait réglé son compte.

De nouveau l'attente. L'après-midi dominical et la soirée lui avaient semblé durer une éternité. Il n'avait de goût à rien, aucun appétit. Il s'était couché en sachant qu'il ne dormirait pas. Avait fini par sombrer dans une somnolence zébrée d'éclairs cauchemardesques. Des flashs atroces et morbides, des corps lardés de coups de couteau, qui pissaient le sang par tous les bouts, un nœud coulant qui enserrait le cou d'une adolescente qui souriait.

— Je ne te fais pas trop mal ? demandait une voix rauque.

— Ça peut aller, mais il faut faire vite avant que je me réveille, répondait Patou.

Un cimetière, un homme au cœur de la nuit, dans la silhouette duquel il n'était pas difficile de deviner la corpulence trapue du fossoyeur. Il soulevait une plaque funéraire à l'aide d'un pied-de-biche, sans aucun effort. Le corps de l'adolescente disparaissait dans la fosse béante. Millet s'excusait près de la malheureuse qu'il avait dérangée dans son repos.

— Tu comprends, Véro, je ne peux pas garder Patricia chez moi. Elle sera bien avec toi.

Millet reprenait sa brouette et cheminait jusqu'à sa maison, qui empestait le moisi et dont les murs suintaient de traînées rougeâtres. Mais là l'attendait le diable, grimaçant de haine, et dont les yeux flamboyaient dans les ténèbres comme les braises d'un bûcher ardent.

Derval se réveilla en sursaut, la respiration bloquée. Enfant, cette peur du démon lui provoquait des angoisses irrépressibles qui lui comprimaient la poitrine et lui coupaient le souffle. Le cœur s'emballait, la tête lui tournait quand il reprenait conscience et il tremblait longtemps après, en hoquetant de sanglots qui se refusaient à sortir. On n'avait jamais déterminé les causes de ces cauchemars à répétition. Avec l'âge, ils s'étaient espacés et avaient disparu. Jusqu'à cette nuit-là.

Il se leva avec la fébrilité qui chez lui précédait les moments décisifs. Il se prépara avec soin avant de prendre le chemin de la caserne d'un pas décidé. D'être parvenu à démasquer le misérable qui avait étranglé Patricia Vincent, il reçut les félicitations du capitaine. Pour le patron d'une brigade, la résolution d'une enquête est toujours un immense soulagement.

Dans son bureau l'attendait Baptiste Le Guern. Depuis l'assemblée générale de l'Hermine, celui-ci était taraudé par un sentiment qu'il ne parvenait à définir, celui de détenir une information intéressante.

— Tu ne veux pas savoir ce que j'ai fait ce week-end ? demanda-t-il innocemment.

Derval jeta un coup d'œil surpris sur son compagnon.

— Ce n'était pas dans mes intentions, mais je t'écoute.

— Je suis allé à l'assemblée générale de l'Hermine. Tu sais ? Le club de foot où jouait Kifou, le Martiniquais. Il y a un truc qui me turlupine depuis. C'est à propos de Kifou, justement. Le président lui a rendu hommage, comme il se doit. Pendant le pot, j'ai longuement discuté avec un des supporters. Dans ce qu'il m'a dit, il y a un détail qui me titille.

— Quoi donc ? s'agaça l'adjudant devant la manie de son collègue de tourner autour du pot.

— C'est que je ne sais pas, justement.

Derval s'obligea à se calmer.

— Essaie de récapituler ce que tu as entendu.

Le Guern se passa la main sur le visage.

— Que c'était un sacré footballeur. Qu'il aurait pu jouer en pro s'il avait voulu et que c'était pas faute d'avoir été sollicité par des clubs beaucoup plus huppés.

— Tout ça, on le sait déjà.

— Il y a autre chose. Le dimanche précédant le derby, le jour où Kifou a été assassiné, si tu préfères, l'Hermine disputait un match de Coupe. Il avait été victime d'une agression dès le début du match. Un tacle assassin qu'il avait réussi à éviter in extremis. Le soir même il se faisait poignarder. Comme disait le supporter, il devait être écrit qu'il ne participerait pas au derby du dimanche suivant.

Derval mit quelques secondes à digérer l'information. Soudain, il poussa un juron et claqua les mains sur le bureau, faisant sursauter son collègue.

53

Lundi 14 mars

Le juge Allibert arriva bien avant l'heure habituelle à son bureau. Il avait peiné à trouver le sommeil, pris le temps d'examiner la situation pour décider finalement de l'angle d'attaque. Aussitôt en place, il demanda à son secrétaire de convoquer le commissaire Leduc.

Ce devait être à propos de l'enquête, se dit celui-ci. Pour l'instant, elle se trouvait au point mort, le juge devait s'impatienter. Moins d'une demi-heure plus tard, il gravissait les marches du tribunal. De nouveau, Allibert demanda au greffier de les laisser.

— J'ai du nouveau, commissaire. J'ai reçu vendredi la visite de l'adjudant Derval. Il a été contacté par un témoin du meurtre de Harding, et il lui a même confié l'identité de l'agresseur.

Leduc ne comprenait pas grand-chose. Le magistrat marqua une pause. Se mordit la lèvre supérieure.

— Commissaire, je tiens à vous informer que nous nous trouvons confrontés à une affaire extrêmement ennuyeuse. Si je vous mets dans la confidence, c'est que j'ai confiance en vous. Mais aussi parce que j'ai besoin de vos services. Avant d'aller plus loin, il faut que vous m'assuriez de votre entière discrétion.

— Elle vous est acquise, bien entendu.

Allibert fit état de l'existence du frère de la procureure. Michelle Gonvert avait bien préservé son lourd secret de famille. Leduc non plus n'était pas au courant. La proc, bigre ! On s'aventurait en effet en terrain périlleux. Dans l'expectative, il se contentait d'écouter.

— Hippolyte Gonvert. Il habite à Séné, mais pour l'instant, ce n'est pas lui qui nous intéresse, du moins pas directement. Madame la procureure a engagé un homme pour s'occuper de son frère à demi handicapé moteur et mental. Ce qui ne l'empêche pas d'organiser des soirées très spéciales.

— La lieutenante enquêtait dans le milieu où se passe ce genre de soirée. Elle soupçonnait Timothy Harding d'être impliqué dans un double meurtre. Il a été d'ailleurs inculpé, mais il est mort, l'affaire est close.

— Ce dimanche soir là, Harding a un alibi, il se trouvait précisément chez ce monsieur Gonvert. Il avait fait venir un couple. Celui-ci s'ébattait sous les yeux du sieur Hippolyte qui ne peut trouver satisfaction que dans le voyeurisme… L'étalon a rencontré l'adjudant Derval.

— Et il lui a tout raconté… ?

— Oui, il a peur. L'assassin de Harding n'est autre que le sbire de Gonvert. Notre témoin craint que celui-ci a décidé d'éliminer les deux autres participants, lui et sa partenaire.

Le juge se tut. Il dévisageait le capitaine de police afin de vérifier l'impact de ses révélations.

— Vous pouvez me dire maintenant de qui venait l'ordre de relâcher Harding ?

Leduc hésita.

— Je m'en doute un peu, reprit Allibert, mais j'ai besoin d'en obtenir la confirmation. Quoi qu'il arrive, je vous couvrirai.

— Ai-je besoin de vous le dire, alors, monsieur le juge ? Il s'agissait de la procureure.

— Vous mesurez maintenant la gravité de la situation.

Le policier opina du chef.

— Et pourtant, nous ne pouvons rester sans rien faire. Une policière a manqué de se faire tuer, elle se trouve actuellement dans le coma. Il est de notre devoir, à vous comme à moi, d'appréhender le coupable et de l'amener à s'expliquer devant la justice que je représente. Tant pis si madame la procureure doit y laisser des plumes.

— S'attaquer à un procureur de la République… Ce n'est pas sans risque…

— J'en suis parfaitement conscient.

Leduc hocha la tête.

— Qu'est-ce que vous attendez de moi ?

— Vous allez faire surveiller la propriété d'Hippolyte Gonvert en espérant repérer son homme de main. C'est lui qui se charge d'approvisionner son patron quotidiennement. Il ne tardera pas à mettre le nez dehors. Vous l'interceptez. Vérifiez son véhicule. Même si le choc n'a pas été d'une violence extrême, il est fort probable que la carrosserie porte les marques de la collision. Il s'appelle Steiner, Carl Steiner. Une brute épaisse, un ancien légionnaire. Méfiez-vous, il ne doit pas être trop futé.

— Je le place en garde à vue ?

— Je préfère que vous me l'ameniez directement. Il faut l'empêcher de joindre ses patrons.

54

Lundi 14 mars

— Qu'est-ce qui t'arrive, Philou ?

Cette fois, Derval ne s'offusqua pas du sobriquet. Sans doute ne l'avait-il même pas entendu.

— Bon Dieu, faut quand même être con pour ne pas avoir compris depuis le début !

— Parce que toi, tu as compris ?

— Oui, je crois que je suis en train en tout cas. Il me reste encore un point à vérifier.

— Tu peux m'expliquer ?

— Tout à l'heure. Pour l'instant, on se rend au siège d'*Ouest-France*.

Le Guern n'eut pas le temps de boucler sa ceinture de sécurité que Derval avait démarré. Il serrait les fesses, vaguement inquiet de l'allure folle à laquelle roulait son supérieur dont les mâchoires crispées saillaient. De temps à autre, l'adjudant hochait la tête comme s'il se parlait à lui-même, ce qui devait être le cas. Son excitation le faisait sourire. Ricaner.

Il s'engagea dans les rues de la ville sans ralentir, en dépit des règles de circulation qu'il était pourtant censé faire respecter.

— Hé, doucement ! protesta Le Guern, en riant jaune. Si tu continues, tu vas flanquer quelqu'un en l'air !

Derval s'obligea à respirer, à lever le pied. Il était toujours la proie d'une exaltation que son adjoint ne lui avait jamais connue. Il se gara à cheval sur le trottoir. Descendit de la voiture et claqua la portière alors que Le Guern était encore empêtré dans sa ceinture de sécurité. Il pénétra en trombe dans le hall du quotidien. La secrétaire à l'accueil poussa un petit cri de frayeur devant cette irruption.

— J'aurais besoin de consulter de toute urgence les journaux des dernières semaines.

Baptiste arrivait à son tour. La jeune réceptionniste les conduisit dans une salle adjacente où étaient empilés les numéros les plus récents, attendant d'être classés aux archives.

— Voilà. Je vous souhaite de trouver votre bonheur.

— Vite, ordonna l'adjudant à son collègue. On n'a pas de temps à perdre.

— Si tu me disais ce qu'on cherche, on pourrait peut-être en gagner, du temps.

— Les comptes rendus des matchs du 20 février.

L'adjudant avait déjà entre les mains le journal du lundi 21. Il chercha les pages sportives, les étala sur la table. Soudain, il se figea.

55

Lundi 14 mars

Leduc avait compris qu'il n'avait pas intérêt à se rater. Un ancien légionnaire, l'avait prévenu le juge Allibert. Un baroudeur, pour autant qu'il ait conservé ses instincts de soldat. Le commissaire avait sollicité la brigade anticriminalité, qui lui avait adjoint quatre hommes, pas des manchots eux non plus côté castagne. Leduc leur avait demandé de vérifier leurs armes, d'enfiler leurs gilets pare-balles.

— On part au combat ? s'était étonné Lefort, l'un des plus anciens de l'équipe, un habitué de ce genre de coup de main.

— J'espère que non. Mais le citoyen qu'on va récupérer est loin d'être un enfant de chœur.

Leduc avait prévu deux voitures, au cas où ils seraient amenés à engager une poursuite. L'une en amont, l'autre en aval, bloquant toute échappatoire par la route. Les deux véhicules étaient en liaison radio.

Le vieux flic de la BAC s'était étonné qu'on n'aille pas tout simplement cueillir l'homme au nid. Leduc avait botté en touche :

— Non, je n'ai pas de commission rogatoire, il me le faut en terrain neutre.

Une explication plutôt vaseuse, avait pensé Lefort, qui estimait que le quidam en question avait plus de chances de leur filer entre les pattes dans la nature.

Steiner pointa son nez hors de la maison au bout d'une heure. D'où il était placé, le capitaine dominait la propriété, mais il distinguait mal l'entrée, dissimulée par les camélias déjà en fleur et les arbustes qui dressaient un rideau protecteur. La voiture était garée dans l'allée. Le claquement de la lourde portière déclencha l'opération.

— L'animal sort du terrier, communiqua Leduc par la radio.

Le large portail coulissa. Steiner roulait au pas, il s'engagea sur la droite.

— Il s'approche, annonça le capitaine en actionnant le démarreur. Je passe devant, vous le suivez.

Leduc prit la route en gardant un œil dans son rétroviseur. Steiner le suivait sans forcer l'allure. Derrière, les collègues s'étaient placés dans son sillage.

— Dans la prochaine ligne droite, on l'intercepte. Attention, il est sans doute armé.

À la vue du véhicule qui obstruait la voie, le garde du corps ralentit de très loin. De toute évidence, il se méfiait.

Leduc se tenait debout au milieu de la route, les bras écartés et l'air navré du pauvre type tombé en panne.

Steiner s'arrêta à une vingtaine de mètres et coupa son moteur, mais sans bouger de sa voiture. Leduc s'approcha. Le cerbère l'observait d'un œil soupçonneux. Les autres policiers étaient sortis, si bien que Steiner se trouvait à présent cerné de toute part. Soudain, il se pencha vers sa boîte à gants.

— Attention ! hurla le capitaine. Il cherche son flingue !

Les hommes de la BAC dégainèrent leur arme et reculèrent pour se mettre à l'abri. Steiner hésita. La portière s'entrouvrit.

— Il va essayer de filer. S'il tire et qu'on doit riposter, on vise les jambes.

Le gorille entendait les ordres fuser au-dessus de sa tête. Le plus simple aurait été de se rendre sans s'égarer dans un baroud d'honneur, puisque de toute façon, il n'avait plus aucune chance. C'est ce que lui intima le capitaine. La scène se figea.

Tout à coup, Steiner jaillit du véhicule, se voûta et dans le même mouvement tira au jugé dans la direction de la voix. La balle frôla les oreilles de Leduc. L'homme se révélait dangereux, il convenait de le mettre hors d'état de nuire au plus vite.

— Je m'en charge ! annonça Lefort, qui obtenait immanquablement les meilleurs résultats lors des séances d'entraînement dans les stands de tir.

Steiner fut touché au niveau de la rotule gauche. Sous la violence de l'impact, il roula sur la chaussée, sans toutefois lâcher son pistolet.

— Fais pas le con ! cria Leduc.

Tel un animal blessé, il ne bougeait plus, mais tout dans son attitude laissait craindre qu'il ne se défende jusqu'à la dernière extrémité.

— On ne bouge pas ! commanda le capitaine. Pour l'instant, on reste à couvert.

Steiner leva son arme, ses cinq assaillants se pelotonnèrent dans les fossés où ils s'étaient répartis. La main pivotait lentement, il cherchait à repérer sa prochaine cible. Ramassé en boule, il était maintenant difficile de l'atteindre en dehors des zones vitales.

56

Lundi 14 mars

Le Guern ne comprenait plus rien au comportement de son adjudant. Celui-ci adressa un bref remerciement à l'hôtesse qui les avait reçus et fila de nouveau. En s'installant dans la voiture, il maugréait.

— Tu peux peut-être m'expliquer maintenant, avant que je meure idiot ?

— Tu savais que Vincent jouait au foot, lui aussi ?

— A son âge ?

— Il n'a que trente-deux balais. Au niveau où il évolue, ce n'est pas encore un problème.

Derval roulait vers Conleau, les mains crispées sur le volant à faire blanchir ses jointures. À ce train-là, ils ne tardèrent pas à arriver sur le chantier où opérait le plombier. Le responsable des travaux s'avança.

— Monsieur Vincent est parmi vous ?

— Oui, il travaille au sous-sol.

— Nous aurions besoin de lui parler.

— Je vais le chercher.

— Je préférerais que vous nous conduisiez jusqu'à lui.

Le contremaître dévisagea les deux gendarmes d'un air intrigué.

— Il a des ennuis ?

— C'est au sujet de sa fille.

— Ah ! le pauvre... Venez.

Vincent était accroupi dans un coin, occupé à souder de la tuyauterie dans un halo d'étincelles. Entendant parler dans son dos, il éteignit son chalumeau, se redressa et se retourna.

— Monsieur Vincent, dit l'adjudant en s'approchant, nous avons du nouveau.

La nouvelle aurait dû le réjouir, il se renfrogna.

— Veuillez nous accompagner, nous aurons besoin de votre témoignage.

— On peut parler ici. Comme vous le voyez, j'ai du boulot.

— Non, ça risque d'être un peu long. Nous serons plus à l'aise à la gendarmerie.

Assis à l'arrière du véhicule, Vincent se taisait, les yeux fixes, le regard vide. Le Guern n'y comprenait toujours rien, mais il se gardait bien de réclamer des explications. Derval jetait de temps à autre un coup d'œil discret dans le rétroviseur. Le père de la malheureuse aurait dû réagir, demander à en savoir plus. Que l'adjudant ne s'étonne pas d'une attitude aussi passive stupéfiait Le Guern.

Ils arrivèrent devant la caserne. Le planton leva la barrière afin de laisser le véhicule pénétrer dans la cour intérieure. Le Guern ouvrit la portière et leur passager descendit en se mouvant comme un automate.

— Suivez-moi, lui dit Derval.

Il obtempéra sans rechigner, donnant toujours la même impression de ne plus être en phase avec la réalité. Comprenant que le plombier n'était pas là pour une simple explication, Baptiste fermait la marche au cas où il tenterait de se défiler. Des collègues dans les couloirs les regardèrent passer d'un œil indifférent. Ils s'installèrent dans le bureau. Le Guern se posa derrière sa machine à écrire. Son chef lui fit signe que pour l'instant ce n'était pas la peine de dresser de compte rendu.

Un long moment de silence. Derval ne savait par où commencer.

— Nous connaissons l'assassin de votre fille. Vous ne voulez pas savoir de qui il s'agit ?

Vincent leva enfin les yeux, mais les pupilles étaient éteintes.

— Si, bien entendu.

— À moins que vous ne le sachiez déjà ?

— Comment voulez-vous... bredouilla Vincent.

— Georges Millet, le fossoyeur. Ça vous dit quelque chose ?

Le plombier s'efforçait de reprendre contenance.

— Je le connaissais, comme ça, oui. Mais sans plus. Ainsi, c'est lui...

— Oui, c'est lui qui a enlevé votre fille le vendredi 18 février à la sortie du collège. Il l'a séquestrée jusqu'au dimanche avant de lui régler son compte dans la nuit.

Vincent feignit la surprise, mais là aussi ça sonnait faux.

— J'ai autre chose à vous demander, reprit l'adjudant. Vous pourriez me parler du match que vous avez disputé le dimanche 20 février ?

Le père de Patricia blêmit.

— À ce que relate la presse, vous auriez eu quelques ennuis avec l'arbitre.

— Oui… Un fait de jeu. Je n'ai pas compris pourquoi il m'a collé direct un carton rouge.

— Vous voyez, j'en suis à me demander si vous n'aviez pas choisi sciemment… comment dire ? votre victime. Comme par hasard, le meilleur joueur de l'équipe de l'Hermine, un certain Mathis Kifou. Vous auriez voulu le blesser pour l'empêcher de jouer le derby que vous ne vous y seriez pas pris autrement.

Ludovic Vincent se recroquevillait à chaque mot. L'adjudant devina qu'il était sur le point de craquer.

— Vous aviez une raison particulière de vous en prendre à lui ?

57

Lundi 14 mars

Le ciel était bas, opalescent. Immobile. Pas un souffle de vent. On aurait dit un décor de théâtre champêtre. Sur cette scène se jouait une tragédie d'une intensité dramatique inimaginable. Les personnages eux-mêmes paraissaient paralysés par la noirceur de leur rôle.

Carl Steiner restait prostré contre la portière de son véhicule, sa jambe blessée raidie sur le sol. Il était difficile de discerner sur son visage de brute s'il souffrait, hormis peut-être quelques grimaces, mais qui le tiraillaient autant de rage que de douleur.

Leduc et les quatre autres flics ne le quittaient pas des yeux, dans l'attente d'une réaction – il n'est rien de plus dangereux qu'un fauve blessé.

— Steiner, lança le capitaine, on sait que tu n'es pas tout seul en cause. Tes patrons vont payer la facture. Jette ton arme.

L'énergumène tressaillit enfin, comme si le mot *patrons* le faisait émerger de son apathie. À nouveau il leva son arme, mais au lieu de la brandir vers ses assaillants, il pointa le canon sous son menton et pressa la détente.

58

Vendredi 18 février

Ludovic Vincent avait ronchonné pendant tout le trajet du retour après sa peste de fille qui lui avait posé un lapin. À tous les coups, elle avait filé chez sa mère parce qu'il était en retard de quelques minutes. Est-ce que ça compte quelques minutes pour une adolescente qui a toute la vie devant elle ? Une occasion de plus de l'emmerder, rien d'autre, de donner raison à la femme qui l'a plaqué, lui, parce qu'il n'était qu'un minable ouvrier et qu'elle rêvait d'une existence luxueuse, parce qu'elle lui en avait toujours voulu de l'avoir collée enceinte. Elles allaient encore se monter le bourrichon toutes les deux contre lui. Ah, çà, elle savait faire, la Patou, pleurer dans le giron de sa mère pour se faire dorloter !

Vincent gara sa voiture dans l'allée menant au garage. Peut-être Patricia était-elle rentrée à pied, ou en faisant du stop, ou en se faisant conduire par le parent d'un camarade ? Elle n'avait pas les clefs. Elle attendait certainement dans le jardinet derrière. Il effectua le tour du pavillon. Non, elle n'était pas là.

De penser alors à Laetitia dissipa les contrariétés de Ludovic. Une chouette jeune fille, sympa et puis… bien fichue. Elle l'avait l'air de l'apprécier. Ce serait la première vraie liaison depuis sa séparation. Ils s'étaient promis de se voir pendant le week-end. Il l'appela, elle ne répondit pas. Quelques minutes plus tard, son téléphone sonna. Ce devait être elle. Le cœur battant, il décrocha.

Une voix d'homme, rauque, comme contrefaite.

— Monsieur Vincent ?

— Oui, qui est…

— Vous tenez à votre fille ?

— Quelle drôle de question ! Qui êtes-vous ? Où est Patricia ?

— Avec moi. En sécurité, je vous rassure. Pour l'instant.

— Comment ça, *pour l'instant* ?

— Elle le restera si vous accomplissez à la lettre ce que je vais vous demander.

— Vous allez me la ramener, sinon je préviens la police.

— Ce serait la pire des bêtises, parce qu'alors vous ne la reverriez pas.

— Si vous voulez de l'argent, je n'en ai pas.

— Je m'en doute. Ce que j'attends de vous ne vous coûtera pas un centime. Vous êtes footballeur, n'est-ce pas ?

Ludovic ne répondit pas tout de suite, pensant avoir affaire à un détraqué qu'il valait mieux ne pas provoquer.

— Oui, je joue dans l'équipe de Plescop.

— Vous avez un match dimanche. Vous disputez un match de Coupe contre l'Hermine de Vannes, n'est-ce pas ?

— Oui. Pourquoi ?

— Pourquoi, pourquoi ? J'ai un service à vous demander en échange de votre fille.

Vincent resta muet.

— Mathis Kifou, ça vous dit quelque chose ?

— Tous ceux qui s'intéressent au foot connaissent Mathis Kifou.

— Vous savez aussi que dans une semaine, c'est le derby. Avec Kifou en face, le Rapide est sûr de prendre un carton. Sauf s'il ne jouait pas. Vous commencez à comprendre ?

— Pas vraiment.

— Allons, faites un effort, monsieur Vincent. Pendant le match de dimanche, il pourrait se blesser. Je ne vous demande pas grand-chose… Pas de le tuer. En position de défenseur, vous lui chatouillez un peu les chevilles, histoire de l'envoyer à l'infirmerie pour une quinzaine de jours. Et je vous rends votre fille.

— Qu'est-ce qui me prouve que vous la détenez ?

— Elle va vous dire un mot.

S'ensuivirent des bruits de pas, des craquements de plancher.

— Ne l'écoute pas, papa. C'est...

Une gifle, suivie d'un cri.

— Vous avez jusqu'à dimanche, monsieur Vincent. Passé ce délai, vous retrouverez des nouvelles de votre fille dans la rubrique nécrologique.

Derval et Le Guern retenaient leur souffle.

— Il ne vous a pas rappelé avant le match ?

— Non.

— Et vous avez essayé de blesser Kifou ?

— Vous le savez, c'est pour ça que vous m'avez fait venir. Mais il s'est montré plus malin que moi, il a esquivé le tacle au dernier moment. Et j'ai ramassé un rouge.

Vincent paraissait se détendre peu à peu.

Derval attendit quelques secondes avant de reprendre la parole.

— Et la suite. Vous pouvez nous expliquer ce qui s'est passé ?

— Ce salaud m'a rappelé dans la soirée.

59

Lundi 14 mars

Leduc se précipita, mais il était trop tard. Steiner ne bougeait plus, bras et jambes écartés, la tête en avant, le menton sur la poitrine. Les autres policiers s'approchèrent.

Le commissaire sortit son portable et composa le numéro du juge d'instruction. La nouvelle du suicide fit bondir Allibert.

— Nous avons pris toutes les précautions d'usage, plaida le commissaire, mais on aurait dit qu'il s'attendait à ce qu'on vienne le chercher.

— De toute façon, maintenant, c'est trop tard. De mon côté, je vais contacter la procureure. Je ne sais pas du tout quelle va être sa réaction, mais il va bien falloir qu'elle nous fournisse des explications. Son frère aussi.

Leduc hésita.

— Quelle version officielle devons-nous développer ?

— Pour l'instant, personne n'est au courant. Attendez que j'aie rencontré la proc avant quoi que ce soit.

60

Dimanche 20 février

Expulsé, Ludovic Vincent avait filé illico aux vestiaires, piteux, sous les huées et les quolibets des spectateurs, y compris les supporters de son club. Il s'était changé en quatrième vitesse et n'avait pas traîné dans le secteur. Il ne savait plus que faire. L'individu qui séquestrait sa fille allait l'appeler. Vincent lui expliquerait qu'il avait obéi, mais qu'il n'avait pas réussi à mettre Kifou hors d'état de jouer, pas faute d'avoir essayé. Si l'autre n'était pas complètement taré, il s'en tiendrait là et relâcherait Patricia. Quant à Vincent, il fermerait sa gueule et on n'en parle plus. Le ravisseur ne pouvait le joindre que chez lui. Il fonça jusqu'à Saint-Avé. Jeta dans le vestibule son sac de sport qu'il exécrait à présent. Se laissa tomber dans le canapé, prêt à bondir dès que le téléphone sonnerait.

L'appel n'eut lieu que deux heures plus tard.

— Alors, monsieur Vincent ?

Ludovic soupira et déglutit.

— Ça n'a pas marché… J'ai ramassé un carton rouge au premier tacle que j'ai tenté.

— Bougre d'imbécile !

— Je vous assure que j'ai fait ce que je pouvais. Je n'allais quand même pas sauter sur lui à pieds joints.

— Ce n'est pas mon problème.

— Un peu quand même, si. J'ai fait ce que vous m'avez demandé. Je ne sais pas qui vous êtes, mais je vous supplie de relâcher ma fille. Je n'ai rien dit et je ne dirai rien à personne. Patricia se taira elle aussi.

— Il fallait y penser avant, monsieur Vincent. Je vais être bon prince, je vous accorde un délai supplémentaire. D'ici samedi soir, la veille du derby, faites preuve d'imagination, trouvez un moyen de mettre hors service ce diable de Kifou.

— Comment voulez-vous que je fasse ?

— Débrouillez-vous.

— Qui me prouve que vous avez toujours ma fille ?

— Elle n'est pas très loin. Pour l'instant, ça va encore, même si elle me paraît un peu déprimée. Elle a hâte que ça se termine, elle aussi. Dis à ton père de trouver une solution au plus vite.

Pétrifié, Le Guern avait deviné lui aussi à présent ce qui s'était passé.

— Le dimanche soir, vous vous êtes rendu chez Mathis Kifou ? demanda Derval.

Ludovic n'avait pas bien compris ce que lui avait crié sa fille, mais elle était terrorisée. Une panique irrépressible l'empêchait de réfléchir. Il s'enfila un plein verre de rhum. S'obligea à se calmer. Il devait agir au plus vite, avant que l'autre salaud ne perde les pédales. Kifou… Pourquoi ne pas le rencontrer et lui expliquer la situation ? Tout le monde s'accordait à reconnaître que c'était un brave garçon. Pour sauver la peau d'une gamine, il accepterait certainement de se faire porter pâle, de prétexter une blessure, la grippe, qu'importe. Devant cette solution, Vincent se sentit presque soulagé. Il prit le temps de siroter un deuxième rhum, qui le grisa, mais il avait besoin de se donner de l'audace.

Il attendit dix-huit heures trente pour prendre la route. Il avait relevé l'adresse dans l'annuaire : au lieu-dit Tréhuinec. Une moto le doubla sur la route. Il reconnut la silhouette du joueur de l'Hermine. L'affaire s'annonçait bien. Il le suivit à distance.

Les feux arrière du deux-roues disparurent entre les piliers du portail. Vincent posa ses mains sur le volant et s'appuya le front dessus. L'alcool lui tournait la tête, il n'était plus aussi sûr de son plan. En tout cas, ne pas sauter à brûle-pourpoint sur le poil du Martiniquais, l'aborder avec diplomatie, sans l'effrayer. Il patienta encore avant de se glisser dans la propriété, s'avança en marchant sur la pelouse pour ne pas faire crisser le gravier de l'allée. Il aurait pu sonner tout simplement, expliquer la raison de sa visite comme il l'avait prévu, mais il craignit de se voir refermer la porte au nez. Il préféra investir les lieux afin de pouvoir exposer son cas avant de se faire éconduire. Ce n'était pas fermé à clef.

Personne dans le salon, les lumières étaient éteintes. Il entendit parler à l'étage. Merde ! Ça se compliquait, Kifou n'était pas seul. Vincent fut sur le point de rebrousser chemin. Non, Kifou descendait. Vincent recula un peu. Il s'apprêtait à se montrer quand le Martiniquais fondit sur lui.

— On a roulé par terre tous les deux. Ma tête a heurté le carrelage. J'ai perdu connaissance une fraction de seconde, pas davantage. Quand j'ai ouvert les yeux, la lumière était allumée et une femme se tenait debout au-dessus de moi, un couteau à la main.

Le Guern se retenait de respirer, comme s'il craignait que le moindre bruit n'interrompe la terrible confession. Mais Ludovic Vincent avait envie maintenant de vider son sac, de se libérer de toute cette merde.

— Cette femme, vous la connaissiez ? demanda l'adjudant.

— Non. Mais je savais qu'il s'agissait de l'épouse de Mathis Kifou.

— Vous l'avez agressée ?

— Les choses ne se sont pas déroulées aussi simplement.

À la vue de son mari inconscient, Nadine Rouillé brandit son couteau et se précipita sur l'inconnu comme une furie. Ludovic Vincent eut le réflexe de rouler sur le côté. La femme se prit les pieds dans les bords du tapis, s'étala, son arme lui échappa. Il s'en empara. Il avait complètement perdu la tête. Instinctivement, il planta la lame dans le torse de la malheureuse avant qu'elle n'ait le temps de réagir. Une fois, deux fois, et même davantage, comme un enfant frappe la vipère dont il a peur.

Soudain, un rugissement résonna aux oreilles hallucinées de Ludovic Vincent. Il recouvra une vague conscience de la réalité. Mathis revenait à lui, se levait en titubant. Son regard embrumé s'était posé sur le corps de Nadine, la robe de chambre ouverte, la nuisette ensanglantée. Terrorisé, Vincent reculait vers la porte-fenêtre. Il sanglotait, il n'avait pas voulu ça. Kifou fonça sur lui, tel un taureau sur le matador, mais encore à moitié groggy, il trébucha, et Vincent l'évita. Alors celui-ci leva à nouveau son couteau, l'instinct de défense.

— Vous les avez poignardés tous les deux ?

— Tout s'est passé en une poignée de secondes, j'avais complètement perdu la tête, je n'avais aucune conscience de ce que je faisais. La panique, j'ai frappé au hasard, en fermant les yeux. Quand je me suis rendu compte qu'ils étaient morts, je ne me souvenais plus de rien. Puis j'ai compris. Je suis resté un long moment anéanti, jusqu'au moment où j'ai pensé à Patricia. Malgré moi, j'avais rempli le contrat, le ravisseur allait me rendre ma fille, il fallait que je sois chez moi pour la récupérer. Je suis parti avec un tableau pour laisser croire à un cambriolage.

— Millet, il vous a rappelé ?

Le visage inondé de larmes, Vincent secoua la tête.

61

Vendredi 18 février

Elles sortirent parmi les premières. Patricia était toujours pressée de quitter « l'usine à bobards », comme elle appelait le collège. Sarah était moins rebelle et ne considérait pas l'école comme un lieu de « lavage de cerveau » ainsi que l'affirmait sa copine. Des mots glanés çà et là, que l'ado répétait pour le seul plaisir de se croire déjà adulte.

— C'est mon vieux qui vient me chercher, ce soir.

— T'es toujours fâchée avec lui.

— Même pas. Si tu veux savoir, j'en ai rien à cirer. Ni de lui, ni de ma mère, d'ailleurs. Ils sont persuadés que je suis malheureuse parce qu'ils se sont séparés. Ça m'arrange bien de les laisser croire ça.

— Ah bon ! Pourquoi ?

— Réfléchis un peu, pauvre idiote. Je fais semblant de pleurnicher quand je suis chez l'un ou chez l'autre. Comme ils s'en veulent de pas avoir été des *bons* parents, ils m'achètent tout ce que j'ai envie.

— Tu dois le retrouver où, ton *vieux* ?

— Je sais pas. Peu importe, je m'en fous. De toute façon, ça lui fera du bien de poireauter après le cinéma qu'il m'a fait l'autre soir. J'ai quand même plus cinq ans, merde !

Georges Millet s'était garé à proximité de l'entrée du collège, un peu avant la fin des cours. Une riche idée qu'avait eue Cassonade de lui demander de s'occuper de son véhicule. C'est à partir de ce moment-là qu'il avait décidé de mettre à exécution le plan qu'il mijotait depuis quelque temps : s'arranger pour que Kifou ne puisse pas disputer le derby. C'était le moins qu'un bon supporter puisse faire pour son club. C'était quand même pas un *macaque* qui allait faire la loi sur les terrains de foot ! Alors lui était venue l'idée géniale : il fallait que Kifou soit blessé lors du match précédent. Le père Millet, tout le monde le prenait pour un con parce qu'il était fossoyeur, il allait prouver que ce n'était pas vrai. Il s'était renseigné sur la composition de l'équipe de Plescop que l'Hermine affrontait en coupe le dimanche avant le derby. Un nom avait tout de suite retenu son attention : Vincent. Ce n'était pas le père de la pisseuse avec laquelle sa pauvre Cindy était copine avant l'accident ? Il avait vérifié : Ludovic Vincent, Saint-Avé, plombier, c'était forcément le même. Sa première idée avait été de lui proposer du fric, pour le décider à frictionner Kifou, mais encore aurait-il fallu en avoir. Alors il avait imaginé une solution plus radicale. Il avait surveillé le domicile de Vincent toute la semaine, histoire de repérer la gamine. Cette pétasse-là, Millet lui gardait un chien de sa chienne depuis qu'elle avait fichu le bordel entre sa fille et sa copine Véro, ça lui ferait du bien de lui rabaisser un peu le caquet. L'aborder devant chez elle, c'était trop risqué, mais à la sortie du collège, pourquoi pas ? Ça ne coûtait rien d'essayer, si ça ne marchait pas, il lui resterait toute la journée du samedi pour trouver l'occasion de lui mettre le grappin dessus.

— Il est là, ton père ? demanda Sarah.

Patricia jeta un œil alentour.

— Non, je le vois pas. Mais les vieux sont toujours en retard, tu savais pas ?

Merde… se dit Millet. Elle n'est pas seule.

Le bus arriva. Les deux ados se mirent à discuter. Apparemment elles n'étaient pas d'accord. Puis la copine monta dans le bus. Millet démarra aussitôt et vint se positionner à hauteur de Patricia. Il baissa sa vitre côté passager et la héla.

Elle sursauta, eut un petit mouvement de recul.

— Tu es bien la fille de Ludovic Vincent ?

— Oui, pourquoi ? *Qu'est-ce que ça peut te foutre ?* avait-elle pensé.

— Ton père est bloqué sur un chantier. Il m'a demandé de passer te prendre.

Le mec ne paraissait pas trop con. Patricia se glissa dans le véhicule.

Première partie du plan réussie, Georges Millet s'efforçait de dissimuler sa nervosité. Près de lui, la gamine se taisait, mais de temps à autre, elle jetait sur lui un regard en coin.

— Ça va au collège ?

— Pourquoi ça n'irait pas ?

Pas commode, se dit Millet. À manipuler avec précaution…

— Où il travaille, mon père ?

Millet débita aussitôt la réponse qu'il avait préparée.

— Du côté de Locqueltas.

Locqueltas, un lieu choisi au hasard.

— Qu'est-ce que vous faites comme boulot, vous ?

Ça, par contre, c'était pas prévu.

— Je suis chargé de revoir les charpentes.

Millet avait repéré le chemin où il avait prévu de s'arrêter. Dans la boîte à gants, il gardait une petite bouteille de chloroforme subtilisée à l'hôpital lors de la dernière visite à sa femme. C'était la seconde étape. Il ralentit, actionna son clignotant.

— C'est drôle. Y a pas de maisons par ici.

— Si, si. C'est un peu plus loin. Derrière les arbres que tu vois là-bas.

— Ah bon…

— Il faut marcher un peu, mais il y en a pour une minute. Descends toujours, je te rejoins et je t'accompagne.

Patricia commençait à trouver un peu louche le comportement de cet inconnu. Il la trimbale en pleine cambrousse, lui dit qu'il faut marcher, un vieux cochon qui allait lui mettre la main aux fesses… ? Elle se promit de se tenir sur ses gardes.

Malgré sa méfiance, Patricia n'eut pas le temps de réagir quand l'homme passa derrière elle et écrasa le chiffon imbibé de chloroforme sur son visage. Il la réceptionna en douceur, la souleva et la fourra bien vite dans le coffre de sa voiture, avant que ne surgisse un promeneur ou quelque autre curieux.

Le fossoyeur respira. Jusque-là, tout se déroulait comme prévu. Il effectua une marche arrière en sortant du chemin sur le bas-côté de la route. Direction Saint-Avé maintenant, avant qu'elle ne reprenne connaissance.

L'adolescente se réveilla dans la chambre de Cindy. Elle avait les poignets attachés au pied du lit, mais l'homme avait pris soin d'étaler une couette sur le plancher afin de rendre la position moins inconfortable. Elle mit plus d'une minute à comprendre ce qui lui était arrivé. Alors elle se mit à hurler. Son ravisseur revint aussitôt.

— Qu'est-ce que vous me voulez ?

— Rien. J'ai juste un petit service à demander à ton père et j'étais pas sûr qu'il soit d'accord.

D'ailleurs, il faut que je l'appelle pour le prévenir que tu es en vacances chez moi.

Avant de sortir, il se retourna vers elle.

— Si tu fais encore du raffut, je serai obligé de te bâillonner. Ce serait dommage...

Elle l'entendit téléphoner. Puis la porte s'ouvrit.

— Dis à ton père qu'il vaudrait mieux pour toi qu'il m'obéisse.

— Ne l'écoute pas, papa. C'est...

L'homme la gifla à toute volée.

— Juste un mot, je t'ai dit. Vous avez jusqu'à dimanche pour réfléchir, monsieur Vincent. Passé ce délai, vous retrouverez des nouvelles de votre fille dans la rubrique nécrologique.

62

Lundi 21 février

Le week-end s'était écoulé. La gamine s'était tenue tranquille. Le samedi, deux ou trois paires de gifles l'avaient matée pour de bon. Le fossoyeur l'avait détachée pour qu'elle se rende aux toilettes, à condition qu'elle laisse la porte entrouverte. En revanche, il lui avait donné à manger comme à un jeune enfant. Ou avait essayé du moins, car elle n'avait consenti à s'alimenter que le dimanche midi. Dans la soirée de dimanche, Millet avait appelé Vincent. La nouvelle lui était tombée dessus comme une averse de grêle. Nom de Dieu ! L'autre incapable avait raté son coup. Millet lui avait ordonné de trouver une solution d'ici le derby. Il avait placé le téléphone près du visage de Patricia.

— Faut venir me chercher, papa. J'ai peur, il y a une chambre avec une poupée sur le lit, on dirait…

Millet avait coupé la conversation.

En ce lundi matin, le fossoyeur téléphona à la mairie pour prévenir qu'il ne se sentait pas bien, il prenait sa journée. Dans l'après-midi, il alluma la radio sur une station locale. C'est à ce moment-là qu'il apprit l'assassinat du footballeur Mathis Kifou et de son épouse, l'antiquaire Nadine Rouillé. Il lui fallut un certain temps pour digérer l'information.

— Bordel de merde, le con… marmonna-t-il.

Il se leva, bouleversé. Ne mit pas longtemps à comprendre qu'il s'était fourré dans de sales draps. Un double meurtre. Si la police découvrait que la cause première était le petit jeu auquel il s'était livré, il était bon pour finir le reste de ses jours en tôle. Mais que faire… ?

— Mais nom de Dieu ! Quel abruti ! jura-t-il en arpentant la pièce.

Il était pris à son propre piège. Mais pouvait-il prévoir, d'une part que cet idiot de Vincent manquerait son tacle lors du match de la veille et secundo qu'il se résoudrait à une telle extrémité ? S'il relâchait la fille maintenant, elle parlerait et les flics ne mettraient pas longtemps à l'arrêter.

Millet passa plus d'une heure à tourner le problème dans tous les sens. Pour aboutir toujours à la même solution, qui l'horrifiait, mais l'autre imbécile ne lui laissait pas le choix. Il saisit la bouteille de chloroforme et imbiba plus longuement cette fois le mouchoir qui avait servi le vendredi. Quand il pénétra dans la chambre, l'adolescente perçut aussitôt l'odeur.

— Non, je ne veux pas, je…

Ses cris s'achevèrent en balbutiements avant qu'elle ne perde connaissance. Le plus dur restait à faire. Avec une longueur de la cordelette qui avait servi à l'attacher, il l'étrangla, tétanisé, le visage ruisselant de larmes.

Son geste fatal accompli, Georges Millet éprouva le besoin de prendre l'air. Il se rendit au cimetière. Instinctivement, il se dirigea vers la tombe de sa fille. C'est alors qu'il eut l'idée. Il était bien placé pour savoir que la plaque de granit qui fermait la tombe de Véronique Foret n'était pas scellée. Personne n'irait chercher le corps dans un endroit aussi singulier.

Millet n'osait plus rentrer chez lui. L'adolescente n'était peut-être pas morte, elle s'était réveillée. Il ne parvint à vaincre son angoisse qu'une fois la nuit tombée. Le silence l'accueillit, mais il sentait une présence intangible qui le faisait trembler. Il colla son oreille à la porte de la chambre. Aucun bruit, il entra.

Millet laissa la pièce dans l'obscurité, la lumière aurait rendu trop horrible le spectacle qui l'attendait. Le corps était dans la position où il l'avait étranglé. Il crut entendre Cindy et Véro murmurer que c'était une bonne idée que Patricia les rejoigne. Il sortit à la hâte, épouvanté, et s'efforça de reprendre ses esprits. Il fallait aller au bout de la tâche avant de perdre définitivement la raison. Il sortit la brouette de la remise du cimetière et la positionna à l'entrée, puis il retourna dans la chambre et vainquit sa répulsion pour soulever le corps encore tiède. Il le porta sur son épaule, en priant le ciel qu'aucun noctambule n'ait la fâcheuse idée de venir rôder dans le secteur.

Jamais le jardin dont il avait la charge ne lui parut si sinistre et quand la roue de sa brouette gémit, il faillit lâcher les mancherons et détaler à toutes jambes.

Le ciel était obstrué de nuages bas, qui empêchaient la lune de percer. La plaque funéraire ne grinça pas trop quand il la déplaça. Il s'empressa de glisser le cadavre dans l'ouverture avant de refermer le caveau, en ajustant au mieux le couvercle.

— Comment vous avez appris que c'était Millet qui avait tué votre fille ? demanda Derval.

Vincent sursauta, tiré de sa prostration.

63

Mardi 8 mars

Les quatre joueurs de cartes étaient intrigués par cet homme assis à une table voisine. Il regardait obstinément ailleurs, mais paraissait les écouter en feignant de lire un journal dont il oubliait de tourner les pages.

Ludovic Vincent était de la partie malgré le drame, ses compagnons lui en savaient gré. Rien de plus fiable que l'amitié pour remonter du gouffre. C'était cependant un sujet qu'ils avaient évité d'aborder. Juste un mot de condoléances, et on n'en parle plus.

Le Guern s'escrimait à paraître naturel, mais il n'aurait jamais cru que ce rôle était aussi difficile. Il ferma son journal, lampa une gorgée de bière, s'étira et reprit sa lecture. Pour l'instant, les beloteurs étaient concentrés sur leur jeu. La mène s'acheva. Un joueur ramassa les cartes. En distribuant, il se mit à parler à voix basse, comme s'il n'avait pas envie que le type à côté l'entende. Mais le Baptiste avait l'ouïe fine.

— Les gars, il m'est arrivé un drôle de truc cet après-midi. J'étais chez un type pour vérifier l'installation électrique. C'est la mairie de Saint-Avé qui m'avait demandé d'intervenir, le logement de fonction du fossoyeur. Il se plaignait que depuis quelque temps, il grillait ses ampoules à tout bout de champ. Bon, j'y suis allé, il était pas là. Je cherchais le compteur. Sans faire gaffe, j'ai ouvert la première porte venue.

— Alors, tu accouches ?

— Il y a quand même des drôles de types. C'était une chambre de fillette, mais ce qui était bizarre, c'est qu'on aurait dit celle d'une morte.

— Une morte comment ?

— Il y avait une poupée allongée sur le lit avec les mains jointes sur sa poitrine. Putain, ça m'a fait une drôle d'impression, j'ai refermé vite fait.

Le Guern n'avait pas bien entendu la fin de la conversation car des jeunes en goguette avaient fait irruption et chahutaient. Vincent s'était immobilisé, impavide, les lèvres entrouvertes. Puis il sortit de la paralysie qui le pétrifiait. Il regarda les gêneurs, mais on aurait dit qu'il ne les voyait pas. Soudain, il plaqua son jeu sur la table, se leva et fila comme s'il avait attrapé la déripette.

Derval scruta le visage de l'homme assis en face de lui.

— C'est là que vous avez compris…

— Oui, ça m'est revenu ce que m'avait dit ma pauvre Patricia quand l'autre salopard m'avait appelé le dimanche soir : elle avait peur, elle avait parlé d'une grande poupée.

— Qu'est-ce que vous avez fait ?

— Ce que tout père digne de ce nom devait faire.

64

Mardi 8 mars

Georges Millet contempla la bouteille de cognac sur la table devant lui. Il en restait à peine un tiers alors qu'il l'avait débouchée la veille pour l'apéro, parce que c'était le dernier alcool qu'il avait en réserve. Son verre était vide. Désespérément vide. Il s'était remis à boire, si tant est qu'il ait jamais arrêté, mais c'était le seul refuge où s'isoler des fantômes qui le cernaient de plus en plus près. C'étaient Cindy et sa copine qui le traquaient sans relâche. Il leur avait promis de ramener leur amie. Ouais… elles ne s'étaient pas toujours entendues toutes les trois, mais Patricia, maintenant qu'elle avait payé, elle avait le droit de les rejoindre. Il avait fallu que la mère Foret foute le bordel dans son plan, alors que lui s'était toujours occupé de la tombe de sa petiote, avec la même application que celle de Cindy.

Millet se resservit un demi-verre, en se promettant de prendre son temps, afin d'en garder un peu pour le lendemain. Après, fini, promis, il allait se coucher. Le matin, il avait son boulot au cimetière, deux enterrements, un petit vieux et une grand-mère.

Du bon, estima-t-il en posant son verre, mais il aurait trouvé du bouquet au pire tord-boyaux.

Une nuée de lucioles voletaient autour de lui, le cœur lui battait à cent à l'heure. Soudain, on frappa à la porte. Pas sûr d'avoir bien entendu, Millet posa son verre et recula sa chaise. La tête lui tournait.

Les coups redoublèrent, plus forts, impérieux. Il se leva, tituba dans le couloir.

— Qui c'est ?

— Ouvre et tu verras.

Le pêne avait à peine fini de crisser que la porte battit comme sous l'effet d'une bourrasque. Millet fut plaqué contre la cloison.

Vincent l'empoigna au collet et le redressa.

— Tu sais qui je suis ?

Millet ne voyait plus très clair, mais il scruta le visage de son agresseur.

— Non, je te connais pas. Je te préviens, y a rien à voler chez moi.

— Patricia Vincent, ça te rappelle quelque chose ?

Le fossoyeur déglutit sans répondre.

— Pas la peine de me raconter des craques, continuait Vincent. Je sais que c'est toi qui as enlevé ma fille et qui l'as étranglée.

— Ta fille ? Je la connais pas, ta fille. Je l'ai jamais vue !

Le coup de poing lui éclata la pommette gauche. Millet s'étala dans le couloir. Il tenta de se relever, mais le pied de Ludovic l'atteignit sous le menton.

— Arrête, gémissait le fossoyeur en se protégeant de ses avant-bras. Je vais t'expliquer.

Vincent, tremblant de rage, regarda autour de lui. C'était dans ce taudis que sa fille avait été assassinée. Dans ses oreilles retentissaient encore ses supplications au téléphone, parce qu'elle avait peur. Au tour de ce salaud-là d'avoir la trouille au ventre. Il agrippa à deux mains Millet et le souleva. Le poussa dans le couloir, l'expédia contre la porte du fond qui céda sous le poids.

Une sorte de débarras. Sur un établi vermoulu, Vincent avisa une longueur de corde fine. Il ne pouvait savoir que c'était celle qui avait servi de garrot pour Patricia. Il attrapa une chaise, y assit de force le fossoyeur et le ligota solidement.

Bien que dégrisé, Millet était à moitié groggy.

— C'est de ta faute aussi, marmonna-t-il en tentant de se dégager. Si t'avais pas poignardé ce guignol de Kifou et sa bonne femme, j'aurais pas été obligé d'éliminer ta fille. Moi, je ne t'avais jamais demandé de tuer Kifou, juste de le blesser un peu pour l'empêcher de jouer le derby.

Il était pitoyable. Il haletait. Bavait.

— Ta fille, elle n'a pas souffert. Je suis pas un monstre. Avant de l'étrangler, je l'avais endormie, et crois-moi, j'avais mis la dose. À aucun moment, elle n'a su ce qui lui arrivait.

Ludovic Vincent cogna de toutes ses forces.

— Vous l'avez tabassé à mort ! s'écria Le Guern.

Ludovic Vincent ne répondit pas tout de suite. Il était d'un calme hallucinant, libéré du boulet qu'il traînait.

— Je voulais lui donner une leçon, le faire souffrir au moins autant que Patricia le temps qu'elle a passé entre ses pattes immondes. Comprenez-moi, mon adjudant. Il avait fait de moi un assassin, il avait étranglé ma fille, tout ça pour une connerie de foot !

Il soupira, hocha la tête.

— Je ne sais pas jusqu'où je serais allé, peut-être l'aurais-je tué, mais je n'ai pas eu à le faire. Soudain, il s'est affaissé en avant, il ne respirait plus, je pense qu'il a eu une attaque.

— Pourquoi avoir transporté Millet sur le terrain vague ?

— Je veux bien endosser les meurtres de Mathis et de sa femme, mais je ne voulais pas payer pour celui que je n'avais pas commis.

Il marqua une pause.

— De toute façon, si je l'avais vraiment tué, je me serais rendu à la police… J'ai transporté ce misérable sur mon dos, jusqu'à ne plus en avoir la force. Alors je l'ai laissé tomber à l'endroit où j'étais rendu. J'espérais que la police croie au geste d'un vagabond.

— Que va penser votre femme quand elle va savoir ?

— Si Solange a encore un peu de jugeote, je suis sûr qu'elle comprendra dans quelle galère ce fumier de Millet m'a entraîné, elle estimera que j'ai agi comme il faut, comme un père.

65

Mardi 15 mars

Philippe Derval avait le sentiment d'avoir achevé un marathon, de surcroît après s'être trompé d'itinéraire à plusieurs reprises. Les quatre meurtres étaient donc liés, celui de Mathis Kifou et de Nadine Rouillé, celui de Patricia Vincent et celui de Georges Millet. Un enchaînement infernal, un engrenage enclenché par la folie d'un supporter enragé. Une futilité qui avait pris des proportions tragiques.

Héloïse avait le visage plus serein. Les médecins étaient optimistes, mais ils ne se risquaient toujours pas à se prononcer sur d'éventuelles séquelles. Philippe était arrivé à l'hôpital à la première heure. Elle aurait peut-être besoin de lui, il avait sûrement besoin d'elle, il avait tant de choses à lui raconter.

Les joues de sa bien-aimée avaient repris des couleurs, d'imperceptibles tiraillements lui plissaient les commissures des lèvres et le coin des paupières. L'infirmière en chef l'avait à la bonne à présent.

— Je veux bien que vous restiez là, mais à condition de ne prendre aucune initiative. Si elle revient à elle, vous m'appelez tout de suite.

Le miracle se produisit un peu avant midi. Philippe ne se précipita pas pour donner l'alerte. Cloué par l'angoisse, il n'osait bouger. Elle respirait difficilement, puis son souffle s'apaisa, devint plus régulier. Elle remua la tête, battit les paupières. Philippe effleura sa main. Elle tressaillit, fronça les sourcils. Puis le masque anxieux se dissipa, un pâle sourire éclaira ses traits. Son regard se posa sur l'homme à côté d'elle.

— C'est moi. Je suis là... balbutia-t-il.

Elle ne réagit pas, ses yeux se refermèrent. Philippe avait du mal à contenir ses larmes.

— Elle est revenue à elle... murmura Derval à l'infirmière qui entrait.

— Chut... Ne restez pas là. Il faut lui laisser le temps de reprendre ses esprits. Dans une heure ou deux, si elle a récupéré, vous pourrez lui parler. Allez faire un tour en attendant.

Héloïse recouvra sa lucidité plus vite que prévu et au bout d'une heure, ce fut elle qui s'inquiéta de son ami. Philippe était resté dans la salle d'attente. Il se précipita à son chevet et lui prit la main.

— Ça va ?

Elle déglutit.

— Ça tourne un peu. Quel jour sommes-nous ?

— Le mardi 15 mars. Voilà bientôt une semaine que tu es là.

— Ça me revient petit à petit. Je n'ai pas eu le temps de vraiment me rendre compte, mais j'ai eu l'impression que la voiture me fonçait dessus délibérément.

— C'était le cas. On a voulu t'éliminer.

Elle mit un certain temps à comprendre.

— Le type qui a voulu m'écraser, on sait qui c'est ?

— Il est mort. Il y a tellement de choses qui se sont passées depuis que tu as perdu connaissance, il vaut mieux commencer par le début.

Prévenu par l'infirmière, le médecin arriva.

— Comment ça va, madame Daubert ?

Héloïse sourit.

— J'ai l'impression d'émerger d'un rêve qui n'en finissait pas.

— Vous vous souvenez de ce qui s'est passé avant votre accident ?

— De certaines choses, oui. Mais je crois bien qu'il va me falloir remettre un peu d'ordre dans ma pauvre tête.

— En attendant, vous allez vous reposer. Monsieur Derval, si je peux me permettre…

— Non, protesta la lieutenante. Je veux qu'il reste là. Je n'ai pas oublié que je suis flic. J'ai besoin de savoir où en est l'enquête que je menais.

Philippe approcha la chaise du lit. Il commença par lui annoncer que l'affaire dont elle avait la charge était bouclée. Il parlait doucement, s'efforçait d'expliquer le plus simplement possible l'incroyable cascade des événements. L'enlèvement de

Patricia Vincent par le fossoyeur Georges Millet afin d'exercer un chantage en vue du derby vannetais, l'échec du père de l'adolescente lors du match le week-end précédent, son initiative malheureuse de rattraper le coup en se rendant chez Mathis Kifou pour plaider sa cause, le dérapage atroce qui s'est ensuivi, le fossoyeur qui à son tour perd les pédales et étrangle son otage, le coup de sang de Ludovic Vincent lorsqu'il découvre au hasard d'une partie de cartes l'identité du ravisseur devenu meurtrier.

Héloïse écoutait, abasourdie.

— Tu avais raison à propos de Timothy Harding, reprit Derval. Ce n'était pas lui l'assassin du couple.

— C'était évident. Si ce crétin avait accepté de me dire où il se trouvait le soir du meurtre, il aurait sans doute gardé la vie sauve. Au fait, on sait qui était ce fameux alibi dont il s'entêtait à taire l'identité ?

Il lui expliqua le témoignage de Jimmy, l'assassinat de Harding par Carl Steiner, son rôle auprès du frère de la procureure. L'implication de celle-ci afin de protéger son frangin. Le suicide de l'ancien légionnaire, acculé par la gendarmerie.

— Allibert nous a soutenus, puisqu'il a ordonné de faire arrêter Steiner, mais je ne sais pas dans quelle mesure il peut se permettre de s'attaquer à la proc.

Le chef de service revint. Son premier souci fut de chasser l'adjudant.

— Quelques jours de repos, une semaine ou deux de convalescence et votre amie sera de nouveau d'attaque.

66

Le mardi 15 mars, l'après-midi

David Allibert et Michelle Gonvert s'observaient par-dessus le bureau, le fauve et la proie, sans qu'aucun ne sache encore quel serait son statut. Un silence plus éloquent que les paroles. Deux gladiateurs fourbissant leurs armes avant de pénétrer dans l'arène pour un combat sans merci. C'est elle qui avait pris l'initiative de cette rencontre qui avait l'allure d'une confrontation. Qui s'inscrivait toutefois dans le cadre de la procédure légale d'une interpellation manquée, et aggravée par le suicide de Carl Steiner.

S'attendant à une bataille rangée, le juge d'instruction avait affûté ses arguments. Une situation irréelle. Il attendait. Elle se décida enfin.

— Je pourrais m'insurger de l'initiative que vous avez prise sans me consulter.

Le ton ne trahissait aucune agressivité.

— Je suppose que vous parlez de Carl Steiner ? insinua Allibert.

La magistrate cilla.

— Cela me paraît évident…

— Il fallait faire vite avant qu'il ne disparaisse dans la nature. De toute façon, je n'avais pas besoin de votre aval pour programmer cette intervention.

— Vous avez dû apprendre qu'il était au service de l'un des membres de ma famille ?

— C'est ce que nous avons cru comprendre.

Était venu pour elle le moment d'aborder le sujet sous l'angle le plus sensible.

— J'ai un frère, en effet, qui a besoin de ma protection. J'en ai chargé cet homme.

Allibert ne réagit pas.

— Je ne sais rien de ses agissements, il était au service de mon frère.

— Il était impliqué dans une affaire sérieuse…

— Je sais, j'en ai eu des échos. L'attentat contre une policière, n'est-ce pas ? biaisa-t-elle encore.

— En effet. La lieutenante Daubert. Par chance, un témoin a assisté à la scène. Elle est dans le coma. D'après nos informations, il voulait la faire taire au sujet d'une autre…

— Son pronostic vital n'est pas engagé, à ce que je sais, le coupa-t-elle.

Le juge eut du mal à réprimer un sourire. La proc n'avait surtout pas envie que l'on aborde le cas de Timothy Harding. Elle était mêlée à son élimination, et elle savait qu'il le savait. Une fois de plus, elle anticipa :

— Mon frère était un homme complexe, marqué depuis sa naissance, physiquement et aussi mentalement. Disons qu'il avait ses petites... manies.

Était, avait... Allibert n'était pas sûr de bien entendre.

— Son état le conduisait à développer des tendances suicidaires. C'est pour cette raison que nous avons sollicité quelqu'un pour le surveiller.

Pourquoi se cachait-elle derrière ce *nous* ?

— Vous avez de la famille ?

Elle accusa le coup.

— Non... c'est moi qui prenais les décisions. Moi et personne d'autre.

Toujours cet imparfait... Que s'était-il passé ? Le juge posa sur la procureure un regard interrogateur. Michelle Gonvert soupira.

— Je viens de vous dire que mon pauvre frère était suicidaire. Votre intervention, si elle était *sans doute* légitime, a été pour le moins malencontreuse sur le plan humain. Mon frère s'est retrouvé seul le reste de la journée d'hier. Il n'a pas osé m'appeler. Pendant la nuit, il a paniqué, il a mis fin à ses jours. Ses médicaments. Sa mort a été découverte ce matin.

Le juge eut un haut-le-corps.

— Permettez-moi de vous présenter...

— Dispensez-vous de formules inutiles. Sa disparition est une délivrance pour lui...

Elle hésita.

— Et pour tout le monde.

Allibert la fixa dans les yeux. Elle affichait une dignité impressionnante, qui en imposait. Elle soutint son regard. Ce qu'il y lut confirma ses soupçons. Il devinait une autre explication au décès d'Hippolyte Gonvert. La sagesse lui commandait d'entrer dans le jeu. Il hocha la tête. Les traits de la procureure se détendirent.

— De toute façon, conclut-elle d'une voix dénuée de toute émotion, j'ai demandé ma mutation depuis déjà quelques semaines. Je viens d'apprendre qu'elle a été acceptée.

Le juge hésita. Il aurait pu la faire inculper pour complicité d'homicide, mais il préféra ne pas s'acharner.

Épilogue

Quelques semaines plus tard

Le nouveau procureur tenait à se présenter. Le pot de bienvenue fut organisé dans les jardins de la préfecture. Dans son discours, Arnauld Lignières ne pouvait passer sous silence les affaires qui avaient secoué la bonne ville de Vannes ces dernières semaines ; il exprima son soulagement qu'elles aient été réglées avant son installation. Son prédécesseur avait quitté la région en toute discrétion, une décision qui lui appartenait et qu'il convenait de respecter.

Moment de flottement. Échange de regards ironiques pour ceux qui étaient au courant du secret de Michelle Gonvert, intrigués pour les autres.

C'eût été à elle, continuait le proc, de féliciter les enquêteurs qui étaient parvenus à dénouer un écheveau aussi emmêlé en unissant leurs forces. Non sans humour, Lignières insista sur la collaboration *étroite* de deux représentants de corps parallèles. Il souhaitait qu'une entente aussi productive se perpétue, en faisant fi d'absurdes rivalités, auxquelles lui-même n'avait jamais cru.

Philippe Derval et Héloïse Daubert furent conviés à rejoindre le magistrat afin d'être mis à l'honneur. Le capitaine Bourgnon fut parmi les premiers à applaudir. Il félicita publiquement son collaborateur : l'OPJ Derval était de retour en grâce.

Lors du pot qui s'ensuivit, le juge Allibert s'approcha du couple, qui avait décidé une fois pour toutes de ne plus se dissimuler. Il trinqua avec eux, un sourire malicieux sur les lèvres. Derval le remercia de son intervention.

— Ce serait plutôt à moi de vous remercier, répondit le magistrat.

Devant l'air étonné des deux amis, il poursuivit.

— Question d'honneur, c'est tout. Vous m'avez dissuadé de me cacher derrière le paravent de ma fonction, et c'est très bien ainsi.

La cérémonie tirait à sa fin. Un planton se présenta à l'entrée des jardins, un bouquet de roses à la main. Il s'approcha d'Héloïse qui discutait avec Philippe à l'écart.

— Le fleuriste vient de livrer ceci à votre intention.

Une enveloppe était agrafée sur le papier cristal. Héloïse en sortit un rectangle de bristol sur lequel étaient griffonnées quelques lignes. Elle sourit.

— Qu'est-ce que c'est ? demanda Derval.

— Tiens, lis.

Remercie ton adjudant de ma part. Sans rancune.

C'était signé Jimmy.

Gare de Vannes, le même jour.

— Paris-Montparnasse, s'il vous plaît. Un aller simple.

— Ne traînez pas, le train vient d'entrer en gare.

Jérémy Vandry pressa le pas, repéra sa voiture et se glissa dans le compartiment. Le train démarra dans la minute suivante. Il laissait derrière lui un certain Jimmy, un loubard en blouson de cuir.

Remerciements

Remerciements

Au colonel Philippe Phavorin, commandant du groupement de gendarmerie départementale du Lot, pour m'avoir ouvert les portes, avant sa nouvelle affectation, du groupement de gendarmerie départementale du Morbihan.

À l'officier de police judiciaire Robin Muller, mon précieux guide, pour ses conseils en matière de procédure criminelle et aussi pour avoir accepté de lire le manuscrit afin de traquer d'éventuelles incohérences.

DU MÊME AUTEUR (*suite*)

Ne reposez pas en paix, roman, Groix Éditions & Diffusion, 2017
La Légende du pilhaouer, roman, Presses de la Cité, 2018
Rappelle-toi, Ève, roman, Groix Éditions & Diffusion, 2018, Prix du Roman Populaire, Elven 2018
Pour l'amour de Lorient, essai, Éditions Magellan & Cie, 2018
Les Bâtards du diable, roman, Presses de la Cité, 2018
Les Brumes de décembre, roman, Presses de la Cité, 2019
Séquestrations, roman, Groix Éditions & Diffusion, 2019
Le Carnaval des héros, roman, Coop Breizh, 2019
Les Chaos de Bréhat, roman, Presses de la Cité, 2020
Bretagne, beau-livre, photographies de Jean-Yves Guillaume, Éditions Ouest-France, 2020
La Complainte de la grive, roman, Coop Breizh, 2006, Presses de la Cité, 2020
Le Sourire du lièvre, roman, Presses de la Cité, 2021

Composition et mise en pages
Nord Compo à Villeneuve-d'Ascq

MIXTE
Papier issu de sources responsables
FSC® C003309

L'éditeur de cet ouvrage s'engage dans une démarche de certification FSC® qui contribue à la préservation des forêts pour les générations futures.

Pour en savoir plus :
www.editis.com/engagement-rse/

CET OUVRAGE
A ÉTÉ ACHEVÉ D'IMPRIMER
SUR ROTO-PAGE
PAR L'IMPRIMERIE FLOCH
À MAYENNE EN MARS 2022

N° d'impression : 100074
Imprimé en France